ここはWEB小説の世界、
彼女はいずれ断罪される運命……。
※なお、本人は
一切知りません！
My Life Reset Plan
ライセット！
〜転生令嬢による異世界
ハーブアイテム革命〜

ピヒヨ
アヴィリアのペット。
人の言葉を理解している
そぶりを見せることも？
どうやら言葉が通じているっぽい。
アヴィリア
日本人の前世を思い出した伯爵令嬢。
この世界では雑草扱いの
ハーブが大好きで、モノづくりに没頭中！
前世知識を活かして、
ハーブやお花の料理を開発中！

ウェルジオ
セシルの兄。
前世を思い出す前のアヴィリアを
敵視していて、セシルから
引き離したいと考えている。
セシル
公爵家の子女でアヴィリアの親友。
明るい元気っ子だが、何やら
誰にも言えない秘密が……？

いつも嫌味な彼から贈られたのは
前世を思い出させる『桜』の髪飾りで……
「ウェルジオ様。
どうでしょう？
似合いますか？」
私は目の前の少年に微笑んだ。

ライセット!
My Life Reset Plan
~転生令嬢による異世界ハーブアイテム革命~
Sakana Aoi
蒼さかな
ill. コユコム

口絵・本文イラスト
コユコム

装丁
AFTERGLOW

My Life Reset Plan

CONTENTS

Prologue　始まりは唐突に

その日。アヴィリア・ヴィコット伯爵令嬢は、自らの置かれた現状に思わず心の中でつぶやいた。

（ジーザス……）

今の己の心境を表すのにこれほど適した言葉が果たしてあるだろうか……。

「アヴィリア⁉　気がついたかい？」

「大丈夫？　気分はどう？　どこか痛いところはあるかしら……？」

私が最初に目を覚ました時、真っ先に目に入ったのは心配そうにこちらを見下ろす両親の顔だった。

父の声は震え、母の目元には今にも溢《あふ》れそうな涙が滲《にじ》んでいた。

「……ええ、大丈夫よ。なんともないから」

二人の問いかけに対して私は反射的に言葉を返した。とにかくそんな顔をこれ以上させたくなくて。寝起きの重いまぶたのわりにはしっかり笑えたほうだと思う。

「……」

だが、私の予想に反して二人はそれに安堵《あんど》を覚えるどころか、驚くほどに顔を歪《ゆが》めてみるみるうちに青ざめていく。

「……？　二人とも、どうしたの？」

さすがに様子がおかしいと思わず再度口を開けば。

「…………………っい、医者ああぁ────っ！　誰か！　誰か今すぐ医者を呼べ！　娘が、娘が壊れたああぁ────っ‼」

「…………ふぅ」

「奥様⁉　お気を確かに！　奥様っ‼」

叫ばれた。さも恐ろしい妖怪《ようかい》でも見ましたみたいな勢いで父は部屋を飛び出していき、母にいたってはその場で気を失い、倒れる寸前にメイドの手によって支えられる。

（────いや、酷《ひど》くね……？）

なんで大丈夫よって伝えただけでこんなカオスな状況になるわけ？

重い体を起こせば、手をついたベッドの感触がいやにふかふかしていることに、何故《なぜ》か違和感を感じた。

（……？　ベッド……、変えたっけ……？）

その違和感の正体に気づく間もなく部屋を見渡せば、大きな鏡台に映る自分と目が合った。

ウェーブがかった鮮やかな薔薇色《ばらいろ》の赤い髪。長い睫毛《まつげ》に縁取られる大きな瞳《ひとみ》は太陽のように鮮やかなオレンジ色……。

（あ、れ……？　わたし、こんな顔してたっけ……？）

鏡に映る自分の姿に違和感を感じる。

（私は確か黒髪で、瞳だって普通に黒じゃなかったかしら？）

寝起きでぼーっとしていた頭が徐々に鮮明さを取り戻していく。視線を動かせばはっきりと映る、目の前に広がる光景――――。

それは、自分の全身が凍りつくほどの衝撃だった。

豪華な調度品が置かれた西洋風の部屋。大型バス一台がゆうゆうと入りそうなその空間は、どう見ても私の知っている自室ではない。

(…………なに、ここどこ？　私の部屋じゃない……っ⁉)

「お嬢様、どうなさいました？　どこか具合でも……？」

急に声をかけられて思わずびくりと体が震える。近くまで人が来ていることにまるで気づかなかった。

(なに⁉　メイド⁉　なんでそんな人がうちに……？　…………ううん、前からいたはずよ。……髪を結うのが下手《へた》で、いつも引っ張られて痛いから、よく蹴《け》り飛ばして……あれ？)

まただ。髪なんていつも自分で結っていたはずなのに、なんで違和感を感じるの？

それだけじゃない。そこで倒れているのは誰？　部屋を飛び出していったのは誰？　私のお父さんとお母さんはこんなじゃないわ。確かもっと…………もっと？　あれ、あれ、あれ⁉

「あ、う……」

脳裏によぎる鮮明な記憶と溢れ出すたくさんの情報。

ぐるぐるぐるぐる。いろんなものが混ざり合って混ざり合って混ざり……。あ、だめ。

……ふらぁ。

「おおお嬢様あぁぁぁ――――っ⁉」

「お嬢様がまたお倒れに⁉」

「奥様、しっかりなさってください……‼」

「おい医者はまだか、医者は！」

「お嬢様、お嬢様っ⁉」

「奥様、奥様――っ！」

周囲の慌てふためく声を聞きながら私の体は再びベッドに沈んだ。勢いを持って倒れたはずなのに、まるで天使の羽にくるまれたかのようにぽふり、と痛みもなく優しく受け止めてくれたベッドに「やっぱ高級品は安物とは違うわぁ……」などとどうでもいい感想を抱きながら、私は意識を飛ばした――。


再び意識を失いベッドの上に倒れた私。気を失ったままの母親。それに慌てふためき阿鼻叫喚《あびきょうかん》の使用人たち……。

医者の手を引っ張って慌てて戻ってきた父は、医者への詳しい説明より先にこの状況を何とかすることから始めなければならなかった。

＊＊＊

「それで、医師《せんせい》……。どうなんでしょう？」

「……外傷はありませんし、意識もしっかりしてらっしゃいます。受け答えもきちんとできてますし、どこにも異常は見られません……」

「異常がないだって⁉　そんな馬鹿な！」

申し訳なさそうに答える医者に、しかし父は信じられないという風に言った。

「アヴィリアが！　あのアヴィリアが素直に〝大丈夫〟と言って笑ったんだぞ⁉　罵《ののし》ることもなく、こちらの様子を窺《うかが》うような素振りさえ見せたというのに！　異常がないとはどういうことだ⁉」

「ああ……、相手を蔑《さげす》むこともなく申し訳なさそうにするこの子が見られるなんて、夢なんじゃないかしら……」

だとしたら一生覚めないで……とつぶやくお母様はとうとう顔を覆って泣き出してしまい、それを傍らのメイドが必死に支えていた。

（………いや、酷くね？）

それがやっとこさ目を覚ました実の娘に言うこと……？

「はあ……」

まあ、そんな周りの現場は今はひとまず置いとくとして。

遅ればせながら何故こんな状況になっているのか、一旦《いったん》整理するとしようか。

私の名前は、アヴィリア・ヴィコット――――。

アースガルド王国の国王、アークタルス陛下の側近を務める王国騎士団の将軍にして、王都の南側に領地を持つロイス・ヴィコット伯爵と、その妻ローダリア・ヴィコットの一人娘。それが『私』だ。

そのご令嬢様がなにゆえこんなことに？　とお思いかもしれないが、それについては数時間前までさかのぼる。

私たち親子は本日、王都の近隣にある森の湖までピクニックへと出かけたのだが、そこでひとつ事件が起きた。

久しぶりの親子揃《そろ》っての外出にはしゃぎ回った私が、足を滑らせて湖に落ちてしまったのだ。すぐに父の手によって助けられるも、私に意識はなく、大急ぎで屋敷に連れ帰られ医師の診察にかけられた。

幸い異常はなく、ショックで気を失っただけだろうと診断された私は、その後すぐに目を覚ました。

そう……。前世の記憶という余分なオプション付きで――――。

『広沢咲良《ひろさわさくら》』。それが私の前世の名前。

特に目立つこともなく、ごくありふれた平凡な人生を送っていたどこにでもいるただの一般人。間違っても主人公やヒロイン的なキャラじゃないし、漫画や小説的に言えばその他大勢のモブキャラ、よくて友人Aがぴったりな人生でした。

……仕事帰りにトラックとこんにちはするという、予期せぬ交通事故に遭うまではね。

（しかもそれを溺《おぼ》れたショックで思い出すとか……、ラノベかよっ!?）

平凡人生が来世でまさかの非凡にジョブチェンジ。そりゃぶっ倒れもするし脳がキャパオーバーを起こしもするさ。こんな展開望んでない。

（つまりこれは漫画や小説でよくある転生とかいうアレなやつ!?　どっちにしたってありえなさす

ぎるでしょう……っ）

しかも異世界。非凡に加えてファンタジー要素のオマケ付き。再度言うがこんな展開望んでない。ああ神よ、私が一体何をしたというのでしょう。平々凡々普通に生きてきたというのに。あんまりです、せめて一発殴らせろ。

「信じられない……、こんなことが起こり得るのか……⁉」

「どうしましょう……、こんな、こんな……っ」

ですがご安心めされよ神とやら。今は貴方《あなた》などよりも現在進行形で騒いでいる目の前の大人たちのほうが問題なので、正直貴方なんぞをしばいている場合じゃありません。

湖で溺れたうえ前世の記憶を思い出して「ラノベか⁉」状態の当事者《わたし》よりも、周りの大人たちのほうがよほど酷い阿鼻叫喚ぶりだった。

無理もないとは思うよ？　可愛《かわい》い一人娘が湖で溺れて、やっとこさ目を覚ましたかと思えば性格がガラリと変わってるんだから。

周りはこの出来事に対し、それはもう大層に嘆き悲しんだ――――……。

のではなく。

「奇跡だわ……。アヴィリアがこんな優しい言葉をかけてくるなんて……っ」

「ああ、まだ夢を見ているみたいだ……。あのアヴィリアが、こんなに礼儀正しくたおやかになって……。きっとあの湖がこの子の邪《よこしま》な心を洗い清めてくださったに違いない！」

「あの湖には精霊が住んでいるのでは⁉」

「ああ、精霊様……。ありがとうございます。我らは心よりそのご慈悲に感謝いたします！」

「精霊様ばんざ―――いっ」

（いや、おかしいだろ）

なんで揃いも揃って子供の豹変《ひょうへん》を心の底から喜んでいらっしゃるのでしょうね。

目を覚ました娘の様子がおかしいと呼び戻された医師が急いで診察してみれば、どこにも異常は見られずいたって健康体。なのに本人の性格だけが一変。まるで別人のように豹変しているという現状。

医者はこれを精神障害のひとつと判断した。ショックや恐怖のあまり、人格に異変が生じたのではないか……というのが医者の見解であった。

当たらずとも遠からずだ。なんて優秀な医者。

「なんという奇跡でしょう！　こんなに素晴らしいことがあるなんて！」

「天使よ、天使がお嬢様に乗り移ったに違いないわ！」

「違うわ、精霊よ！」

しかし周りはこの事実を喜んだ。実の両親から使用人たちに至るまで、それはもう心の底から喜んだ。拍手喝采《かっさい》狂喜乱舞。屋敷中が歓声に包まれた。

………いや、酷くね？（三度目）

十歳の子供に対するあまりの現実にちょっと目頭が熱くなってきたんだけど？

（それほどアヴィリアの有様は酷かったってことなのか……）

アヴィリア・ヴィコットを表す言葉を挙げるならば、間違いなく『性悪令嬢』だ。

彼女にとって使用人とは主《あるじ》の望みを叶《かな》えるための奴隷であり、彼女にとって平民とは存在する価値もない生きた雑草でしかない。

そもそも今回の発端である湖事故も、もとを正せば悪いのはアヴィリアだ。お父様ははしゃぎ回って足を滑らせたなんて言ってたけど、ちょっと待ってほしい。

アレそんな可愛らしいもんじゃないよね……？

正しくはこうだ。

『明日は休みが取れそうなんだ。たまには家族で出かけようか？』

『えぇ～⁉　嫌ですわ！　こんな日差しの強い季節に外に出るなんて、私の白い肌が日に焼けちゃったらどういたしますの⁉』

から始まって。

『あぁ、暑～い。ちょっと！　なにボーッとしてるのよ！　私が暑いと言ってるんだから、扇ぐくらいしなさいよ！　あぁっ、やだ、虫が！』

なんてことになって。

『お嬢様、お飲み物を……』

『……なによこれ、ぬるいじゃない！　こんな飲み物で私の喉《のど》を潤せっていうの⁉』

『も、申し訳ありませんっ』

そして癇癪《かんしゃく》を起こしたアヴィリアは暴れだし、その勢いで足を滑らせドボンだ。どっからどう見ても自業自得である。

加えてアヴィリアは勘違いも酷かった。

彼女にとっての金銀宝石は、己をさらに輝かせるための付属品であり、この世の美しいドレスはみな自分が着てこそ価値がある。私が望めば周りがそれを叶えるのは当然だし、私の願いを叶えるという役目を持てたことに喜びを感じるべきだ。一国の王女や女王でさえも、私という素晴らしい存在の前では霞《かすみ》も同然。

『私は選ばれた存在』

『私はこの世界で一番愛されるお姫様』

『この世の全ては、私という美しく尊く素晴らしい存在のためだけにあるのよ‼』

なんてことを心の底から一片の迷いもなく信じ込んでいた。

………信じられる？　これが齢《よわい》十歳の子供の思考回路なのよ？　なんて古典的な悪役キャラなのかしら。なるほどこれが今流行《はや》りの悪役令嬢ってやつね。そして私は悪役令嬢転生、と。

（そりゃ周りが喜ぶのも無理ない……て、ちょっと待てよ）

それはつまり、記憶が戻らないままだったらアヴィリア《わたし》の行く末はその悪役令嬢にありがちな追放とか処刑とかいう、お約束な結末になっていたというコトでは………？

（………あっぷねええぇぇ――――っっ‼）

よかった今思い出して！

断罪直後の鬼畜ルートで前世がプレイバックなんてしてたら、たまったもんじゃなかった。そんな状況で生き残れるほど私は強くありません。なんたってモブAですからねっ。

「……アヴィリア、どうしたの？　顔色が悪いわ」

「何⁉　やはりどこか具合でも……‼」

「ちちち、違います！」

思わずあったかもしれない未来を想像して一人ベッドの上で震えていたら、それに気づいた両親が不安げに声をかけてきたので慌てて否定する。

「……み、みんなに心配をかけたみたいで……、悪いことしたなって、ちょっと反省してたんです……」

これ以上下手《へた》に騒がれても困るし、幸い周りは喜んで受け入れてくれてることだもの。それを利用して今のうちに周りを気遣える〝いい子〟をちょっとでもアピールしておこう。バッドエンドなんてまっぴらごめん。

正直に言おう。…………………やるんじゃなかった。

「――――～～あなたっ！　あなた聞きまして⁉　アヴィリアが！　この子の口から反省なんて言葉が出ましてよ⁉」

「ああ、聞いたとも！　この子の頭には存在すらしないと思っていた言葉が！　くぅ……、まさか聞ける日が来ようとは……っ」

「旦那《だんな》様、奥様！　今日はなんとめでたい日なのでしょう‼」

「酒だ！　酒持ってこい！」

「とっておきのやつ開けるぞ――――！」

「「おお――――！」」

…………いや、酷《ひど》くね？（四度目）

なに子供の豹変祝おうとしてんのよ。自分からやったくせにちょっぴり後悔した。

その後もヒートアップした大人たちはなかなか止まらず、「もう疲れたので眠りたいです」と半ば無理やり部屋からご退場願うまで続いた。このままだとここでどんちゃん騒ぎ始めそうな勢いだった。

あれ？　悪役転生って、こんなんだっけ……？　なんだろう、この果てしなく溢《あふ》れるコレジャナイ感は。私の知ってるのと違う。

（寝て起きたら全部夢でしたとか、ないかな……）

分かってる、現実逃避だって。でもそう思ってしまうのも無理ないじゃない。扉の向こうからかすかに聞こえてくるたくさんの人間がわいわいと騒ぐ賑《にぎ》やかな声を聞いてれば、誰だってそう思うわよ。

あいつらガチで宴会始めやがったんですけど⁉

賑やかな声をＢＧＭにベッドで横になる私の目は完全に虚ろだった。次に目を覚ましたら、いつもの景色が目の前に広がっていることを本気で神に祈った。

心の底から夢オチ希望！

第1話　そして始まる異世界生活

しかしそれから半月後。現実とはかくも厳しいものであると私は早々に思い知ることとなる。

さんざん心の中で悪態をついたのがまずかったのか、神とやらが私の願いを聞き届けてくれることは結局なかったのだ。

記憶を取り戻してからの半月間。残念なことに現状は何も変わらず、こうなれば我が身に残された選択肢はもはや開き直ることだけ。ふふふ、もう乾いた笑いしか出ないわよ。あは、あはは、あはははははははははは……。

「……はぁ」

この半月でどれくらいのため息をついただろうか。逃した幸せの数も計り知れぬ。

これはアレですかね。神からの試練なんですかね。やっぱ私なんかした？　罵倒《ばとう》したのがそんなに気に障ったんですか？　でっかい存在のわりに心はちっちゃいんですね。がっかりですよ。

「ふっ……」

いいでしょう神とやら。そっちがその気ならばその試練受けてやりますよ。流行りの異世界転生、心から満喫してやろうじゃありませんか。元社会人の柔軟性と諦《あきら》めの良さをなめないでいただきたいわね。新しい環境、新しい人生。いいじゃない素晴らしいじゃない、やってやるわよ。ええ。

（第二の人生、存分に謳歌《おうか》してやろうじゃないの‼）

ぶっちゃけただの開き直りである。そうでもしないとやってられないだけという気がしないでもない。

――――コンコンッ。

一人ベッドの上でぐっと拳《こぶし》を握っていると、部屋の扉がノックされ一人のメイドが入ってきた。

「失礼いたします、お嬢様。お飲み物をお持ちしました」

「ちょうど喉が渇いていたの、ありがとうテラ」

握りしめていた拳を慌てて隠しにっこり笑顔でお返事。

元社会人からすればこんなこと何でもない。学生時代のアルバイトで培った0円スマイルは社会に出た後はもちろん、現在でも非常に役に立っている。

「――――っ、い、いえ、それでは失礼いたしますっ‼」

そしてとても素早い動きでお茶を淹《い》れ、ささささっと部屋を出ていってしまう。

あんなに速い動きでも姿勢を崩さず、バタバタ足音さえ立てずに優雅に去っていくのだから我が家のメイドは本当に有能だ。だがしかし。

「いい加減慣れてくんないかなぁー……」

先ほどのはここ半月であきれるくらいに見慣れた光景なのである。

前世の記憶を取り戻してから、アヴィリアの性格はこれまでとはガラリと変わり、無駄に威張り散らすことはしないし、癇癪を起こして騒ぎ出すこともなくなった。

わがままお嬢様の被害を一身に浴びていたメイドたちからすれば、こんなに嬉《うれ》しいことはないだろう。毎日の服装から髪型。お茶やおやつの種類に至るまで、少しでも気に入らなければ毎度ギャーギャー喚《わめ》かれていたのだから。

それでも相手が仕えている屋敷のお嬢様では逆らうこともできず黙って従うしかない。

そのせいで必要以上に関わらないよう、距離を置かれていたのだが、今の状態になってからは関係が少々改善されその距離もなくなった。

そして庶民的感覚がいまいち抜けきれないため、相手が使用人であっても当たり前のようにお礼を口にした。たったそれだけのことだが、彼らからすれば信じられないくらいに嬉しいことなのだ。

それほどアヴィリアの彼らに対する扱いが酷かったとも言えるが……。

毎朝の身支度に関しても、「今日はどのような髪型にしましょうか？」「こちらのお洋服はいかがです？」なんて、以前では絶対になかったような会話を最近では普通に交わせるようになった。おかげで毎度着せ替え人形のようになってはいるけども。

それについてはアヴィリアの容姿が非常に整っているということもひとつの原因だろう。

薔薇《ばら》のような紅《あか》い髪はふわふわと柔らかく、オレンジ色の瞳《ひとみ》は大きなアーモンド型。肌は白く透き通ってきめ細かく、まるでお人形のよう。

そんな姿は誰が見ても美少女だと言うだろう。我が顔ながら鏡を見るたびに自分でもそう思う。

ちょっと他人感覚だけど……。

そして中身が成人済みということもあり、今のアヴィリアは十歳の子供にしては非常に落ち着いている。そんな大人びた姿は、以前のアヴィリアを知っている者からすれば人が変わったとしか思えない佇まいなわけで……。

おかげで湖の精霊説はここ半月ですっかり信憑性《しんぴょうせい》を増し、たまに使用人たちがお供え物片手に手を合わせに行っているらしいというのだから全く解せぬ。ほんとになんでそうなったよ。

（しかし、ホントに異世界なのね、ここ……）

窓の外に広がる青空は元の世界と同じなのに、その下に広がる景色は元の世界とは全く違う。


――――『アースガルド王国』。緑溢れる自然豊かな平和な国。


かつて精霊と心を通わせることができたという始祖によって建国されたこの国は、精霊を祀《まつ》り、もっとも尊いものとしている。

元の世界のような神を信仰するという習慣はこの国にはない。

自然界のありとあらゆるものに精霊は宿っていて、私たちの暮らしを支えてくれている、というのが始祖の教えだ。

それもあって、私の豹変《ひょうへん》ぶりをきっかけにあの湖には間違いなく精霊様が住んでいらっしゃる！と屋敷内ではまことしやかに囁《ささや》かれているのだが。

けれどファンタジーにありがちな魔物とか魔王とかそういう物騒なものはいない。魔法なんての も聞かないから多分ないんじゃないかな。そこだけはちょっと残念なような気もする。せっかくの異世界なのに。

しかし違うところもあれば同じところもたくさんある。

犬や猫、鳥などの動物たち。食事に使われている調味料など、それらは前の世界と一緒だ。

（ソースとかオリーブオイルとか……普通にあったしな）

しかも似ているとかじゃなく名前まで全く同じ。本当にどういう世界なんだろう。

(ま、世界のことなんて、いくら考えたところで分かるわけないんだけど)

何もかもが違う別世界に放り出されるよりはマシだったと思っておこう。

考えることを放棄して、テラが用意してくれたお茶を冷める前にいただく。

香り高いミルクティーに、紅茶の味は変わってなくてよかったと思いながらゆっくりと味わった。

と、屋敷のどこかから突然、「湖の精霊様ばんざ――――いっ‼」と叫ぶテラの声が聞こえてきて一気に気分が冷めた。

テラ。貴方《あなた》最近隠さなくなってきたわね……。

＊＊＊

記憶が戻ってひと月が経過した。

季節は夏から秋に変わり、過ごしやすい気候になった。その頃になってようやく部屋から出てもよいという許可が下りた。

というのも、私の身を案じたお父様が「まだ安静にしてなさい」と言って部屋から出ることをなかなか許してくれなかったせいだ。

溺《おぼ》れたくらいでと思わなくもないが。そのせいで人格が豹変したこともあり、もともと子煩悩だった性格にさらに輪をかけたらしい。それが分かるのでわがままも言えなくて、むしろ心配かけてごめんなさいと謝ったら父は何故《なぜ》か目元を覆って天を仰いだ。

いくら可愛《かわい》がっていた愛娘《まなむすめ》とはいえ、わがままな癇癪《かんしゃくも》持ちに手を焼いていたのは使用人だけではないようだ。

しかし実の父親までこの反応とは。アヴィリア、あんたよっぽどだったのね……。

「でも本当に良かったわ、アヴィが元気になって」

「大げさよ、もともとちょっと溺れただけで、怪我《けが》とかは全然なかったんだし……」

そして現在。自室でのニート生活を脱した私は、見舞いに訪れてくれた友人と共にヴィコット邸の庭園でのんびりとお茶を飲んでいた。

「………ほんとに雰囲気変わったわねぇ……」

「ほ、ほほほほほっ」

しみじみとつぶやかれた言葉に引きつった笑いが漏れる。

珍しいものでも見るような目でこちらを見つめてくる彼女の名は、セシル・バードルディ――。

アースガルドを代表する公爵家の一人娘で、さらりと風になびくハニーブロンドと宝石のように煌《きら》めくエメラルドの瞳はまさに絵本の中のお姫様そのもの。

（アヴィリアといいセシルといい……、この世界やけに顔面偏差値高くないか……？）

会う人会う人みんな、異様に整った美形ばかり。この世界に来てから美的感覚が少々狂いそうになっている気がする。元日本人の目には若干まぶしいです。

「このケーキ美味《おい》しいわね」

「王都で人気のお店のだもの！　アヴィの快気祝いに張り切って並んじゃった！」

「セシルが並んだの⁉」

人気店のスイーツを買うために公爵家の令嬢がお店の行列に並ぶとか……。よく周りは止めなかったわね。

セシルが差し入れてくれたイチゴのショートケーキは前世でも滅多に口にすることのなかった高級洋菓子店のそれとも引けを取らぬ美味しさだった。この世界の職人もいい腕してる。

これが箱の中から姿を現した時はこの世界にもイチゴショートあるんかーいと思わず心の中で突っ込んでしまったわ。仕事してくださいファンタジー。

「止められたけど、友人のお祝いくらい自分で用意したいじゃない？」

そう言ってにっこりと笑うセシルの可愛らしさといったら……っ！

公爵家の令嬢だというのに気取ったところは少しもなく、親しみやすくて話しやすい。

なにこの娘《こ》、天使かな？

お家の身分的にはすごい差がある私たちだけど、出会いはほんの数年前――。

彼女の遊び相手にと、私が選ばれたことがきっかけで知り合った。

貴族の子供は基本、近しい家柄の子供の中から遊び相手を選ぶものだけど、父親同士が旧知の仲だという繋《つな》がりがあったために私に白羽の矢が立ったのだ。

これってすごい光栄なことなのよ？　公爵令嬢のお友達になりたい多くの子たちを差し置いて選んでいただいたんだから。

……もっとも、そんな大人の事情なんてわがままお嬢様はこれっぽっちも理解してなかったんだけど。

自分より地位が高く、見目も整ったこの美少女をアヴィリアは当然のように毛嫌いした。散々暴言を吐いたし粗雑に扱った。

伯爵家の娘が公爵家の令嬢をぞんざいに扱うなんて……。

ほんとよく今まで無事でいたもんだよ。首がズバッと逝っててもおかしくないし、下手《へた》したらお家取り潰《つぶ》しだよ？　ぶっちゃけ今でもちょっとドキドキしてる。

それもこれも、他ならぬセシル自身が私を友人と呼んでくれるおかげだろう。

アヴィリアからぞんざいな扱いを受けてなお、私たちの交流が続いているのはセシルがその繋がりを切ろうとしないからだ。

どんなに嫌悪感を向けられても、酷《ひど》い言葉を浴びせられても、セシルは決してアヴィリアから離れずに、友人としてそばに居続けた。

周りの人間はそんなセシルの行動にさぞ首を傾《かし》げたことでしょうね。

そんな彼女はアヴィリアが湖で溺れたと聞いた時も、すぐさま馬車をかっ飛ばして駆けつけて来てくれた。

お姫様のような美少女が道場破りよろしく屋敷の扉を勢いよく開けて現れた時は、あまりの迫力に何のホラーかと思ったよ。

「アヴィリア様あぁ――っ⁉　ご無事ですか大丈夫ですか私が分かりますかだいじょーぶ⁉　ご安心くださいっ、貴方を苦しめた湖とやらは私が責任を持って水という水を全っ部吸い上げて跡形もなく埋め尽くしてやりますからっ！」

「怖っ⁉　いや、おち、落ち着いてっ⁉　私はこの通り全然大丈夫だから！　そんなことしたら自然破壊だからっ！」

「…………は」

「ほんとにちょっと溺れちゃっただけなのよ……、もうなんともないから。ごめんなさいね、心配かけて……」

「……………は」

私の返事を聞いた彼女はそれまでの勢いが嘘のように消え、まるでこの世のものではないものを見ているかのようにその綺麗《きれい》な瞳をかっ開いて固まった。

硬直が解けた途端、「アヴィリア様が全然大丈夫じゃなーーーーいっ⁉」と令嬢にあるまじき叫び声を屋敷中に響かせていた。

うん。目を覚ましてから今までに幾度と見てきた反応ですね。友よ。キミもか……。

まあ、いつもの私なら「うるっさいわね！　何しに来たのよあんた‼　そのうるさい口を今すぐ閉じなさいっ！」くらいの暴言を返してるだろうしね。

その後、近くにいたメイドから事の詳細を聞いて事実を知るが、うろたえたのは最初だけで以前と同じように友人のまま、変わらず一緒にいてくれる。

部屋で過ごしていた時も数日置きに顔を出しに来てくれて、逆にこっちが申し訳なくなるくらいだった。

（ほんと、なんでこんな良い子がアヴィリアの友人だったのか本気で謎なんだけど……）

答えは迷宮入りしそうな感じ。ホームズもお手上げの事案。

以前はお世辞にも良い関係とは言えなかったが、今では気軽な口調に愛称で呼ぶようにもなって、すっかり仲のいい親友だ。

「家を出る時にお兄様にも声をかけたんだけど、また逃げられちゃったのよねぇ……」

「お兄様だって色々忙しいんでしょうに。無理を言ってはダメよ」

「ぜーーったいに会わせたいのに！　今のアヴィを見たら絶対驚くわよあの人」

（それはあまりの豹変ぶりにということですかねセシルさん）

ははは。思わず乾いた笑いが漏れた。

（セシルのお兄さん、ねぇ……）

セシルのふたつ違いの兄、ウェルジオ・バードルディ――――。

彼とは以前一度だけ会ったことがある。さすが兄妹《きょうだい》なだけあって、セシルによく似て金髪の美少年だったことはかすかに覚えている。

わがままお嬢はかっこいい男の子に気をよくしてさんざん付きまとったんだよね……。

それがよっぽど嫌だったのか、それ以来彼と顔を合わせることはなかった。アヴィリアがバードルディ邸を訪ねた時も留守だったし、今回のようにセシルが声をかけても何かと理由をつけて断っている。

……明らかに避けられてるわよね、コレ。

（いつかは、また会うこともあるんだろうけど……）

セシルには悪いが、こちらから無理に会うこともないだろうというのが本音だ。

「最近周りとの関係はどう？　テラとか、メアリーとかアンナとか、……シャリーとか」

「問題なく良好よ。最近はすっかり気さくに話しかけてくれるし、ちょっとした冗談なんかも言ったりするのよ」

私の前世の記憶が戻ってから、セシルはたまにこうして周囲との関係を聞いてくることが増えた。

最初はどうしたのかと思ったものだが、セシルはおそらく私の人間関係を心配してるんだろうと思う。

以前のアヴィリアのメイドに対する扱いは、もはや奴隷に対するそれだったと言ってもいいくらいに酷かったから。

いくら私の中身が変わったとはいっても周りにいる人間はそのままなのだから、上手《うま》くやれているのかどうか……、そりゃあ心配にもなるだろう。

「そう、良かったわ！」

そして私の答えを聞いてはほっとした笑顔を見せる。

多分、随分前からアヴィリアのあまりにも悪すぎる周囲との関係を心配してくれてたんだろうな。

同世代の子に人間関係を心配される十歳児とか……。

そして粗雑な扱いを受けていたにもかかわらずそんな相手の周囲まで気遣えるセシルが本気で天使に見えてきた。

ほんと、なんでアヴィリアの友達なんてやってたんだろ……。

＊＊＊

「はい、ワンツー、ワンツー。そこでターン！」

さて。ベッド生活ともおさらばし、無事日常生活に戻ることができたわけですが。そんな私が現在何をしているかと言うと。

「よろしいですわお嬢様。上達なさいましたね」

「ありがとうございます、先生」

立派な貴族令嬢になるため絶賛修業中だったりします。

……いや正直、貴族のお嬢様なめてたわ。

礼儀作法からはじまり、歌、ダンス、刺繍《ししゅう》その他諸々《もろもろ》……。すごいよマジで。世のお嬢様たちがこれを全てこなしているのかと思うと恐れ入る。まあ、中には勉強嫌いだとサボる娘もいるんだけど……。

「湖での一件を聞いた時は驚きましたが、大事ないようで何よりですわ。お嬢様がやる気になってくれてわたくしも嬉《うれ》しいです」

「ほ、ほほほほほ…………」

言うまでもないけど、そのサボりまくってた勉強嫌いの令嬢ってアヴィリアのことよ。分かってたと思うけど。

アヴィリアの劇的メタモルフォーゼに一番喜んだのはもしかしたら家庭教師の先生たちだったかもしれない。まともに授業も受けない、そのくせ強く指摘でもしようものならギャーギャー喚《わめ》いて父親の伯爵に言いつけてクビにする、の繰り返しだったもの。

とんでもねぇな。勉強はできないのに悪知恵だけはしっかり働く。いやだこんな子供。

(今まで大変ご迷惑をおかけいたしました。これからは精一杯頑張らせていただきますっ)

いやほんと。マジで頑張らないとやばいのよ色々。

前世の記憶を思い出しても、今までのアヴィリアとしての記憶が消えたわけじゃない。それは助かるんだけど、さっきも言ったようにアヴィリアは大の勉強嫌い。令嬢としての礼儀作法はもとより、この世界の歴史云々《うんぬん》などの勉強もアヴィリアはまるで身に付けていなかったのだ。

この世界の情勢が何も分からないという状態には正直焦った焦った。もう慌てて勉強はじめたよ。それを見てようやくやる気になってくれたと、父がまたなにやら天を仰いでたり、終いには菓子折り持って湖の精霊にお供えしに行ったりとかしてたけど、そこに突っ込んでる余裕もなかったわ。

そうして大慌てで勉強を続けているさなか、私は衝撃的な事実を体験することとなる。

そう、子供の体の素晴らしさを！

（もう一時間もダンスのレッスンを続けてるのに全然疲れない……。すごいわ子供って！）

体が非常に軽い。疲労、肩こり、筋肉痛。そんなものはもはやナニソレ状態。さらにさらに付け加えるならば呑《の》み込みも早い。

ちょっと前まで大人として生きていたからこそ分かるこの違い。子供の脳の柔軟性、パネェ。

でもそれがなんだか楽しくて、気づけば私は子供としての生活にすっかりハマっていた。

転生当初は子供に逆戻りしたことに戸惑いも感じたけれど、よくよく考えればこれってむしろラッキーなんじゃないだろうか。子供特有の体力と柔軟性、それらを生かさない手はない。

第二の人生悪くないんじゃない？　幸先いいんじゃない？　この調子でセカンドライフを存分にエンジョイしちゃおうじゃないの。

そう、題して『My人生《ライフ》リセット計画！』、略して『ライセット！』。

なーんてね。むふふふふふふっ。

………とか思ってた少し前の私に言ってやりたい。

人生んな甘いわけねぇ。

＊＊＊

「はあぁぁ……」

自室のベッドの上でぐでん、と転がりながら盛大なため息をひとつ。

「ため息などつかれて……、どうなさいました？」

そんな私の状態を見て、お茶を淹《い》れながらメイドのテラが不思議そうに声をかけてくる。

彼女は少し前に私専属のメイドとして正式に任命されたばかり。

専属メイドの話は以前からあったんだけど、誰もアヴィリアの専属などやりたがらないものだから、ずっと他のメイドとローテーションしていたのだが、今のアヴィリアなら大丈夫だろうとお父様がメイドたちに声をかけたらしい。

そうして選ばれたのがテラである。現在十六歳の彼女はヴィコット邸に勤め始めてまだ三年ほどだが、若手ながらも仕事が早く正確だと評判だ。

ちなみに、声をかけた時はメイド全員が「我こそは！」と名乗りを上げ誰も譲らず、ヴィコット邸の一角で三時間にも及ぶメイドたちの熱いじゃんけん大会が私の知らないところで繰り広げられていたようだ。

閑話休題。

「何もすることがないから…………、暇なの」

「午前中のレッスンは終わりましたしね。お好きなことでもしてゆっくりなさったらいかがです？」

（……それができないから困ってるのよっ！）

お勉強も終わって楽しいプライベート時間。子供の私には仕事なんてないし、さて何をしようか。スマホでゲーム？　まだ読み終えてなかったネット小説の続き？　それとも何かドラマかアニメでも見る？　あ、かわいいペット動画を探すのもいいかもしれない。美味しいおやつをいただきながら、ふわふわもふもふの癒やしの時間を――――…………って。

（異世界にんなもんあるわけねぇ……っ‼）

私はすっかり失念していた。ここが日本ではない異世界だということを。

この世界にインターネットなんてものが存在してるわけがない。もちろんネットで小説を読むこともできないし、動画だってないし、そもそもテレビがないんだからドラマもアニメもない。なんなら携帯だってない。

現代人の必須《ひっす》アイテムと呼ばれた数々はこの世界にはことごとく存在しない。

（きっついわー……）

現代っ子にこれはきつい。もはや拷問と言ってもいいレベルできつい。異世界転生まっっったくもって優しくない。むしろ前世の記憶がある分、余計にきついんですけど？

うぅ、あんまりです神様。やっぱりいっぺん殴らせてください。

この世界でできることと言ったら、せいぜい屋敷の書庫で本を読むことくらいだが、それも毎日だとさすがに飽きる。

セシルは頻繁に遊びに来てくれるけど、それだって毎日というわけではない。

以前は休日になるとパソコンを開いてネットを楽しんだり、庭で育ててるハーブの様子を見たり、掃除や洗濯など身の回りのことをしていれば時間なんてあっという間に過ぎていった。

けれどアヴィリアは由緒正しき伯爵令嬢。身の回りのことは全てメイドたちがやってくれる、なんなら身支度だってメイドたちがやってくれる。

私のすることが何もない。おかげで最近は無駄に時間が過ぎていくのをただ待っているだけだ。

(ダメだわ……。いつか豚にでもなりそう……)

思わず頭に浮かんだブヒッと鳴くピンクの物体を必死で思考の柵《さく》の外に追い出す。

退屈は危険だ。あれは人を殺せる立派な社会問題よ。

これでもちょっと前まで中身は立派な社会人だったのだ。いきなり何をするでもない暇な時間を手に入れても精神的に慣れない。おかげでフラストレーションがたまるたまる。

せっかく手に入れた第二の人生、この際思いっきり楽しんでやろう、心から満喫してやろう、このチャンスを無駄にするなんてもったいない。

なんて思った矢先だったのに……。早速時間を無駄にしている気分である。

「はあああぁ……」

ままならない現実に漏れるため息も止まらない。

「お嬢様、そんなため息などつかずに。ささ、お茶の用意ができましたわ。美味しいおやつでも食べて元気出してくださいませ」

「……ありがとう、テラ」

お礼を言ってテラが差し出す紅茶を受け取った。む、アールグレイ。茶葉が良いのかテラの腕が良いのか下手《へた》な渋みもなく、まるで高級喫茶店のそれを飲んでいるような美味しさ。

ちなみに昨日はダージリンで一昨日はセイロン。その前がアッサムで、そのまた前が同じくアールグレイだった。

生産国だって違うはずなのに同じ名前に同じフレーバー。不思議だねファンタジー。

「………」

いや、飽きるわ。

どういうこと？　この世界で水以外の飲料水、紅茶しか飲んでないってどういうこと？

「ねえテラ、ちょっと聞いていい？」

「はい？」

「……コーヒーとか、カモミールティーとかって、聞いたことある……？」

「こー？　……かも？　なんですか、それ？」

(やっぱりないのね……)

基本飲料＝紅茶ってことね。

ショートケーキはあるのにハーブティーはないとか……。うう、コーラとかラテとか贅沢《ぜいたく》は言わないけど、せめてハーブティーくらいはあってもよくない？　紅茶も悪くないけど甘いスイーツには口がさっぱりするハーブティーだってぴったり合うのよ。

……そういえばプランターで育ててたハーブ、どうなったかしら。

事故に遭ったの夏だったからな。春に植えたハーブがそろそろいい感じに育ってたのに使う前に死んでしまったわ。人は死んだら一番気になるのはパソコンの中の履歴やデータだって言うけど、私はそれより残してきたハーブのほうが気になる。別に暴かれて困るような履歴なんてないわよ私は。

(確か今年の夏は暑いってテレビでも言ってたような……。あんまり日差しが強い日が続くとハーブがダメになっちゃう……。あぁあ、思い出したら気になってきたっ!)

しかも余計飲みたくなった。ミントティー飲みたい、レモングラスティー飲みたい。

やっぱり異世界転生ちっっっとも優しくないわっ!

そんな思いを隠すように、お茶請けのクッキーに手を伸ばした。

さく、と独特の食感とともに馴染《なじ》みのある味が口の中いっぱいに広がる。

(お菓子の味はこっちでも変わらないのになぁ……)

自分も前世ではよく手作りしたものだ。母に教わって最初に作り方を覚えたお菓子がクッキーだった。なんだか懐かしいな。

そういえば最後に作ったのはいつだっけ……。

(――……久々に作りたいなぁ)

こうして出てくるということは、この世界にも材料はあるってことよね。

(…………………)

私はクッキーを飲み込み、紅茶を一気に呷《あお》るとおもむろに立ち上がった。

「お嬢様？　どうなさいました？」

「行くわよテラ」

「どちらへ？」

怪訝《けげん》そうにたずねる彼女に、私は笑って答えた。

「厨房《ちゆうぼう》よ！」


「お嬢様、言われたものはこちらで全部です」

「ありがとう」

料理長から全ての材料を受け取って私はざっとそれらを見渡す。

砂糖とバター、牛乳と卵。そして小麦粉。

思った通り、目の前に並ぶそれらは馴染みある材料と同じものだった。

（調味料もある程度のものは揃《そろ》ってるし……、大体のものはここでも作れそうね）

よし。それでは早速！

「あのお嬢様、これでいったい何を……？」

「決まってるでしょ？　お菓子を作るの」

「お⁉　お嬢様が、お菓子作り⁉」

服の後ろできゅっ、とエプロンのリボンを結ぶ。メイドから借りたものなのでちょっとぶかぶかだけど、ま。大丈夫でしょ。

後ろで驚愕《きようがく》の表情を浮かべたままの料理長を無視して私は早速材料に手を伸ばした。

まずは、小麦粉の量を計り、篩《ふるい》にかける。バターを湯煎《ゆせん》で溶かし、あとは砂糖と牛乳、卵……。

「ほう……。クッキーですか？」

作り始めただけで作るものが分かったのか、料理長が小麦粉と卵を混ぜ合わせているボールの中を覗《のぞ》き込んでくる。

「ええ。作り方もとても簡単なのよ」

「作り方、ご存知なんですね……？」

意外そうに言葉を返す料理長の声に、ぎくりと体が強張《こわば》った。

「あ、あの、ほら！　書庫にあるお菓子の本を読んだのよ。これなら私にも作れそうだわー……って。ほ、ほほほほほほほっ」

「ああ、お嬢様は勉強熱心ですな。それに行動的だ」

ほ。どうやら誤魔化せたみたい。

(危ない危ない。そういえば〝アヴィリア〟はお菓子作りなんて一度もしたことなかったわ)

というよりも、本来なら貴族の令嬢が厨房に立つことすら珍しいのだが。

「あの、材料はそれだけでよろしいのですか？」

「ええ。これで十分よ」

プロの料理長から見れば少ない材料しか使っていないお粗末なクッキーかもしれないけど、家庭用の手作りお菓子なんてこれで十分だ。

材料を混ぜ合わせた生地を手のひらの上で適当な大きさに丸めたら、天板に載せてぐっと指で押し潰《つぶ》して平らにする。このレシピは型抜き用ではないのでいつもこのやり方だ。

「料理長、竈《かまど》を使いたいのだけど……」

「こちらに準備してありますよ」

当たり前だがこの世界にはオーブンなんて便利なものはない。お菓子を焼いたり料理をするのは全て竈を使うのだが、さすがに竈の使い方は分からないので、ここはプロに手伝っていただく。

そして約一時間後――――。

『おお――……』

厨房にいる全員の声がひとつになった。

「クッキーだ……」

「ええ。紛れもなくクッキーですわ……」

「普通に、クッキーだな……」

失礼な！

誰も信じてなかったんだな。皆してまさか本当にできるとは、みたいな顔しやがってからに。

試しにひとつ摘《つま》んで口に運べば焼きたて独特の温かさとともに舌になじむ懐かしい味が口内に広がる。うん、美味しい。久々に作ったにしては上出来じゃないかしら。竈での焼き上げがちょっと不安だったけど、むしろ香ばしさが増したような気さえするし。

「料理長、良ければ味を見ていただきたいのだけど……」

「おや、私がですか？　これはこれは。お嬢様の初めての手作り菓子を一番に頂けるとは光栄ですな」

実際はもう何回も作ってる。私が最初にこのレシピで作ったクッキーは、生地にダマが残っていたり分量を間違えたりでそりゃもう酷《ひど》かった。ちなみにその失敗作は全てお父さんの胃に収まることになりましたが、何か？

「むっ！　これは……」

「どうかしら？」

クッキーをひとつ摘んだ料理長が驚いたようにクッキーを凝視する。

「これはすごい！　サクサクして口の中でほろっと崩れて…………。お嬢様、大成功ですよ！」

「本当に⁉　良かったらみんなも食べてみて？　感想を聞かせてほしいの」

「お、俺たちもですか？」

「よろしいのですか？」

「ええ、是非っ！」

せっかくだから厨房にいる他の料理人やメイドにも味見をしてもらう。

仮にも貴族の屋敷で働く人たち。料理人にいたってはそれなりの腕を持つプロが揃っている。彼らの意見を聞くに越したことはない。

「ん、こりゃあ……」

「まあ、こんなサクサクしたクッキー初めて！」

「ほんと、美味しい！」

周りから次々に上がる声に、どうやら好評のようだと一安心。

ふふん、私の腕も捨てたもんじゃないわね。

「あの材料だけでこれが作れるのか……」

「素朴だけど、なんだか懐かしい味だわ」

「田舎《いなか》のお袋がガキの頃に作ってくれた味に似てるなぁ」

でもそこまで言われると、さすがにちょっと照れくさいような気も……。

だが悪い気はしない。

（また作ろっ）

むふふ。


こうして、私のこの世界での初めてのお菓子作りは大成功に終わった。久々に味わった慣れ親しんだ味に私の胃袋も大満足だった。

ちなみに出来上がったクッキーはお父様とお母様にも食べてもらったんだけど、上手《じょうず》にできたわねと笑うお母様に対して、お父様は一番に食べたのが料理長だということに大変ショックを受けてらっしゃった。

「アヴィリア、次に、次に何か作った時は一番に、い　ち　ば　ん　に、パパの所に持っておいで。いいね。パパの所だよ」

その涙ぐんだマジな瞳《ひとみ》はぶっちゃけ引きますお父様。

でも怖いので次からは真っ先にお父様の所に持って来ようと思います。

第2話　世界を越えて

それからというもの、私は空いた時間でお菓子を作ることが増えた。

最初はどこか一歩引いた様子だった料理人たちも、最近ではすっかり慣れたのか普通に迎え入れてくれるようになった。

そのたびにメイドからエプロンを借りていることを知ったお母様が、私のために子供用のエプロンをくれたのだけど、これがまた大きなリボンの付いたやたらフリルがヒラヒラとしたつやつやと触り心地のいい布地でできた淡いオレンジ色のとっても可愛《かわい》らしいエプロンでございました。

これはお母様の趣味なんですかね。一体幾らぐらいしたんでしょうか、エプロンなんて汚れるのが当たり前のようなものなのに気になって余計な神経使ってますよ？　裾《すそ》にさりげなーくあしらわれている刺繍《ししゅう》に縫い込まれている私が動くたびにキラキラと光るものはまさか本物の宝石じゃあないでしょうね!?

「ぶはっはっはっ！　それが気になるのに毎回律儀に使っとるのかっ……？」

「だって……、使わなかったらお母様があからさまにガッカリした顔でこっちを見るんだもの……」

「ぶふふっ、確かに。ローダリア様はそういう方だのぅ……」

豪快な笑い声を上げながら、私が差し入れたパウンドケーキ（本日のおやつ私作）を食べるこの白髭《しろひげ》の老人はヴィコット邸の庭師。

屋敷の人からは『ルーじぃ』の愛称で呼ばれているみんなのおじいさん的な存在だが、屋敷の人以外からは基本的に遠巻きにされている。

原因はあれだ。顔ですよ顔。

ルーじぃは年齢のわりにはガッシリとした体躯《たいく》のマッチョメンで、作業ズボンにタンクトップという見た目は一見どこにでもいる普通の庭師……、いやどちらかというと建築現場にいる親方だけど。

いかんせん顔が怖い。

ルーじぃの顔には、若かりし頃に負ったという噂《うわさ》の大きな傷がある。

筋肉がむきっとした体のあちこちにも傷があって、それらが周囲に与える迫力といったらもう……。

ルーじぃが笑うと、その傷のせいで顔の筋肉がひきつり、まるで黒服のヤバい人が黒光りするブツを構えて「くくく……、さあ、あの世に逝く時間だ」と言っているような感じにしかならない。

実際あの顔で笑われた近くの子供たちはギャン泣きしながら走って逃げ出してたしね。本人めっちゃ落ち込んでたけど。

顔は怖いけど中身は茶目っ気たっぷりの優しいおじいちゃんなんだぞ。かくいう私も記憶が戻る前は断固として近づかなかったんだけどねっ。

「ごちそうさま。本日のおやつも大変美味《おい》しかったですよ」

「ふふ、ありがとうルーじぃ」

顔は「くくく、神への祈りはすんだかな……？」という感じなのに、かけられる声はこんなにも優しい。実に勿体《もったい》ない人だ。

お父様もすごく信頼している彼は、お祖父《じい》様の代からの知り合いらしく、他の使用人たちよりも距離感が近い。

お父様はルーじぃに対してどこか頭が上がらない感じがあるし、ルーじぃもお父様やお母様に対して、他の使用人たちにはない気安さがあったりする。

立場的には主《あるじ》と使用人なのに、その主が全く気にも止めないものだからルーじぃはどこの誰なのか、使用人の間でも密《ひそ》かに謎になっている。

実はどこぞの傭兵《ようへい》ではないか、とか。旦那《だんな》様の血縁者ではないか、とか。そんな話がまことしやかに囁《ささや》かれているが真実はいまだに不明。ヴィコット家の不思議のまま。うーむ、気になる。

「今日は剪定《せんてい》？」

「うむ。だいぶ暖かくなってきてあちこち伸びてきたからのう……。お嬢様もやるかね？」

「ええ、勿論《もちろん》！」

よっこいしょと腰を上げたルーじぃの手には剪定鋏《ばさみ》。

単に庭の手入れを始めようとする姿のはずなのに、彼が持っているというだけで絵面がなんというか……。殺傷力の高い刃物を持っているヤバイ人にしか見えない。

ルーじぃが丁寧に手入れをしているおかげで錆《さび》ひとつない鋏が太陽の光を反射してギランと煌《かがや》くのがまた恐ろしい。なんてコラボ決めてくれんの。

「ほっほっほ。最近のお嬢様は一皮剥《ひとかわむ》けて行動的じゃな」

皮が剥けたというか、前世を思い出しただけというか。

「あのねルーじぃ。私今、自分探しの途中なのよ」

「自分探し？」

「そう。自分が〝やりたいな〟って思えるような、夢中になって心から取り組めるようなものが何かないかなって思ってね。それで色々考えてみたんだけど、これといって趣味にできそうなものもまだ見つからなくって……。だからまだ探しもの続行中」

「ほっほっほっほっほっ！　そうかそうか！　うちのお嬢様はちっこいのにえらいのぅ！」

がしがしがしがし。

子供にするように頭を撫《な》でられる。それはいいんだけど、できればちょっと力を加減してほしい。テラが毎朝ことさら嬉《うれ》しそうに整えてくれる髪がぼさっとなっちゃったよ。あとで謝っておこう。

「ねぇルーじぃ」

「うん？」

「参考までに聞かせて？　ルーじぃはどうして庭師になったの？」

私の質問にルーじぃはそうさなぁ、と遠い昔を思い出そうとするように宙を見上げる。その表情はどこか穏やかだった。

「昔から花を育てるのが好きだったんじゃ。だから老後は花を育てながらのんびり生きていきたいとずーっと思っとったわ」

「そうなんだ……」

ある意味夢を叶《かな》えたってことかな。自分の好きなことを生涯の職にできる。それは幸せだろうし、一番理想的なカタチなのかもしれないけど。

（今の私には、ちょっと難しい話かな）

探しものの答えも見つかっていない段階では、夢や目標などさらに難関だ。

（ま、焦らず探してみよう……。幸い時間はたっぷりあることだし）

焦って探してもいいものなど見つからないだろう。仮に何かを見つけることができても、続けられなくちゃ意味がない。

今は色々やってみて、自分に合いそうな趣味を見つけるところから、かな。

「さて、ではいつも通りのこれを……」

「ん」

す、と差し出されるのはルーじぃのお手伝いをする時にいつも着ている私用の作業服、その名もジャージ。そう、皆さんよくご存じのあれね。

何故《なぜ》こんなものがこの異世界にあるのかと疑問に思っていることでしょうが、その理由は本を正せば、私アヴィリアが貴族の令嬢だということがそもそもの原因である。

貴族のお嬢様という立場上、私が持ってる服という服はひとつひとつが実にすごかった。

ふわふわしたレース。ヒラヒラした絹のような布。そのどれもがさすがと言わんばかりの高級品。間違っても土まみれになんてできない。染みひとつつけられないわ、勿体なさすぎて。

仕方ないじゃない。前世では生まれてからずーっと高級品とは無縁の生活だったんだから。中身庶民をなめないでほしい。

そんな葛藤《かっとう》を頭の中で繰り広げて恐る恐るお手伝いをしていた私の姿を見かねて、お父様が私用の作業服を手配してくれたのだ。

その時に当然デザインはどのようなものがいいかという話になって、私が「ならば是非ともこれを！」と差し出したのが前世ではお馴染《なじ》みのアイテム『ジャージ』のデザイン画。伸縮性もあって風通しもよく楽な着心地。作業着と言ったらやっぱりこれよね。きらびやかなドレスなんかよりよっぽど肌に馴染む感じがするわ。

そして見事、異世界にジャージを生み出すことに成功した私。いやいい仕事した。

しかし爺孫よろしく仲良く土いじりするようになってからというもの、何故か屋敷のほうから時折恨めしそうな殺気まじりの禍々《まがまが》しい視線を感じるようになりました。

屋敷の庭って二階にあるお父様の執務室からよく見えるんですよね。ちらりと上を見上げた時に二階の窓にハンカチをギリィと噛《か》み締《し》める我が父の姿が見えたような気もしますが気のせいですかね？

そのたびに実に愉快と言いたげに私を構ってくるルーじぃは絶対確信犯だと思います。父は完全に遊ばれている。

さて、そんなこんなで始めたルーじぃのお手伝いだが、実はここに至るまでにおいて一番難色を示していたのはお母様だったりする。

「伯爵令嬢ともあろう者が土いじりなんて……」とおもいっきり顔をしかめていた。だから本当は庭のお手伝いはやめたほうがいいのかなと思ったりもしたんだけど、まさかのルーじぃがお母様を説得してくれて無事了承を得ることができたのだ。

「よいではありませんか。子供のうちは好きなようにしてみても。貴方《あなた》だって若い頃は相当やんちゃだったじゃろう？」

この言葉が決め手だった。お母様が気まずそうに思いっきり目を逸《そ》らしていたのが印象的だった。やんちゃって、そんな元ヤンみたいな……。え、もしやお母様昔はレディースだったとかそうい う……？　そして何故それをルーじぃが知っているのでしょうか。

すっっごく気になる。


私の異世界生活はいたって順調であると言えた。周囲の人たちにも恵まれ、これといった不安もなく過ごすことができている。

セシルは変わらず頻繁に訪ねてきてくれて、そのたびに楽しいおしゃべりの時間を過ごした。

少し前までは、まだ心配が残ってたのか周りとの様子を聞いてきたりすることもあったけど、最近は「恋敵にねちっこい嫌がらせするような女ってどう思う？」とか「目の前で子供が行き倒れてたらどうする？」なんていう例え話がブームのようで、二人であれこれ案を出してはもしもの話で盛り上がっている。

変わらず探しものは続いているが、暇だ暇だと唸《うな》っていた頃よりは確実に日々に潤いがあった。

しかし、では問題は何も起こらなかったのかと言えば……、実はそうでもなかったりする。

「料理長、本日もお邪魔してよろしいかしら？」

「もちろんですお嬢様、どうぞこちらに」

それは最近ではもっぱら日課となった厨房《ちゅうぼう》でのおやつ作りでのことだ。

「本日は何をお作りになるので？」

「パンケーキよ。メレンゲを立ててふわっふわの分厚いやつを作りたいと思ってるの」

「おお、パンケーキは初挑戦ですね。大丈夫ですか？」

「ええ、作り方はちゃんと覚えてるから」

前世で何回も作ってるしね。

「ふふふ、ふーんっ、ふーふふふっ」

料理長や他の料理人たちに見守られながら調理を始める私。

午前中の令嬢修業を終えて自作のおやつを食べながらのまったりティータイムは最近の私の一番の楽しみだ。

シャカシャカと卵白を泡立てパンケーキの材料となるメレンゲを作りながら出来上がりを想像する。

（トッピングは何にしようかな。シンプルにはちみつとバターもいいけど、果物と生クリームもいいわね、確か美味しそうなイチゴとバナナがあったはずだわ）

お菓子作りはそんなことを考えている時間さえもが楽しい。ついつい歌も口ずさんじゃうというもの。

子供っぽい？　いいのよ、だって私はまだ十歳だもの！

年頃になると大人らしく、とか。大人だから、とか。意識的に言動をセーブしがちになっちゃうけど、それがないのよ子供にはね。

しがらみがないと言えばいいのか、己を縛り付けるもののないこの自由な感じがいい。心なしか気分も晴れやか。だだっ広い草原に立っているかのような心の解放感。さいっこう！

（ああ、なんて素敵なのかしら子供って！）

元社会人からすれば実に羨《うらや》ましい限りである。私は今日も今日とて子供としての生活を十分に楽しんでいた。

現状にすっかり浮かれて知らぬうちにハメを外していたのだろう。

事件は私の知らないところで着々と進んでいたのである。


「お嬢様、最近よく歌を口ずさまれているわね～」

「歌いながらお菓子作りとか、天使か」

白いエプロンをヒラヒラとさせながら厨房の中をアッチへちょこちょこコッチへちょこちょこと動き回る十歳の子供。和む。

「不思議な歌が多いよな。お嬢様の創作か？」（↑違う）

「聴いたことないものばかりだもんなぁ、異国の歌か？」（↑ある意味正解）

「でもなんか耳に残るんだよなー、お嬢様の歌。俺あれが好きだな、愛と勇気が友達のヒーローの歌」

「ああ、なんか格好いいよな！」

アヴィリアが口ずさむ歌は聴いたこともないものなのに、一度聴くと何故か耳に残って離れないものが多い。それがアニソンの魔力というものだが、馴染みのないこの世界の人にとっては立派に不思議な現象扱いである。

そして今回。その現象によってこの異世界に新たな文化が生み出されようとしていた。

「ふ、分かっていないないなお前たち……」

「料理長？」

「お嬢様の歌は確かに素晴らしい。だが、中でも特に素晴らしいのは、不思議なポケットで夢を叶える歌でも人様の魚をネコババするどら猫の歌でもない！」

「おや、では貴方は何がそれほどまでに素晴らしいと……？」

ふふふ、と意味深に笑う男の真意は夕食の席にて明らかになるのであった。

＊＊＊

（こ、これは……っ）

目の前に差し出された『それ』を見た瞬間。私はあまりの衝撃に一瞬呼吸を忘れた。

油でカラッと揚げられた綺麗《きれい》な黄金色の表面から立ち上る香ばしい香り、周りに添えられた千切りキャベツ……。

地球に生きる日本人ならば誰もが知っている、けれどこの異世界では思いっきり違和感しか感じない。日本の食卓に馴染み深いソースとの相性が大変よろしい『それ』は紛れもなく……。

（こ、ここ、こここころコロっ……）

「これは……？　初めて見るものだね。どこの食べ物だい？」

「はい。こちらは料理長がお嬢様が歌っていらした歌の通りに作ってみたものなのです。それがあまりにも良い出来映えだったものですから、是非ともお嬢様に食べていただきたいと……」

「ああ、あの厨房を冒険するような歌」

「はい！　お嬢様、どうぞお召し上がりくださいませ。料理長の自信作なんですよ！」

「え、えぇ……」

（うそでしょ⁉　私、異世界にコロッケ生み出しちゃったの⁉）

まじかい。

ただ歌っていただけなのに、まさかこんな展開がやって来るなんて夢にも思わなかった。

そしてそれを完璧《かんぺき》に形にする我が家の料理長まじパネェ。あんたのほうがすごいわ。

だがしかし。たとえ心の中がスコールなみに吹き荒れていたとしても、残念なことに人間の体はどこまでも正直だった。

久々に見る懐かしいメニューを前に手を止めることなどできるはずもなく、促されるままにコロッケを口に運べば、その瞬間口の中いっぱいに広がる懐かしい味が……。

（――――――～～っ‼）

正直言葉もなかった。目の端にじんわりと涙が滲《にじ》んでいるのが自分でも分かる。

（信じられない、まさかこの世界でコロッケが食べられるなんてっ！）

吹き荒れるスコールなんて瞬く間に吹っ飛んで心の中に晴れ間が広がった。ああ、まさかコロッケひとつにここまで感動する日が来ようとは……。

「ほお、確かにこれはなかなか……」

「ええ、とても美味《おい》しいわ。外はカリッと香ばしいのに中はとても柔らかくて……、だけどすごく食べやすいわ」

「ソースとの相性が絶妙だな」

「付け合わせのキャベツとの相性も抜群でしてよ。細く切られていて食べやすいし、少し濃いソースの味をさっぱり中和してくれるわ」

おお。異世界人の舌にも好評。うんうん、子供から大人まで幅広く愛される王道食卓メニューだもんね。元日本人、密《ひそ》かに鼻が高々。

「……ふむ。今度お城にも持っていってみようか……」

「ごほぉっ‼」

衝撃再び。油断したところにまさかの攻撃。ダメージは主に喉《のど》。

食べ物を口にしたまま思いきり咽《むせ》るとは……。令嬢にあるまじき失態。でも不可抗力なんですだからその鋭い視線はやめてくださいお母様怖いです……っ。

「あ、あのお父様。お城って……」

「うん。城に出向く時にでも持っていってみよう。それとも次の建国祭で品評会に出してみようか……。君、あとで料理長を呼んでもらえるかい。上手《うま》くいけば、陛下からお言葉がもらえるかもしれないよ」

「は、はいっ！」

はわわわわっ。なんか事が大きくなってきてる⁉

大慌てで厨房に戻っていくメイドを視界の端っこで見送りながら、私はあまりの出来事に言葉も出せずに固まっていた。

思わずきらびやかな王室の食卓に、こんな代表的な庶民料理が並ぶところを想像してしまう。すごくシュールだ。

どうしよう、とんでもないことをしたかもしれない…………。

が。

（…………………ま、いっか）

そこまで難しく考えることでもないでしょ。別に爆弾を生み出したわけでもないんだし。そんなことよりも今は目の前のコロッケを存分に味わうことのほうが大事大事。

（コロッケがこっちでも普通に食べられるっていうなら私も嬉《うれ》しいしねっ）

歌っててよかった。アニソン万歳。コロッケ美味しいナリ。

次はクリームコロッケとか打診してみようかな。それとも別のもの？　フライドポテトやポテトチップスだったらじゃがいもと油があれば簡単に作れるし。あ、いいかもしれない。

んふふふふふふふふっ。

しかし、それからというもの。ヴィコット邸の厨房ではコロッケの作り方の歌がよく聴こえるようになってしまい、さすがにちょっと浮かれすぎたかと反省した。

今後はちょっと自重しようと思います。

＊＊＊

令嬢修業に精を出しつつ、時間が空いた時にはお菓子を作ったり、ルーじぃのところに顔を出してお庭仕事のお手伝いをしたり。

そうして過ごす中いつの間にか冬が過ぎ、季節は春を迎え。私は十一歳になった。

（春生まれなのは、咲良《さくら》もアヴィリアも一緒なのね……）

私の誕生日は夜会と称し、屋敷で盛大なパーティーを開くことになった。

使用人たちは会場となる広間を右へ左へと走り回り、厨房では昨日からご馳走《ちそう》の準備が始まっている。

そして私はといえば………。

「香油を少し足して！　これじゃ足りないわ！」

「髪飾りは⁉」

「メイク道具を持ってきて、早く！」

朝早くからお風呂《ふろ》に放られ全身をつやつやのピカピカにされたあと、テラをはじめとするたくさんのメイド軍団によって肌を整えられ、服を選び、髪を結い上げと、ほぼ半日を身仕度に費やした。

（――……うぅ、羞恥《しゅうち》プレイっ‼）

貴族の令嬢にとって身の周りを世話してもらうのはごくごく当然のこと。それはもちろん入浴時であっても変わらない。

前世の記憶を取り戻してから半年以上が経《た》つけど、いまだに貴族の入浴事情には慣れません……。

（中身が成人済みの大人にはキツい……）

疲れを取るために入る場所なのに、毎度さらに疲れて出ている気がする……。

十一歳になったことだし、今度からは一人で入ると言ってみようかな。

支度の段階ですでにＨＰの半分は減った気もするが、メイドたちが腕によりをかけて張り切ってくれたおかげで、全ての支度が終わる頃には、まさに本日の主役と呼べるような小さなレディの姿が出来上がっていた。

今日のためにお母様が特別にオーダーメイドで仕立てた専用のドレスは、アヴィリアの深紅の髪によく映える綺麗な若葉色。

（……た、たかそぅ……）

少し動くたびに上品な衣擦れの音が聞こえ、裾《すそ》にあしらわれたフリルが風に煽《あお》られふわりと揺れる。

高級品がまたひとつ増えてしまった。

今日はご馳走だってたくさん出るだろうに……、汚さないように細心の注意が必要のようだ。

「張り切って作りますから楽しみにしててくださいね！」と笑っていた料理長に申し訳ない……。

ごめん料理長……。心から楽しめないかもしれない……。


誕生パーティーは夕方から夜にかけて行われ、たくさんの人が訪れてくれた。

といっても、ほとんどがお父様やお母様の知り合いなんだけど。

かといって一応本日の主役は私なわけだから黙っているわけにもいかない。貴族の令嬢は十三歳になれば成人として社交デビューすることになるので、それまでにこうした場で経験値を積む必要があるし、年の近い子供たちとも交遊を持っておかなければならない。

「お誕生日おめでとうございます、アヴィリア様」

「なんて可愛《かわい》らしいお嬢様かしら……」

「今日は息子も連れてきておりましてな。よければ話でも……」

さらにこういう場では色々な大人の打算も飛び交うので、それに対しても要注意。

これでも伯爵令嬢ですもの。年頃の子を持つ親御さんは是非うちの子と仲良く、と勧めてくる。ほとんど初めて会うような知らない人たちから次々に祝いの言葉をかけられ、中にはさりげなく息子の紹介なんぞを私に直接してくる人もいたが、そこは元社会人として培ったスキルで愛想よく笑顔で受けてさらりと流している。

そんな私の姿に、隣に立っていたお母様が安心したように息を吐くのが聞こえた。

何やら心配をかけていたようですが、ご安心くださいお母様。このアヴィリア、アルバイト時代にはクレームの対処法だって学んだんですから！

やたら絡んでくるオヤジやオバさんに比べれば、優雅なお貴族様なんて可愛いもんです。

「アヴィリア様、十一歳のお誕生日おめでとうございます」

「ありがとうございます、セシル様」

もちろん家のお付き合い関係なく純粋に祝ってくれる客人もいる。我が親友様とかね。

とはいえ、いくら我が家主催のパーティーといってもここは人の目がある社交の場なわけだから、いつものように砕けた挨拶《あいさつ》をするわけにはいかない。

我が国の貴族の中でもトップレベルの公爵令嬢であるセシルに対して、伯爵令嬢の私が普段あの態度で許されているのは、ひとえにセシルがそれを許してくれていて、あくまでプライベートだからなのだ。

「楽しんでくれてる？」

「もちろん飲み物も美味しいし食事も美味しいわ！　さすが伯爵家ね！」

食か。食なのか。

確かにセシルの性格上、こういう堅苦しい場所を好むようには思わないけども、それでいいのか公爵令嬢。

「アヴィ、これ誕生日プレゼントよ。受け取って！」

「わあ、ありが……」

「私とお揃《そろ》いのナイトウェアなの！　我が家お抱えのデザイナーにオーダーメイドで一から作ってもらった世界に二着だけの特別デザインよ！」

「お、おぉぅ……」

「ふふっ、これで寝てる時もお揃いねっ。アヴィとお揃い、お揃いっ。ふふ、ふふふ、ふふふふふふふふっ」

なんか渡した本人のほうが喜んでないか……？

親友よ、私はたまに貴方《あなた》のことが分からない。

「これはこれはセシル様。よくお越しくださいました」

「ごきげんようヴィコット伯爵様。今年もお招きいただきありがとうございますわ」

親友というか熱愛中の恋人に贈るようなプレゼントに若干引き気味になっていると、セシルに気づいた父が挨拶にやってきた。

途端に姿勢を正し、一寸の狂いもない完璧なカーテシーを披露する姿はさすが公爵令嬢だったが。

「いつも娘と親しくしてくださりありがとうございます。これからもどうぞ、よろしくお願いいたします」

「もちろんですわ。アヴィリア様は私の一番の親友ですもの！」

ニコニコと楽しげに交わされる父と親友の会話には微妙に複雑な気分になる。

親の挨拶としては間違ってないんだろうけど、中身が成人済みの身としては、小学生くらいのセシルによろしくお願いされるというのもなんというか……。

しかしそれを決して言うこともできない気まずさよ。

そんな心の中にひっそりと残る大人のプライドを地味に突っつかれる出来事もあったりはしたが、パーティーは何の問題もなく進んでいった。

笑顔を張り付けて面倒な相手をさらりとかわし、ドレスを汚さないように料理長作のご馳走に舌鼓を打ち。

そうしている間に楽しい時間はあっという間に過ぎてしまい、いつの間にかパーティーも終盤に差し掛かっていた。

「アヴィリア、付いておいで」

「はい？」

そんな中、私はお父様に突然声をかけられた。

そのまま手を引かれ、屋敷の外に広がる庭園へと連れていかれる。

そこで私は、信じられないものを見た。

「――――……‼」

目の前に佇《たたず》む一本の樹――――。

屋敷の一階分ほどの高さのあるそれは、まだ樹齢は若そうだが、特徴的な花をその身にたくさん纏《まと》わせていた。

夜空をバックに広がる淡い薄桃色の花が夜風に揺れる。

「さくら……」

「ははは、さすが私の娘。やはり知っていたかね」

元の世界では毎年春になると必ず目にした桜の花は、この世界では滅多に見ることはない。

ここより遠い国にはたくさん咲く所もあるらしいが、残念ながらアースガルドに桜は自生していない。

「どうしてもこの樹を植えたくてね。掛け合ってみたんだ。これと同じ花だろう？」

お父様が差し出したのは一枚のハンカチ。

それにはとても見覚えがあった。令嬢修業の一環として習った刺繍《ししゅう》で初めて飾りを入れたものだ。初めて仕上げたそれを、私はお父様にプレゼントした。

一生懸命に刺した、桜の模様が飾られたそれを。

『さくら』

春に生まれたから、と。ちょうど満開の頃だったんだよ、と。そう言ってつけられた名前。私の前世の名前。私の、広沢《ひろさわ》咲良の、一番好きだった花。

もう誰も呼ぶことはない。呼ぶ人はいない。私の、もうひとつの名前……。

「お父様……」

「うん？」

もう見ることだってないのだろうと、思っていたのに。

「ありがとうございます」

「うん」

「嬉《うれ》しいです……すごく……」

「うんうん」

何故《なぜ》だか、涙が溢《あふ》れて止まらなかった。

以前何かの本で読んだことがある。精神は肉体年齢に比例する、と。

だから。

だからきっと。こんなに涙が流れるのは、止まってくれないのは、子供の体だからだ。きっと……。

声も上げずに、ただ静かに泣いている私の頭を優しく何度も撫《な》でてくれる父は。

もしかしたら、私が桜に対して特別な思い入れがあることに、気づいていたのかもしれない。

＊＊＊

それ以来、私は桜の下で過ごす時間が増えた。

木に寄りかかって本を読んだり、お菓子を持参しておやつの時間を過ごしたり。桜と一緒の時間をめいっぱい楽しんだ。

私があまりにもそこに入り浸るものだから、見かねたルーじぃがガーデンテーブル一式を設《しつら》えてくれたりして、そのおかげで桜の下はすっかり過ごしやすい空間になり、それに気づいたお母様が顔を出すようになって、気づけば桜の下で二人でお茶を飲むことが日課になった。

そんな妻と娘の楽園を眺めながら、手元に溜《た》まった仕事のせいでその楽園に交ざることもできずに心で滝のように涙を流している父の姿があったりもしたが、それは私の知るところではない。

閑話休題。

お父様が植えてくれたこの桜はソメイヨシノ。日本で最も一般的な品種で馴染《なじ》み深いものだ。

こうして空をバックに風に揺れる薄桃色の花を見ていると、ちょっぴり切なくもあったけどそれ以上に懐かしさで心が温かくなった。お父様には本当に感謝しかない。

しかしそれとはまた別に、私にはもうひとつ感謝することがあった。

（せっかくの桜。観賞用だけで済ます気は毛頭ないわ……）

ふっふっふっふっふっふっふっ。

ザルの中に桜の花をこんもりと詰め込んで、すっかり通い慣れた屋敷の厨房《ちゆうぼう》に向かう。

「あ、あの、お嬢様……？　それでいったい、何をしようと………？」

「やーね。ここですることと言ったら、料理に決まってるでしょ？」

「は、りょ……？　え⁉」

料理人たちの顔が驚愕《きようがく》に染まる。

花を食材に料理を作る……なんて習慣はこの国にはないから、彼らが驚くのは無理もない。

（口であれこれ説明するより、実際に作ってみせたほうがいいわよね）

『桜の塩漬け』。私は是非ともこれを作りたい。

お菓子のアクセントやお茶などに幅広く使えてバリエーションもある。さらに抗菌作用もあり健康にも良し。前世でも毎年春になると必ず作っていた広沢家の春の定番だ。

桜の花を前にすっかり前世の血が騒いでしまった私は、思い立ったが吉日とばかりに早速行動に出たのである。

作り方もさほど難しくないし、材料は主に塩とお酢。これならこの世界でも十分に作れる。

（まずは……）

ザルの中に詰め込んだ桜の花びらを手に取り、ひとつずつ丁寧に水で洗っていく。花びらに付いた余分な汚れを取るためだ。桜の花は、できれば五分咲きから七分咲きのものが望ましい。花が開いているものでも悪くはないけど、処理の段階でせっかくの花びらがバラバラになっちゃうのであまりおすすめしない。

そうして丁寧に水洗いしたあとは水気をしっかりと拭《ふ》き取《と》り、消毒した容器の中に敷き詰め、お塩とお酢を投入。重しを載せたらそのまま二、三日放置。

これで塩漬けの下漬けは完了となる。その際、余分な水やアクが出てくるのでそれを捨てるのを忘れずに。

あとは天気のいい日にザルの上に並べて陰干しにして、桜の水分が完全に乾いたら……。

「んん〜〜、完っ璧！」

自家製『桜の塩漬け』の出来上がり。

シンプルにお湯を注いで桜茶として味わえば、全身が震えるほどの歓喜を感じた。まさかこの世界で桜茶を味わうことができようとは……。これも全てはお父様のおかげ。娘は大変感激しております。ありがとう父。

「ほう、これはなかなか……」

「塩のお茶なんて初めて飲みましたけど……、これはこれで」

「美味しい！」

なかなかに満足いく仕上がりだったので、屋敷のみんなにも味わってもらったら、これがなかなかに好評だった。

お湯を注ぐとふわりと花びらが開く様子がとても美しく斬新だと、お母様が特に絶賛していた。

「こんなに綺麗《きれい》で美味《おい》しいお茶なんて初めてだわ。カップの中でお花が咲いてるみたいね」

「うむ。あと味もさっぱりしていて喉越《のどご》しもいい。甘い菓子に合いそうだな」

「それだけじゃありませんよお父様。この桜の塩漬けは健康にもいいし、美容効果だってあるんです！」

「なに？」

「なんですって⁉」

お母様が珍しく声を荒らげる。周りを見れば、そばに控えているメイドたちも静かに聞き耳を立てているよう。うんうんそうよね。女だったら誰でも美容って言葉には弱いわよね。分かるわ。

「んっふっふっ。実は桜にはお肌にいい成分がたっくさん入ってるんです。美白効果もあるし、抗菌作用もあるから軽い病気予防にもなるんですよ」

「まあ‼」

「さらに腸内を整える効果もあるので二日酔いの緩和にもぴったり！」

「おお！　すごいじゃないかアヴィリア。そんなことをいったいどこで覚えてきたんだい？」

「ふぇっ⁉」

怪訝《けげん》そうに首を傾《かし》げるお父様に体がビシリと強張《こわば》る。

や　ら　か　し　た　‼

またやっちゃったよ私ってば！　普通に考えて十歳の子供がそんなこと知ってるわけないじゃないの！　ついはしゃいでうっかり喋《しゃべ》りすぎたわ……。まずい、なんとか誤魔化さないと……。

「えぇ、と……。薬草の本で読んだのです。桜の花にはそんな効果があると。それで、お茶やお料理に使うようなものに加工できれば、体に上手《うま》く取り入れることができるんじゃないかなぁ……と思って、考えたのがこれなんです！」

これでどうだっ‼

「そうなのか⁉　ますますすごいな私の娘は。天才じゃないか！」

（ほっ）

よっし成功！　よくやったわ私、伊達《だて》に人生経験積んでないわよっ。

暇をもて余した私がよく書庫に足を運んでいることは屋敷のみんなも知っている。

それらの知識をもってお菓子作りまで始めたことを知っているからこそ、これもその結果なんだと思わせることができたようだ。結果オーライ。

「湖の精霊は我が家の天使に叡智《えいち》も与えてくださったようだ。なあローダリア‼」

「そうですわね、あなた」

……………ん？　なんかちょっと思ってた答えと違うな……。

「だがアヴィリアの言った通りなら、これはすごい発明だよ」

「え……」

「薬のように苦くはないし、子供でも飲みやすい。材料は何を使ったんだい？」

「え、と……。主に塩と、お酢です」

「それだけでできるのかい⁉　ふむ。それなら費用もそんなにかからないな……。我が領地発の商品にできるかもしれない」

「ええっ⁉」

「これは是非とも大勢の人に知ってもらいたい逸品だ！」

（なんか話がでっかくなった⁉）

……………………………あるぇ？


戸惑う私をよそに、そこからの展開はあれよあれよと進んだ。

お父様が治めるヴィコット領には人の目を引くようなコレといった名産品がなく、何かないものかとずっと考えていたお父様はこの計画を絶対に成功させようと随分張り切っていた。

製作過程や材料にかかる費用も大したことはないが、一番肝心の桜の花には限りがあった。

そのため、大量に生産することはできなかったが、少量しか作れない『ヴィコット領産の限定高級品』という、いささか大げさな謳《うた》い文句《もんく》で周囲の興味を引くことに成功したようだ。

お母様も貴族の奥方同士のお茶会で話を広めてくれたらしく、興味を持ってくださる方が多かったらしい。やはり美容にいいというところが奥様方には決め手だったようだ。

さて。ではそれらに対して一応製作者である私は一体何をしていたのかというと……。

「お嬢様、今日の夕食は塩漬けを使用した白身魚の桜蒸しだそうですよ」

「……今食べてるの、桜を練り込んだケーキなんだけど……」

「お嬢様のお作りになったレシピを見てから料理長、桜料理に燃えてますからね」

せいぜい塩漬けを使ったメニューのレシピを作ったくらいかな。

売り出しに関してはお父様が動いているし、塩漬け自体は作り手となる人材が別に雇われてるけど、この世界に馴染みのない全く新しい素材なわけだから、どんな使い方ができるのか、どんなメニューに使えるのか。それをちゃんと伝える必要があったからね。お菓子はもちろん料理にも幅広く使えるから是非色々知ってほしいとついつい張り切ってしまった。

お父様の話によれば、それらの使用例は周囲からの評判もよく、「その全てを試すには量が足りない！」と早くも来年を望む声が殺到してるとかなんとか。実にありがたい話……、いや待って、それ大丈夫なの？　桜の樹ここにしかないんだけど？　来年楽しむ間もなく花むしられるとかないよね？　そんなことになったら私泣くよ？　頼むぞおい。


そうした日々を過ごす中、庭の桜はいつの間にか終わりの時を迎えていた。

淡い花の代わりに新緑を纏《まと》う枝がさわさわと風に揺れるのを眺めながら、私はそっと目を閉じる。

次にこの樹に花が芽吹くのは一年後。それまでしばしのお別れ。

父によってもたらされた思いもよらぬ出会いは、もう逢《あ》えないはずの自分に逢えたかのような、嬉しくもどこかもの悲しい、そんな気持ちにさせてくれた。

――また来年も逢える、私の桜。

（またね、〝さくら〟……）

その時頭によぎったのは、果たしてどちらの〝さくら〟だったのか。

今はまだ、いいよね……？

じわりと熱を帯びたまぶたの裏。
脳裏に浮かんだ、毎日のように鏡で見ていた懐かしい姿が。
そっと、微笑《ほほえ》んでくれた気がした――……。

第3話　私にとって唯一の

「う～ん、ううぅ～～ん……」

桜づくしの春が過ぎ、鬱陶《うっとう》しかった梅雨《つゆ》も明け。アースガルドはすっかり夏の季節を迎えていた。

この世界で過ごす二度目の夏。早いもので記憶が戻ってからもうすぐ一年。

そんな中、私は一人自室の中で頭を抱えていた。

「んん～～……、ダメだわっ、なんにも思いつかない……！」

そしてとうとう机の上に突っ伏す。ずっと頭をひねり続けていたから微妙に頭が痛い。

「どうしよう、セシルの誕生日までもうちょっとなのに……」

私が唸《うな》っている理由。それは約一ヶ月後に迫った私の親友、セシル・バードルディの誕生日のことだった。

親友の誕生日に張り切らないわけがない。セシルが喜んでくれそうな、そんなプレゼントを渡したい。そんな思いで私はこのところずーっと頭を悩ませているわけだが。

「なんかこう、違うのよね……」

ぬいぐるみ、アクセサリー、可愛《かわい》いティーセット。それらしい案は色々出てきたけど、どれもこれもピンと来ないというか、どうにも〝これじゃない〟という感じが拭《ぬぐ》いきれない。せっかくならもっと私ならではのものを贈りたい。

「初めてのプレゼントなんだから、もっと印象に残るものを渡したいわ」

そもそも私がこんなにも頭を悩ませてプレゼントを考えているのには理由がある。

実はアヴィリアからセシルに贈るプレゼントはこれが初めてなのだ。

出会って数年。その間も誕生日やら色々な祝い事やらがあったりしたわけだが、アヴィリアがセシルに何かを贈ったことはただの一度としてない。セシルはちゃんと毎回くれたのに、だ。

『プレゼント？　何で私があげなきゃいけないのよ、プレゼントはもらうものよ。あげる必要なんてないでしょ。私にプレゼントを贈れることを喜びなさいよ。あーでもくだらないものはいらないわ。私に贈るなら最低でも私に似合う豪華な宝石や綺麗なドレスにしてよね、当然でしょ』

というのが旧アヴィリアの言である。

……いや、ほんといい加減にしなさいよあんた。脳内によみがえった一年ほど前の己の姿に余計頭が痛くなってきた。

そんなバカ娘に見切りをつけずにいてくれたセシルには本当に頭が上がらない。アヴィリアはいっぺん本気で彼女を褒め称えて崇《あが》め奉るべきだと思う。

春にもらったお揃《そろ》いのナイトウェアのお返しに私も何かお揃いのものを……と考えもしたんだけど、二番煎《にばんせん》じにしかならない気がしたのでこれも却下。

駄目だ、決まらん。

「はぁ……」

とぼとぼと庭を歩く。部屋の中で唸っていても何も浮かばないならと外に出てはみたものの、結局何も浮かばない。

「おや、どうしましたお嬢様。ため息なんぞついて」

「ルーじぃ」

しばらく歩いていると庭園のほうから真っ赤な薔薇《ばら》の花を抱えたルーじぃがやって来た。

これからプロポーズでもするのかと言わんばかりの大輪の薔薇だが、それを持っているのは笑う子も泣き出すヤクザ顔負けの強面《こわもて》庭師。相変わらずすんごいコラボ決めてくれる。

「友達の誕生日プレゼントが決まらなくて……」

「ほっほっほっ。可愛らしいお悩みじゃな」

笑いごとじゃないやい。

「ねぇ、ルーじぃだったら何をプレゼントにもらったら嬉《うれ》しい？」

「質のいい土か肥料かのぅ」

納得のいく答えだったけど全然参考にはならない答えだった。

「はぁあ〜〜………」

「ほっほっ。一生懸命考えるのはいいがの。難しく考えすぎてもいいのは浮かばんぞい、案外身近なところに答えなんぞ転がってたりもする」

「身近に？」

「例えばこれじゃ」

そう言って両手に抱えていた薔薇の花束を目の前に掲げる。

「いっとう綺麗《きれい》に咲いてのぅ。ローダリア様のところにお届けしようと思っとったところじゃ。ローダリア様は薔薇が好きじゃからな」

「ほんと、綺麗な薔薇ね」

実は薔薇の花は育てるのが少々難しい。病気にもかかりやすいし害虫も寄りやすいから、あっという間に見た目が悪くなってしまう。

でもルーじぃが育てた薔薇は違う。虫食いひとつなく、まるで売り物のような美しさを保っている。

「ふふん。世界広しと言えど、農薬ひとつ使わずにこんな美しい花を育てられるのはわしぐらいのもんじゃろうな」

ムキッとした体躯《たいく》を反らしてめっちゃドヤ顔。

確かにルーじぃの腕はいい。薬に頼らない自然の美しさにこだわる彼は、育てる花々に農薬の類《たぐい》は一切使わない。そのこだわりを貫いてここまで質の良い花を咲かせられるのだから、彼の庭師としての腕は確かだ…………無農薬？

（……そうだわ！）

「ルーじぃお願いっ！　ルーじぃの育てた薔薇、少し分けてもらえない!?」

「うん？　それは別に構わんが……。なんぞ思いついたのかの？」

「ええ！　ありがとう、ルーじぃのおかげよ！」

「ほっほっほっ。そうかそうか。喜んでくれるといいのぅ？」

「まかせて！　美味《おい》しく作るから！」

「そうかそうか」

思い立ったら即行動。逸《はや》る心は抑えきれない。薔薇が咲き誇る場所に向かって私は勢いよく走り出した。

「…………はて？　〝美味しく作るから〟とは……？」

そんな私を見送るルーじぃが小首を傾《かし》げていたりしたがそれは私の知らないところである。

＊＊＊

「あ、……ぁあ、の、お嬢様？　それでいったい……何を……」

「だからここですると言ったら料理よ」

「やっぱり⁉」

ところ変わってヴィコット邸の厨房《ちゆうぼう》。もはやすっかりお馴染《なじ》みの場所だ。

ザルの上に生の花をこんもり載せて現れるというデジャブ感漂う私を迎えた料理長の顔は、本日もやっぱり驚愕《きようがく》に満ちていた。

(さて、まずは花びらを綺麗に取り除いて、と)

るんるんと鼻歌まじりに作業する私を、厨房の料理人たちが怪訝《けげん》そうな目で見つめる。

「なぁ、あれ薔薇、だよな……？」

「……ええ、誰がどう見てもれっきとした薔薇ですね」

「庭に咲いてるあれだな」

「薔薇は食材だったのか……？」

「……いや、でも、桜の花もちゃんと食べられるものになったしな……」

何やら背後でコソコソ言ってる声が聞こえるが私は気にせず黙々と作業を続ける。

(ほんと、いい香り)

加工された香水や香油と違って、薔薇の花本来のふんわりとしたこの香りが私はとても好きだ。強すぎない自然な柔らかさがいい。

(花芯《かしん》から花びらを取ったら……)

次は水洗い。桜の時と同様、これで余分な汚れを落とす。薔薇の花の時はこの時に付け根の分厚い部分を取っておくのも大事。残したままだと固いし、苦味やえぐみが出ちゃうからね。

洗い終わったら軽く水気を拭《ふ》き取ってボールの中へ。そこにレモンの果汁を加え、しっかりと揉《も》み込む。この作業が甘いと出来上がりの香りや色が悪かったりするからしっかり念入りに。

揉み終えたら花びらをキュッと絞り、鍋《なべ》に入れてお砂糖と水を加えて中火にかける。水分がなくなってきたら一旦《いったん》火を止め、花びらを絞った時の絞り汁を加えて混ぜ合わせ、さらにひと煮立ち。もう一度水分を飛ばす。

そうして一晩寝かせたら……。

「うん、美味しいっ!」

特製『薔薇のジャム』の出来上がり。

鮮やかな色味とお砂糖の甘さに混じって香る薔薇の香り。一緒に味わう花びらの食感が素敵美味しい、女の子受け間違いなしのおしゃれ食材だ。

薔薇の花は種類、色ともに様々あるけど、私はその中でも特に色の鮮やかな赤やピンクなどの薔薇を選んだ。そうすると加工した後でも美しい色が残る。せっかくのジャムなんだから見た目も鮮やかなほうがいいものね。

「まぁ！　薔薇のジャムなんて素敵！」

「果物を使ったものとはまた違うけど……」

「ええ、この薔薇の香りがいいですね」

よしよし反応は上々。

「しかし驚きましたな。桜の時もそうでしたが、薔薇の花がこんな風に食材になるなんて……、初めて知りましたよ」

料理長も感心したように何度も頷《うなず》く。

「あら、でも食用花って言って、ちゃんと食べる目的で作られる花もあるのよ？」

エディブルフラワーとも言う。お菓子作りによく使われたりするあれね。

「そうなんですか⁉　う～ん。料理人になってだいぶ経ちますが……、やはり料理の道は奥が深い」

「まったくです」

「ああ。まだまだ修業が足りないな」

何やら重く考え込んじゃった料理人たちの姿に思わず苦笑。

（前世じゃ普通のことでも、馴染みがないというだけでこんなにも違うのね……）

この世界にもジャムは普通にあるけど基本は果実系。パンが主食のこの国ではよく使われるけど、前世のようにバラエティに富んだ味の品揃えはしていない。

だからこそ桜の塩漬け同様、他にはない唯一の品としてならプレゼントにも持ってこいなんじゃないかと思ったわけよ。セシル甘いもの好きだしね。

料理長たちの反応を見るかぎり受けは悪くなさそうだけど、念のため……。

「いかがでしょう、お母様？」

「ええ、どれもとても美味しいわ。それにとても素敵よ」

「ありがとうございます！」

お母様の前に綺麗に並べられたティータイムセット。香り立つ紅茶、ケーキスタンドに載せられたクッキー、スコーン、クラッカー。

出来立てほやほやの薔薇のジャムを楽しむために用意した本日のおやつセットだ。

誕プレ用の実験セットとも言う。

「薔薇のジャムってこんなに美味しいものなのね。果物の甘さとは違うけど上品な甘さがちょうどいいわ。それにこの香り……」

半分に割ったスコーンにジャムをたっぷり載せてパクリと口に運んだお母様の頬が途端に緩む。

「強すぎず弱すぎず、ふんわり香るのがいいわね、焼き菓子の香ばしさとよく合うわ」

もともと薔薇の香りが好きなお母様は鼻腔《びこう》をくすぐる香りも楽しんでいるようだ。

「お菓子ももちろん美味しいけれど、この紅茶も悪くないわよ。紅茶に入れるとまた少し香りが変わるわね」

そう言って薔薇のジャムを入れたロシアンティーを優雅に傾ける。

そんな些細《ささい》な仕草のひとつひとつが洗練されていて、思わず見惚《みと》れてしまう。

「薔薇のティータイムなんて初めてよ。これならセシル様もきっと気に入ってくださるわ」

（よかった……）

伯爵夫人でもある母のお墨付きなら大丈夫だろう。個人的な友人とはいえ相手は仮にも公爵家のご令嬢。よく知られてもいない未知のものを贈って問題視なんてされたらそれこそシャレにならない。

（ジャムをそのまま渡してもいいけど、せっかくなら何か一品添えてみようかしら……）

お母様みたいに薔薇のティータイムを楽しんでもらうというのもいいかもしれない。

「ふふふっ」

「楽しそうねアヴィリア」

「はいっ」

いくつになっても、プレゼントというのはもらうだけじゃなく贈るほうも楽しい。

中身が成人済みの私からすれば、セシルは妹よりもさらに幼い存在なわけだけど、そんな差を感じないいくらい私はセシルと一緒にいる時間が楽しいし、何より私自身、セシルにはすごく感謝している。

セシルは元から〝アヴィリア・ヴィコット〟の友人だった。

でも、今ここにいる私はセシルが今まで一緒に過ごしてきたアヴィリアじゃない。

性悪と呼ばれるほど性格の悪かったアヴィリア。そんな彼女に粗雑な扱いを受けながらも決して見放さず友人という立場に居続けたセシル。

そうまでして一緒にいた〝友人〟は前世の記憶が戻ったことで何もかもが全くの別人に変わり果てた。

湖で溺《おぼ》れたと聞きつけて大慌てで駆け付けてきてくれたセシル。それでも、今の私を普通に受け入れてくれた。

屋敷のみんなのように手放しに喜ぶでもなければ、かつてのアヴィリアを求めてくるわけでもない。

それが何よりも嬉しかっただなんて、きっとセシルは知らないだろうな。

〝アヴィリア〟の友人が貴方《あなた》でよかった、なんて思うのはさすがにちょっと不謹慎かもしれないけど。

そんな親友がこの世に生を受けた日がもうすぐやってくる。

(セシル、喜んでくれるかしら)

これを受け取った彼女がどんな反応を返してくれるのか、それを見るのが今から待ち遠しかった。

幕間　とある少女の心の中

『――――――あぶないっ‼』


力強い声と、あたたかい腕の強さを。

私はずっと、憶えている。

＊＊＊

『――……すでに力を失い、徐々に熱をも失い始めていくその華奢《きやしや》な体に触れながら少年は小さく肩を震わせた。

「アキヒロ様……」

「分かってる。分かってるよ、ちゃんと……。それでも俺は……っ、助けてやりたかったんだっ！」

優しい王子の紫の瞳《ひとみ》には、止まることなく涙が溢《あふ》れ続けていた……。


――次回更新へ続く。――』

「くぅぅっ……。ヒロくんってばほんっと良い奴《やつ》！」

その日、携帯片手に日が暮れ始めた学校の帰り道を私は一人で歩いていた。

高校でできた友達のススメで読み始めた携帯小説。それに見事どハマリしてしまった私は、帰りのホームルームも終わっていざ帰ろうとしたら、お気に入りの小説が最新話を更新したという通知を受けて、家に着くまでどうしても我慢できずに、歩きながら読み始めてしまったのだった。

今読んでいるのは、所謂《いわゆる》「異世界トリップ」もの。主人公の『白崎秋尋《しろさきあきひろ》』という少年が現実世界から異世界へと召喚されるところから始まるストーリー。

そこで彼は、自分が長年行方《ゆくえ》不明だったこの世界の第一王子であると告げられる。戸惑いながらもたくさんの仲間に支えられながら、多くの壁を乗り越え、立派な王子として成長していく。そんなストーリーに私は夢中になった。

ちなみに友人のイチオシは悪役令嬢の恋愛系。話は合うが好みの系統は合わない。

「この女はいい気味っ‼　ほんと出てくるたびにいちいち腹立つったら……‼」

しかしながら私が読んでいるこの小説にも、その悪役令嬢と呼ばれるストーリーを盛り上げるための悪役はいた。

『アヴィリア・ヴィコット』――――。

鮮やかな薔薇《ばら》色《いろ》の髪をした高慢ちきなわがまま女。伯爵令嬢という立場に満足せず、秋尋が異世界に不慣れなことをいいことに、上手《うま》く取り入って王妃になろうと画策する古典的な悪女。そのためにはどんなに汚いことだってする。人を陥れることも、命を奪うことも平然とやる。

けれど、性悪女の立てた計画はどれもことごとく失敗し、痺《しび》れを切らした彼女が最終的にとった行動は、自作自演の芝居を仕掛けることだった。

秋尋に毒を盛り、それを自分が助けることで大きな手柄と秋尋の関心を得ようとしたのだ。

だが結果はいつものごとく失敗。王族に毒を盛ったことで投獄。周りからは死罪を求められた。

お人好しで優しい秋尋はもちろん死罪には反対。なんとか命だけは助けようとするが、アヴィリアはそんな彼の想《おも》いさえ踏《ふ》み躙《にじ》る行動に出る。

どうあっても自分を受け入れない秋尋に逆ギレし、彼を道連れに死のうとしたのだ。

言うまでもなくその計画も失敗。周りの人たちによって敢えなく返り討ち。彼女はその場で命を落とす結果になる。

自分の命が狙われたにもかかわらず、アヴィリアを憎むことができない彼は、助けてやりたかったと、彼女のために涙を流し……っ。

「もうもうっ！　ヒロくんたらほんとに優しい……。さすが私の推し！　でもそこが好きっ‼」

今回の話はそこで終わっている。この続きは次回更新までひとまずお預けだ。

「悪は滅んだし、次はどんな展開になるかなぁ……」

ポチポチ携帯を操作しながら薄暗い帰り道を歩く。母親に見られようものなら「ながらスマホはやめなさい‼」と怒られるところだ。

心配しなくても人にぶつかったりしないように気をつけてるわよ。道だって真ん中じゃなくて端っこを歩いてるもん、大丈夫よ！

車を運転してるわけじゃないんだから、歩きながらそんな大げさな事故なんて、

「――――あぶないっ‼」

「え、」

と思った時には、私の体は力強い腕に押し飛ばされた。

ぐるりと変わる視点に映るのは、目の前に飛び込んでくる、大きなトラックと、…………。

それらを頭で理解した瞬間、とても強い衝撃が全身を襲った。

＊＊＊

痛い。

痛い。

まるで全身が熱を持ったように、熱くて、痛い。

それでもなんとかまぶたを上げることは、ただ自然にできた気がする。

そこは病院だった。目の前に家族と、仲の良い友人たちがいた。

それが理解できるのに私は指ひとつ動かせない。声も出せなかった。

ただ、熱くて、痛くて。

目を覚ましただけでも奇跡だと、白衣を着た男の人が言っているのを意識の片隅で聞いた。

「手は尽くしましたが……」

「もう一人のほうは……?」

「残念ですが、そちらはもう………」

そんな話が遠くからぼそぼそと聞こえてくる。

そうして、ぼんやりしながらもかろうじて機能している頭はひとつの事実を知った。

〝もう一人のほうは、即死だった〟と。

（――……もうひとり？）

瞬間、頭の中に一気によみがえってくる光景。

そうだ、あの時。酷《ひど》い激痛が全身を襲う前。目の前に迫ってくるトラックと、私に向かって手を伸ばす知らない女の人がいた。私を助けようとしてくれた人。

死んだ。あの人が？　私を、助けようとしたから……？

見たことない人だった。赤の他人の私を助けようとして、あの人が。死んだ……？


『――あぶないっ‼』


力強い声だった。あたたかい腕だった。

死んだ。あの人が。私のせいで。

（――ごめんなさい……）

ごめんなさい、ごめんなさい。

私のせいだ。私が死なせたんだ、あの人を。私のせいだ。私のせいだ。私のせいだ！

ごめんなさい、ごめんなさい……ごめんなさい。

私の手を握るお母さんの温《ぬく》もりを感じながら、壊れたように、ただその言葉だけが痛む頭の中に溢れていた。

――――そして全てがブラックアウトする。

＊＊＊

そこはまるで雪の中のように真っ白な世界だった。自分の姿はもちろん、相手の姿さえ見えないような。

そんな世界にぽつんと、私はぼーっと突っ立っていた。

「うわあぁぁあぁ～～、面倒なことになっちゃったよ、もう」

『は、あんた誰？』

白い世界に突然響いた男の声。姿は見えない。けれど何故《なぜ》か不思議と自分の目の前にいる、と感じた。

「このままじゃふたつの世界のバランスが崩れちゃう…………。どうにか埋め合わせしないと……。ああ、どのみち骨が折れる作業だなぁ……はあぁぁ～」

『ちょっと！　聞いてる!?　さらっと無視しないでよ！　あんた誰？　ここどこよ!!』

「おっと、意外に気が強いお嬢さんだね。まぁいいか答えてあげる。僕にこれといった名前はないけど、そうだね……キミたちの言うところの天使みたいなものかな。そしてここはキミたちの言うところのあの世さ。ＯＫ？」

『……病院行けば？』

「ちょ、なにその目！　やめて、そんな可哀想《かわいそう》な奴を見る目やめて！　僕の小鳥のようなガラスのハートが傷つくよ‼」

『…………。』

「視線の冷たさが増した⁉　酷いよ、嘘じゃないんだって！」

よくこの冷めた眼差しに気づいたもんだ。向こうからはこっちの顔が見えるんだろうか？

「あのね、キミは間違って現世で死んじゃって、あの世まで来ちゃったんだよ。覚えてないかい？」

『死んだ？』

その言葉を聞いて私は思い出した。

そうだ。私は病院にいたんだ。指先さえ動かせない状態で。…………そっか、私あのまま死んじゃったんだ。十六年の人生か、呆気《あっけ》ないな。

「思い出した？　ここは死んだ人間の塊が必ず通る通過地点。魂の管理施設日本支部！」

『かんりしせつ⁉　しかも日本支部って⁉』

「そう。現世でのキミたちを、朝はおはよう夜はおやすみまでキミたちが生きてる間ずぅ――っと管理してる施設のことさ」

『世界一タチ悪いストーカーじゃんっ⁉　……ってちょっと待て。あんたさっき間違って、とか言った⁉』

あの世にそんなストーカー施設が存在してたこともある意味とんでもなくカルチャーショックだが、そんなことより今絶対聞き逃しちゃいけないこと言ったよね、この自称天使。

「言ったよ。キミたちは本来あの事故で死ぬ予定じゃなかったんだ。たまに起こるんだよ。こういう予定外のことがね」

『キミ、たち？』

「覚えてるだろう？　キミより少し前にここに来たよ」

『あの女の人？　居るの⁉』

「居るっちゃ居るけど、会えないよ？　あの人はキミと違って、この場で意識を保ってないからね。ここを通る人みんながキミのようにしっかりと意識を持ってるわけじゃない。あの人もそうだ。ずーっと眠ってるよ」

『そんな……』

会えないんだ……。同じ場所にいるのに。

私が巻き込んでしまった、死なせてしまった、あの人。

「それより、今はキミのことだ。さっきも言ったけど、キミたちは本来死ぬはずはなかった。だけど予定外の出来事でそうなってしまった。今キミたちの魂はとても不完全だ」

『不完全？』

「本来ここに来る魂は、天寿をまっとうした〝寿命の尽きた魂〟なんだよ。でもキミたちは違う。キミたちの魂にはまだ〝寿命が残ってる〟。だから他の魂のような輪廻《りんね》転生ができない、輪廻の輪に入るための魂としては不完全、という意味さ」

『それって、生まれ変われないってこと？』

「ん～、ちょっと違うかな。今の状態じゃできないってだけ。残った寿命の埋め合わせが必要なんだ」

『埋め合わせ？』

「そ。というわけだから、ちょっとキミ、別の世界でもう一度だけ生きてきてくれないかなー？」

『軽っ！』

なに「ちょっとお使い行ってきて」みたいなノリで意味分かんないこと言ってくれてんの⁉

「悪いけど、これはほぼ決定事項だよ。このままじゃキミは転生できないんだ。嫌だろう？　浮遊霊みたいにふよふよと永遠に魂のまま漂ってるなんてさぁ。だからさっさと腹くくって、行ってみようか！」

『何がだから⁉　それどんな脅しよ‼』

「いやぁ、ぶっちゃけさ、そこらで漂ってくれてるより人として生きてくれてたほうが僕らも管理しやすくて助かるんだよねぇ」

『いいかげんすぎるよ管理施設‼』

「しょうがないだろ！　人手不足は世界共通で万年人を悩ませる社会問題なんだから‼」

あの世で人手不足⁉　世界共通はあの世も含むんですか！　知りたくなかったよそんな事実！

「キミにはこれから、ここは別の世界で生まれて生きてもらう。分かりやすく言うと異世界だね」

『はぁ、それは転生というのでは……？』

さっき散々転生はできないって言ってたのに。

「ちょっと違う。キミの魂はあくまでこの世界のものだ。この世界の魂はこの世界でしか転生できないんだよ。きちんと転生するためには魂に残った寿命をまっとうして、完全な魂にならなくちゃいけない。でもこの世界でキミの魂が入るべき肉体はすでに心臓を止めてしまっている……。だからこの世界でそうすることができないんだ、別の世界のキミの魂を受け入れられる肉体のところじゃないとね」

『ややこしい……。でもまぁ、言ってることは分かったよ』

「理解してくれて良かったよ。ぶっちゃけいつまでもキミ一人に時間取れないからさぁ。あとがつかえてるんだよねー」

ちょいちょいリアルな意見言うのやめてほしい……。

知りたくなかった。あの世がこんな所だなんて……。なんだろな、十六歳で死んだ事実よりもむしろ別のことに酷いショックを受けている自分がいるよ。

人の人生がこんなふうに管理されてたなんて……。大丈夫なのかこの世界。

「まあ安心してよ。変な世界に送ったりしないからさ。むしろキミは喜ぶ世界なんじゃないかな?」

行先はすでに決まっているようだ。ニヤニヤと笑ってる雰囲気が伝わってくる。一面真っ白な場所で自称天使の顔なんて全然見えないのに、ずいぶん楽しそう。

その原因が人の人生かと思うと若干やな感じだけど……。

「さ、そうと決まれば早速出発と行こうか。もう一人のほうも送らなきゃいけないから、さくさくとね」

『え、……まってまって‼ それってもしかしてあの女の人のこと⁉』

「そうだよ? 寿命が残って不完全なのは彼女も同じ。当然彼女も対象者さ」

それを聞いた時、私の中に込み上げてきたのはとても言葉にできないような感情だった。

罪悪感。恐怖。不安。――――そして、とても伝えきれないくらいの、感謝。

巻き込んでしまってごめんなさい。助けてくれてありがとう。

言わなきゃいけないことがたくさんある。私は何ひとつ伝えていない。そしてきっと伝えられないまま終わってしまう。このままじゃ。そんなの絶対ダメよ!!

『お願いっ！　その人も私と同じ世界に……ううん、私を同じ世界に行かせて!!』

「はあ⁉　いや、それは全然大丈夫なんだけど……、なんでまた？」

だって、私は何も伝えてないんだもの。死ぬ間際に頭の中を埋め尽くしたほどの謝罪の言葉。

あの人は私を助けようとしてくれた。見ず知らずの私を。

ここで会うことはできなくても、新しく生まれる世界なら会える可能性はある。

会いたい。どうしても、あの人に会いたい。

会って、伝えたいことがあるから。

「なるほどね。でもキミ分かってる？　新しい世界ではキミも彼女も別人として生まれるんだよ？

キミのことを覚えてる保証なんてないんだ、仮に会えたとしても分からないんじゃないかなぁ？」

『大丈夫！　絶対分かる！』

女の執念をなめてもらっては困る。私はあの人に会う。会うと言ったら会うのよ!!

「ふふ、いいねそういうの。個人的に好きだよ。キミみたいに頭じゃなくて本能で動くタイプ」

褒めるみたいに貶《けな》してくれるよ……。

天使ってのはわりといい性格してるんだな。できればコイツが例外なタイプだと思いたいが。

「その意気に免じて、近い場所に魂を送ってあげるよ。近場で済ませられるなら僕も作業が楽で助かるしね」

『人の人生楽とか言わないでくれる⁉』

本当に大丈夫なのかあの世。こんな奴《やつ》に任せていていいのか管理施設日本支部。日本のあの世事情が心配です。

「じゃ、早速始めようか。次に目を覚ましたらもう別の世界だ。上手《うま》くやりなよね」

『ありがとう……。わがまま聞いてくれて』

「ここで意識がある魂なんて滅多にいないからね。久しぶりに僕も楽しかったよ。じゃあね……」

――――彼女に会えるといいね。

だんだん薄らいでいく意識のなかで、やけに楽しそうな天使の声だけはハッキリと聞こえていた。

＊＊＊

「お嬢様、旦那《だんな》様がお呼びです。お部屋までお越しくださいませ」

「ええ、今行くわ」

自称天使とのあの世での邂逅《かいこう》から八年。私は新しい世界で新しい生命を得た。

前の世界とはまるで違う世界で、なんの因果か、しっかりと前世の記憶を持ったままで。

この状態で一番苦労したのは、なんといっても生活の違いだろう。

私が生まれたのは、由緒正しい公爵家。平凡な一般家庭で過ごした前世とは天と地ほどの差があった。なまじ前世の記憶があったためでもあるが、そのせいで長い間周りに上手く馴染《なじ》めずにいた私に両親はさぞ苦労しただろう。それでも変わらず、愛情を持って接してくれているのだから、いい家庭に生まれたと思う。

「旦那様のご友人をお招きしているようですよ」

「お父様のご用ってなにかしら？」

「おそらく、今度のお茶会のことかと。

「楽しみですね。――――――――――〝セシル〟お嬢様」

そう、私の新しい名前はセシル。セシル・バードルディ。

キラキラと輝くハニーブロンドの髪とエメラルドの瞳《ひとみ》はまさしく絵本の中のお姫様かと言わんばかりの美少女！　いやー、まさか生まれ変わった先でこんなにも素晴らしい容姿を手に入れることになるとは夢にも思わなかったよ。あの自称天使もなかなか憎い演出してくれるじゃーんっ。

な　ん　て。

(言うわけあるかああああああぁぁぁぁ――――――っ‼)

あんの自称天使野郎が！　マジ何しでかしてくれてんのよ⁉　何よセシルって！　なんでこのチョイスなの⁉　セシルって、セシル・バードルディって………っ。

(私が死ぬ前まで読んでたあの携帯小説のヒロインじゃんか⁉)

転生先はまさかの二次元キャラ成り代わりでしたとか、笑えねぇ……。

私は絶望した。言葉もないとはこのことだと第二の人生で早速学んだ。

ああ、神よ。あの世というのがいいかげんな場所ならば、自らを天使とか名乗る野郎もやっぱりいいかげんなのだということは身をもって知りましたがね。

これはいくらなんでもあんまりすぎやしませんか？

アースガルド王国。その北方に位置するバードルディ領を治める名門公爵家のご令嬢。

国の名前を聞いた時。己の名が『セシル』だと知った時。そしてウェルジオという兄の存在を知った時。

そのたびにまさかまさかと思ってはいたが……。

「成り代わり転生って……なにその設定。こんな展開望んでない……」

別にセシル・バードルディというキャラが嫌いなわけじゃない。むしろとても好きなキャラだ。

何より、あの作品で主人公秋尋推しだった私からすれば、彼と恋愛を育んでいくヒロインなんてとてもおいしい立ち位置だ。

が。そのために数々の困難が降りかかるのもヒロインのお約束事項。

いじめられたり、暴漢に襲われたり、暗殺者を差し向けられたり、濡《ぬ》れ衣《ぎぬ》を着せられたりその他諸々《もろもろ》エトセトラ。…………………きつすぎる。

「……モブになりたい………」

主人公やヒロインなんて、作品中もっとも苦労するキャラトップスリーに余裕でランクインしちゃうやつじゃないか。誰が好き好んでなりたいもんか。

「あの人、どうしてるかな……」

どこかの町に生まれたんだろうか。それとも私みたいに、原作キャラに生まれた？

前者なら、巡り会うのはちょっと大変そうだな。後者なら、私が『セシル』である以上、いつかは会える可能性が高い。でもあの小説に出てた女性キャラって、セシルの友人側かセシルをいじめる悪役側かのどちらかだからなぁ……。

「できれば敵じゃありませんように……」

この国が崇《あが》めるのは仏様ではなく精霊だが、染み付いた現代日本人の習性か。私は今日も澄み渡る大空を見上げながら手を叩《たた》いて日課となりつつあるお祈りを捧《ささ》げるのだった。

ところが、私がそうしてもはや数え切れないほどの祈りを天に捧げたにもかかわらず、ヒロインにとっての現実とはかくも厳しいものだと、数日後に開かれたお茶会にて発覚する。

「はじめまして、ウェルジオさま。わたくしアヴィリア・ヴィコットといいますの。今日はお会いできて嬉《うれ》しいですわぁ」

語尾にハートマークが付くような猫撫《ねこな》で声《ごえ》で、私の存在をさらっと無視して隣に立つ兄の腕にすり寄るこの薔薇色《ばらいろ》の髪の女は。

(ア、アヴィリア、ヴィコット……って……)

できれば会いたくない相手No.1。関わりたくない相手No.1。セシル・バードルディの天敵。

私が最後に読んだ話で見事に返り討ちにされて殺された女。セシルをいじめるのも、暴漢を差し向けるのも暗殺者を差し向けるのも濡れ衣を着せるのも。全部全部。この女。

でも、今私の中に溢《あふ》れるこの激情は、自分にとっての鬼門とも言える存在が目の前に現れたことに対してではない。

〝――――仮に会えたとしても分からないんじゃないかなぁ?〟

〝――――大丈夫! 絶対分かる!〟

自称天使の問いに迷わず答えられたように。一目で分かった。

(あの人、だ……)

理由なんて分からない。でも、ただそう思った。

本能が騒ぐ。まるで運命の人を教えてくれるかのように。自分にとっての大恩人が、一番の敵役に、それもいずれ殺されると分かっている相手に生まれてきたことを――……。

（ふ、……ふっ……）

っざけんなあの自称天使野郎がああああああぁ――っ‼

これはいくらなんでもあんまりすぎやしませんかねっ⁉

＊＊＊

そんな自称天使のいじめとも言える精神的拷問を受けた日から二年。

私はアヴィリアの近くに居続けた。

彼女的には美少年な兄のウェルジオにこそ、そばに居てほしいんだろうに寄ってくるのは邪魔な妹のほう。当然アヴィリアは私を嫌がったけど。

それでも、あの人がアヴィリアとして生まれ変わったと知った以上、私はどうしても回避したかった。アヴィリア・ヴィコットの死を。

――『紫水晶《アメジスト》の王冠』。

それが私が生前一番好きだった携帯小説のタイトル。

主人公秋尋が現代日本から異世界トリップし、このアースガルド王国で立派な王子となるために様々な出来事に立ち向かっていくストーリー。

その中で、アヴィリア・ヴィコットはどうして死んだのか。

それは、彼女が貪欲《どんよく》に王妃の座を求めたから。

彼女は後宮で暮らす王子のお妃候補の一人だった。後宮にいたのは、あまりの高慢振りに両親さえも音を上げ、半ば追い出す形でそこに入れられたからだ。

(なら後宮にさえ入らなければ、そもそも秋尋と関わらなくて済むんじゃないの?)

そう結論付けた私は早速行動に出た。

私がまずしたことは、アヴィリアと友達になることだった。

彼女と親しくなって、彼女の傲慢《ごうまん》な性格を少しでも改善することができれば周囲との関係も良くなるだろうし、後宮にも入れられずに済むかもしれない。私へのいじめだって無くなるかもしれない。

私はなんとかアヴィリアと親しくなろうとした。いろんなお話をしたり、美味《おい》しいお菓子を用意してお茶をしてみたり、いろんな場所へ誘ってみたり。そうして彼女が酷《ひど》いわがままを言えば、そっと止めてみたりもした。

けれどそれは、彼女を余計に苛立《いらだ》たせるだけで。余計に嫌われるという結果になってしまった。

「……セシル。お前は何故《なぜ》あの女と関わろうとするんだ?」

僕には理解できないと、ため息をつくお兄様。

(ごめんなさいお兄様。でも私はどうしても、アヴィリア・ヴィコットを死なせたくないの)

何度失敗しても、私は諦《あきら》めなかった。くじけそうになるたびに、最後に感じたあの力強い声と、あたたかい腕を思い出して。

何度も、何度も。

（まだ時間はあるはず、大丈夫……大丈夫……）

昔からの口ぐせを自分に言い聞かせるようにつぶやいて。

何度も、何度も……。

けれど、結果はいつまで経《た》っても変わらないまま、気づけば二年の時が過ぎていた。

（どうしよう……、一体どうしたらいいの……っ）

何の成果も得られないまま、時間だけが無情に過ぎていく。

小説にアヴィリアが初めて登場した時、アヴィリアは十五歳だった。でも彼女がいつから後宮に居たのかは分からない。

タイムリミットはすぐそこまで来ているかもしれない。

（どうしよう……。どうしよう、どうしようどうしようっ！）

焦りばかりが、募っていった。


ところが、私がそうやって頭を悩ませている間に、転機というものは思ってもいない予想の斜め上から突如やって来たのだ。

「え、アヴィリア様が湖に……!?」

その凶報が届いたのはまだ暑さの続く夏の日のこと。

私は居ても立ってもいられなくなって、お父様やお兄様の制止も聞かず、すぐさま屋敷を飛び出した。

冗談じゃない。こんなところで、こんな予想外の運命なんかに、あの人を奪われてたまるもんか。

そうしてたどり着いたヴィコット邸で、私を待っていたのは……。

「ほんとにちょっと溺《おぼ》れちゃっただけなのよ……、もうなんともないから」

「ごめんなさいね、心配かけて……」

待って、いたのは………。

（うそ……）

私は夢でも見ているんだろうか。

だって、この手は。私の手を握るこの手のあたたかさは……。


『――――あぶないっ‼』


（うそ……っ）

忘れるはずもない。

あの人のものだった。

＊＊＊

「セシル？　どうしたの、急に黙りこんで……具合でも悪いの？」

「え、……ううん、大丈夫！　ちょっと、今度のパーティーのことを考えたら憂鬱《ゆううつ》で……」

「ああ、来月の誕生パーティーね。確かに、パーティーの主役って大変だものね」

私も大変だったわと目の前の彼女、アヴィリア・ヴィコットは楽しそうに微笑《ほほえ》んだ。

彼女が以前の記憶を取り戻したんだということはすぐに分かった。

あの自称天使絶っ対性格悪い。

もはやこの展開もあれの手の上だったような気さえしてくる。最後にやたら楽しそうに笑っていたような気がしたけど、それさえこの展開を企んでいたんじゃあるまいなと思わずにはいられない。

二年間あれやこれやとしてきたのは結局無駄だったってことだ。

自分がむなしく感じる。あの自称天使に遊ばれた気分だ。今度会ったらどうしてくれよう……。

「プレゼント用意してるから楽しみにしててね」

「本当？　アヴィってセンスいいから、今から楽しみ！」

「それはそれでなんかプレッシャーなんだけど……」

「ふふふっ」

でも、感謝はしておくよ。これでアヴィリアの死亡フラグに繋《つな》がる一番の懸念はなくなった。

基本子煩悩だったヴィコット伯爵は、今のアヴィリアをそれはもう可愛《かわい》がっているし、屋敷のメイドたちとも以前よりずっといい関係を築いている。これなら彼女が後宮に追いやられることもないだろうし、仮に行くことになったとしても、今のアヴィリアなら小説のような展開にはならないだろう。性格がそもそも違うんだから、「小説のアヴィリア」と「今のアヴィリア」が同じ行動をするとは思えない。

（とはいえ、まだ油断はできないけど……）

彼女が性悪ではなくなったからといって、では死亡に繋がるフラグが綺麗《きれい》に消えたのかといえば……、残念ながらそう簡単なものではないというのが悲しいところだ。

この先、起こるであろうアヴィリア・ヴィコットの死亡フラグに繋がりかねない出来事は、たとえアヴィが性悪じゃなかったとしても起こりかねないのだから。

それが完全に消えるまでは……。

「……ねぇ、アヴィ」

「なぁに？」

「…………ありがとう」

ねぇ。

貴方《あなた》に言いたいことが、たくさんあるの。伝えたいことが。

こんな言葉なんかじゃ全然足りない。「ありがとう」よりももっと。もっともっと、いい言葉があればいいのに。

ずっとずっと、伝えたかった。ずっとずっと、会いたかった。

…………だけど、私はどうしようもないくらいに弱虫で。

貴方に私のことを知ってほしいのと同じくらい、私のことに気づかれるのが怖くて怖くてたまらない。

貴方を死なせた元凶が私だと知ったら、貴方はどう思う？

貴方はきっと、私を恨んでるよね。

お前のせいで死んだんだと言われたら…………？

ただ会いたかったのに。会って、お礼が言いたかったのに。ごめんなさいって謝りたかったのに。

…………なのに今。それがこんなにも、怖い。


「なぁに急に。私の誕生日だって祝ってくれたじゃないの。おあいこでしょ？」

ズルいよね、卑怯《ひきょう》だよね。この関係を壊したくない、貴方に嫌われたくない……。

そんな自分勝手な思いが今日も心に蓋《ふた》をする。

貴方が目の前で笑ってくれている。そのことがこんなにも嬉《うれ》しくて、嬉しくて…………。

――――だから。


ごめんなさい。


「ありがとう……」

今はこんなふうにしか伝えられない私を、どうか許して……――――。

第4話　白金の邂逅《かいこう》

　迎えたセシルの誕生日当日。私はお父様お母様と共にバードルディ邸を訪れた。

　馬車に揺られながら王都の貴族区域が連なる道を進むと、その先にひときわ目を引く豪邸が姿を現す。

　綺麗に整えられた広い庭。綺麗な水をたえず吹き出す噴水。その奥に佇《たたず》む白亜。

　ヴィコット邸の庭も素敵だが、バードルディ邸の庭はさらに上を行く。そして広い。さすが公爵家。

「やあ、ロイス。よく来たね」

「お招きいただき感謝するよジオルド。セシル様とは娘も仲良くさせていただいているからね。アヴィリア、挨拶《あいさつ》を」

　私たちを出迎えたのは公爵家当主、ジオルド・バードルディ。セシルのお父様。

　招待客にかける言葉にしては随分軽いように感じるけど、実はこの二人、幼い頃からの知り合いなんですって。

　王国騎士団に所属し、将軍という地位を与えられている父と、国の宰相を務めるバードルディ公爵は共に国王陛下を支える側近同士。仕事上の相棒ってやつかしらね。

「久しぶりだね、アヴィリア嬢」

「お久しぶりでございます、バードルディ公爵。本日はお招きありがとうございます」

ドレスの裾《すそ》を軽く摘《つま》んでカーテシー。淑女教育の成果の見せ所だ。立派なレディになれるよう鋭意修業中。隣でお母様が満足そうにしているので成果は上々だろう。

「暫《しばら》く見ない間に、母君に似て綺麗になったたね」

「あ、ありがとうございます」

「娘がいつも君のところに押しかけているだろう。君に迷惑をかけていないかい？」

「とんでもございません。いつも仲良くさせていただいているのは私のほうです」

「はははっ、いい娘さんじゃないかロイス。色々噂《うわさ》は聞いているよ。どうだろう、うちの息子……」

「断る」

笑顔から一転。真顔になるお父様。

その変わり身が怖いです。ていうか社交辞令ですよお父様しっかりして、お顔戻して。

「……相変わらずだなお前も。まあ、自分の娘が可愛いのは私も分かるがね。こんなに可愛らしい娘ならば子煩悩になってしまうのも無理はない」

「うんうん」

「少し前までは『おとーさまおとーさま』って言って私の周りをちょこちょこちまちましてたのに、今では『アヴィ、アヴィ』と……たまにはパパも構ってほしい……」

「分かる、分かるぞ。ウチも今では……」

娘を前にしてそういう話やめてくれませんかねお父様ズ。

なんだこの人たちただの親バカか。類友か。バードルディ公爵、「おとーさま」と「アヴィ」の部分だけ声が裏声でしたけど、もしやセシルのマネです？

「ヴィコット夫人、お嬢様。どうぞこちらへ、テラスにお茶をご用意いたしましたので」

そんな男たちをさらりと無視して私たちを案内してくれるバードルディ家の執事さん。これは完全に慣れてるわ。

そうして通されたテラスは庭に面した作りになっていて、先ほどの噴水もよく見えた。鮮やかな花々に囲まれてかすかに聞こえる水音が夏の暑さを和らげてくれる。前世で何度か足を運んだイングリッシュガーデンを思い出す様式だ。

「素敵なお庭ですね」

「ははは、ありがとう。良かったら少し歩いてくるかい？」

「よろしいのですか？」

「勿論《もちろん》。我が家自慢の庭園だ。奥には妻の趣味で薔薇《ばら》のアーチもあるんだ。是非見ていってくれ」

正直な話。パーティーが始まるまでここで静かに大人の話を聞きながらじっとしているのもごめんだったので、公爵の言葉は大変ありがたい。

ちらり、とお母様の顔を見ると、小さくコクリと頷《うなず》いてくれた。

「では、お言葉に甘えて。少々失礼致します」

小さく頭を下げたあと、案内役のメイドに連れられてテラスを出た。

あの素晴らしいお庭をじかに歩けると思うと逸《はや》る気持ちが抑えきれず、心なしか足早になる。

「いい娘さんじゃないか。やはりうちの息子に」

「断る」

後ろでこんな会話がされていても、お庭のことで頭がいっぱいの私の耳にはまったく入ってこなかった。

広々とした庭には季節の花がたくさん咲いていた。

色鮮やかなジニア、ノウゼンカズラ……、そのどれもが夏の日差しを浴びてキラキラと輝いている。

バードルディ夫人自慢という薔薇のアーチは鮮やかな深紅が本当に見事で、歩いているだけで気分が上昇していく。

セシルはいつもこの庭を歩いているのねと、思わず想像してみたらあまりにも似合いすぎてなんだか自分が少し恥ずかしくなってきた。

（薔薇の中を歩く金髪美少女とか……。もはや絵画の中の世界だわ）

しばらくはそのまま景色を楽しんで歩いていたが、その先に思いがけないものを視界に捉《とら》えて思わず足を止めた。

「あら、これって……？」

綺麗に整備された道すじの端で花々に隠れながらも地面を覆うように生える緑色は一見ただの雑草にしか見えないけど……。

私はその葉をプチリと一枚摘み取り、指で擦《こす》り合《あ》わせて匂いを嗅《か》いだ。

「……やっぱり！　これレモンバームだわ」

レモンを思わせる爽《さわ》やかな香り。前世ではハーブティーを淹《い》れる時によく使用した。自宅のプランターでもたくさん育てていたそれは、よくよく辺りを見回してみるといたるところに生えていた。

「あっ、あれは……！」

そうして新たに見つけたもの。同じように「生えている」それを、また一枚摘んで同じように匂いを嗅いで確かめる。

「ペパーミント……！」

これまたとても馴染《なじ》み深いものを発見してしまった。

見るかぎり植えられているわけではないこれらは、おそらく風で種が飛んできて勝手に生えたものだろう。

(どこかで育てて……違うわね、たぶん近くに群生している場所があるんだわ……！)

そもそもこの世界ではハーブが浸透していない。育ててる人がいるとは思えない。

ハーブという概念がないからこそハーブティーさえもなくて、それを知った時は酷《ひど》くがっかりしたものだ。

けど、ハーブ自体はこの世界にもちゃんとある――……。

(だったら、これでハーブティーが作れるじゃない‼)

紅茶オンリーの飲料生活とはおさらばできる。ハーブティー好きの私にとって、これは見逃せない事実。

このふたつだけでも十分作れるけど、探せば他にもあるかもしれない。

(帰ったらルーじぃに聞いてみようっ！)

桜茶も好評だったことだし、出来上がったら是非ともハーブティーも飲んでもらいたい。

スイーツのアクセントに使ってもいいし、そのまま料理に使ってもいい。ポプリに入浴剤、食べる以外にも使えることはたっくさん！

やりたいことがむっくむくと湧いてくる。

（んふふふふ、楽しみーっ♪）

るるるーと心を弾ませながらよそ様のお庭でステップを踏む私は、完全に新しいおもちゃを目の前にした子供そのものだった。


――――……ピィ、ピー……。


「……？」

すると、どこからか風に乗ってかすかな鳴き声が聞こえて私は足を止める。

出所を探して辺りを見回してみると、それはすぐに見つかった。

視線の先に、今まさに猫に襲われようとしている小鳥の姿が映る。

「ピィーっ！」

「こらっ、やめなさいっ！」

私は思わず飛び出した。慌てて救出したその小鳥の状態をさっと見回す。手のひらに収まるくらい小さなその小鳥は、珍しい薄桃色の体毛を土と少しの血で汚していたが、大きな怪我《けが》は負っていないようだった。

しかし、そのことにホッとしたのもつかの間。

突然現れて横から獲物を奪われた猫が、私の手から小鳥を取り戻そうとドレスの裾に飛びかかってくる。

「ニャッ！　ニャアァァ――ッ‼」

「わわわっ！　待って待ってぇぇ――っ‼」

遠慮なく爪を立ててドレスをよじ登ろうとする猫を体をひねってあしらう。

このドレスを傷つけるわけにはいかない。何故《なぜ》なら本日のドレスも母が今日のために仕立てた一点物だから。

（パーティー前に汚したりしたらお母様に怒られるうぅ――⁉）

「ピピィ――ッ」

「あぁっ、キミも暴れないで！」

下から飛びかかってこようとする猫を怖がって手の中の小鳥がバタバタと暴れる。その小さな体を押さえているせいで、足元の猫を上手《うま》く振り払うことができない。

私絶体絶命……！　と、思わず半泣きになりそうだった、その時。

「おい、何してるんだ⁉　危ないぞ！」

「え、……ぁ」

背後から不意にかけられた声に、条件反射で顔が動いた。

その先で見つけた綺麗《きれい》な金色――――……。

と、同時に体がガクンと傾いた。

視界の先に広がるのはまさかの階段。

（落ちる……っ！）

庭に作られたささやかなものでも、このまま落ちれば怪我だってありえる。

せめて手の中の小鳥だけは潰《つぶ》してしまわないようにとしっかり包み込み、私は迫りくる衝撃に身を固くした。

直後、地面に叩《たた》きつけられる衝撃が全身を容赦なく襲う。

……………ことはなく。強い力で体を思いっきり引っ張られた。

どさっ、と体と地面がぶつかる音。

（…………あれ？）

思ったほど痛くない……。

思わず安心して息を吐くも、はて。なにやら地面に違和感が。

なんか、やたら柔らかくて布のような手触りがするような……。

「あ」

そして気づく。自分が人の体を下敷きにしているということに。

「ご、ごめんなさいっ！」

事態を把握した私は慌てて体を起こして立ち上がった。そうすると、私の下にいた相手が自分と変わらない年頃の少年だということに気づく。

視線を合わせると、綺麗なアイスブルーの瞳《ひとみ》と目が合った。

（おうふ、また新たな美形が……っ）

陽の光を浴びて煌《きら》めくプラチナブロンド。上品なパーティースーツをきっちりと身に纏《まと》うその姿

は、まだ十二、三歳程度の少年だろうに幼さを少しも感じさせず、まるでどこぞの国の王子様のような雰囲気を醸し出していた。

この世界は本当に顔面偏差値が高い。なんだろうな、美形じゃなきゃ生きられないのかこの世界は……。場違いにもそんな考えが頭に浮かぶ。

周りを見渡せば、自分のいる場所が階段の下ではなく、先ほど落ちかけた階段の手前だということが分かる。

おそらくこの少年が、落ちる直前に私の体を引っ張って引き戻してくれたのだろう。

そしてそのまま二人して地面に転がっちゃった、と。

「すみません、大丈……」

「……っ、だから、危ないと言っただろうがっ‼」

慌てて謝罪の言葉を口にしようとしたが、その言葉が形になるよりも少年が口を開くほうが早かった。

広い庭に響いた同じ年頃の少年が発する怒鳴り声に驚いて、私は思わず固まってしまう。

「あ……」

「どこの家の令嬢だか知らないが、人の屋敷の庭でバタバタと！　はしたないとは思わないのか⁉　まったく、令嬢なら令嬢らしくもっと淑《しと》やかにしたらどうだっ⁉」

「…………」

………………………いらっ。

なにこいつ。なんだこいつ。そっちこそいいところのお坊ちゃんだろうにレディへの口の利き方がなってないぞコラ。うちでそんな言葉を使おうものならお母様の頭にツノが生えちゃうわよ？ああいやいやいやいやダメよ私いらっじゃないでしょもう私ったらうふふふふふ。そもそも原因は私にあるのよ。彼は私を助けようとしてくれたんじゃないの。そうたとえ口が悪く生意気だろうが相手は十二、三歳のガキ……いやお子ちゃまよ。私は（中身は）れっきとした大人。ガ……お子ちゃまの言うことにいちいち腹を立てるなんてそんなことしちゃダメじゃないの。私は大人、相手は子供。よし。

……コホン。

「大変失礼致しました。助けていただいてありがとうございます。お怪我はございませんか？」

見るがいい少年。春の誕生パーティーで数々のお貴族様たちを相手にしたニッコリ営業スマイルを！

バイトの接客で磨かれた0円スマイルは伊達《だて》じゃない。

ほら、その証拠に私の反応があまりにも予想外すぎたのか、彼は虚を衝かれたようで、どうしていいか分からず視線を彷徨《さまよ》わせているじゃないか。

（ふ。思わぬ行動に言葉も出ないようね。いい気味だわ）

思わず心の中でふふんと笑う。

ちょっと大人げないかもしれないが、そこは大目に見てほしい。

「――――見つけた！　アヴィ――っ！」

そこに空気をぶち壊す明るい声が響く。

声のしたほうに視線を向ければ、こちらに駆けてくる本日の主役の姿。

まるでダイブするかのようにセシルは私に思いっきり抱きついた。

「嬉《うれ》しいっ、来てくれたのね！」

「もちろんよ。お誕生日おめでとう」

「ふふふ。ありがとう！」

白いドレスを身に纏い、裾《すそ》をふわりと翻して笑うセシルはさながら地上に舞い降りた天使かと思うくらいに可愛《かわい》らしい。結い上げた髪を飾る綺麗な花の髪飾りがセシルをいつもより大人っぽい雰囲気に彩る。

このドレスを選んだであろうバードルディ夫人は娘の魅力を引き立てるものをしっかり把握しているようだ。さすがである。

「ぴ、ぃ……っ」

「ああっ、ごめんごめん、苦しかった？」

その時、ずっと手の中に包み込んだままだった小鳥が苦しそうに身じろいだのを感じて、私は慌てて手の力を緩めた。

「あら、なぁに？　この鳥」

私の手の中から現れた桃色の小鳥をセシルが不思議そうに覗《のぞ》き込む。

「さっき猫に襲われていたのを助けたのよ、怪我をしてるみたいだから手当てしてあげないと……。ちゃんと飛べるといいんだけど……」

「大変じゃない！」

「ぴぃ」

私の手から小鳥を受け取ったセシルは怪我を確認するようにあちこちを念入りに見はじめる。

その様子を見ながら、美少女と庭園の姿も絵になるけど美少女と小鳥の姿も絵になるなぁ、などとどうでもいいことを考えている私の耳に、さっきから黙ったままだった少年の引きつったような声が届く。

「セ、セシル……」

「あら、お兄様。いつからいらしたの？　気づかなかったわ」

（ああ、やっぱり……）

見覚えのある顔立ちにもしやと思ってはいたが、どうやらその通りだったようだ。

この少年がセシルがよく口にするお兄様……。

しかし、屋敷から一直線に駆けてきただろうに、彼女の瞳はその兄を完全にシャットアウトしていたらしい。

はて、いつもセシルから話を聞く限り兄妹仲《きょうだいなか》は悪くないはずなんだけど……？

「ア、アヴィ……って」

「もうお兄様ったら、私いつも話してるじゃないの‼」

そういえばまだきちんと名乗っていなかった。いけないいけない、令嬢としてあるまじき失態だわ。

私は姿勢を正すと彼の前に出てドレスの裾を摘《つま》み、改めて挨拶《あいさつ》する。

「ご挨拶が遅れまして申し訳ございません。お久しぶりでございます、ウェルジオ様。以前一度お会いさせていただきました、ロイス・ヴィコットが娘、アヴィリア・ヴィコットでございます。本日は妹様のお誕生日、誠におめでとうございます」

最後に頭を軽く下げる。

だが、いつまでも何も反応がないので不審に思って目線を上げると、そこにはまるであり得ないものを見てしまったとでも言うような驚愕《きょうがく》に満ちた表情を浮かべる少年の姿が………。

ああ、うん。なんだかとてもとても久しぶりだけど、すっごく見覚えがあるわねその顔……。

久々に言わせてもらいましょうか。

お、ま、え、も、か⁉

＊＊＊

「セシル様、お誕生日おめでとうございます」

「おめでとうございます」

「こちらこそ、お越しいただきありがとうございます」

空に一番星が輝く頃、誕生日パーティーは厳かに始まりを告げた。

私の誕生日もそうだったけど、貴族のパーティーは基本的に夜会であることが多い。

まだ社交デビュー前とはいえ、アースガルドを代表する筆頭公爵家の一人娘の誕生日パーティーなだけあって、招待されている人たちも大層な顔ぶれが勢ぞろいしている。

（セシル、本当にお姫様みたい……）

その中にありながらも存在を埋もれさせることなく、純白のドレスを翻して優しい笑顔を浮かべる彼女はまさしくお姫様の如く輝いていた。

周囲から漏れ聞こえる賛辞もそんな彼女を褒め称えるものばかりで親友としては誇らしい限りだ。彼女が褒められるたびに何故か私の鼻が高くなる。

「セシル様、本日はおめでとうございます。よろしければ、私と一曲……」

「申し訳ありませんが妹はまだ挨拶が残っておりますので。失礼」

ちなみに、そんな素敵なお姫様に頑張って声をかけようとしているお坊っちゃんたちは、その隣にぴったりと寄り添っているウェルジオ少年の手によって容赦なくあしらわれている。いいぞお兄ちゃんもっとやれ。

セシルもこういうパーティーは苦手みたいだし、何か言う前に追い払ってくれる兄には助かってるみたいだ。

貴族にとってのパーティーとは、他家との繋《つな》がりを作る格好の場であり、ひとつの職場。いい家柄とコネを作ろうと目論んでいる奴《やつ》らにとっては絶好の機会でもあるわけだ。ここぞとばかりにやってくる。

「これはヴィコット伯爵。ごきげんよう、お嬢様の誕生パーティー以来ですな」

「ほんの数ヶ月ですのに、ますますお美しくなられたようで……」

「セシル様とはとても仲の良いご友人だそうですね」

「まあ、微笑《ほほえ》ましいですこと」

「私の息子も歳《とし》が近いんですよ。よければ少しお話でもいかがですか?」

こんなふうにね。

抜け目なくうちのほうにも来るわ来るわ。ていうかその息子さん、さっきセシルに声をかけようとしてお兄ちゃんにあしらわれてた子ですよね？　見てたわよ。

「すみません。娘はまだセシル様にお祝いの言葉を言えてないので。アヴィリア、行ってきなさい。プレゼントを渡してくるといい」

「はい」

そしてうちのお父様にも片手間にあしらわれる、と。さすがですお父様。

でもそのお許しは正直とても助かるのでお言葉に甘えてその場をそそくさと離れる。私だって好き好んで絡まれたくないもの。

「お誕生日おめでとうございます、セシル様」

「ありがとうございます、アヴィリア様」

人目のある社交場での正式な挨拶。

ドレスの裾を摘んでお互いに恭しく頭を下げれば、あまりのらしくなさに、おかしくなってこっそり目を合わせて笑ってしまった。

それまでセシルの周りにいた人たちも私に気を使ってか、さり気なく去っていく。

それを見送ってようやく二人して肩の力を抜いた。

「素敵なパーティーね」

「んんー、だけど疲れるわ。さっきからずーーっと同じことの繰り返しなんだもの。笑顔でいるのも疲れるしっ！」

周りの目がなくなったとたんに口調が元に戻ってしまう。

さっきまで完璧《かんぺき》な営業スマイルを浮かべていたセシルも完全に表情を崩しているけど、その顔には挨拶疲れによるものだろう若干の疲労が見え隠れしていた。

気持ちは分かるけど口を尖《とが》らせてぶうたれるのはさすがにまずいと思うわ、周りの視線まだあるわよ。

「パーティーは楽しいけど……、大勢の知らない人に祝われるより一人の親友に祝ってもらえるほうがずっと嬉しいわ！」

（くっ！）

私の親友が天使すぎる……‼

セシルの誕生日なのに私のほうがプレゼントをもらった気分になっちゃうじゃないのもうっ！

あまりの尊さに思わず心の中で手を合わせて拝みたい心境になる。宗教ってこんな感じで生まれるのかしら。

………が。先ほどからちょっと、なんと言うか。

セシルと会話をするたびに隣に立つ美少年からの鋭ーい視線をチクチクと感じるんだけど……。

（……見てる見てる。ガンつけるみたいに兄貴がじとーって）

妹になんかしたら許さんって感じの顔だなあれは。

まあ、彼の中でのアヴィリア・ヴィコットといったら、高慢で高飛車な性悪令嬢のままだろうしな。セシルのことも散々雑に扱ってきたし、お兄ちゃんとしては妹に近づいてほしくはないんだろうな。

（むむ……）

けど、前世の記憶を思い出してから約一年。セシルとはそれなりに良い関係を築けてきたと思っている。

私にとって彼女は紛れもなく一番の親友だし、自惚《うぬぼ》れでなければ、彼女にとっての私もそうであると信じている。その気持ちを疑われるのは、なんか嫌だ。

（…………ダメだわ。私ったらさっきから本当に子供みたい）

中身はれっきとした大人のはずなのに、転生してからはこんなことばかりのような気がする。やっぱり肉体年齢に引っ張られてるのかしら？

（ダメね、こんなんじゃ）

ふるふる頭を振って思考を切り替える。親友の誕生日にこんな気分でいるなんてよくない。

小さく深呼吸をして気持ちを落ち着けると、私はもう一度セシルと向き合った。

まだここに来た目的のひとつを果たしていない。

「セシル、これ良かったら。私からの誕生日プレゼントよ」

「わあ！　ありが……」

今日のために用意したプレゼントを差し出せば、彼女は嬉しそうに喜んでくれた。

だが、それを受け取ろうと彼女が手を伸ばした瞬間、私たちの間を遮るように入ってくる影がひとつ。

「あ」

「……ちっ」

言わずもがな。兄貴のご登場である。

しかも隠しもしない見事な舌打ち付きときた。

「…………僕はまだ納得したわけじゃない」

「は、はぁ……」

「セシル、騙《だま》されてるんじゃないのか？　この女がお前にどれだぐふっ」

ぎろりと睨《にら》む鋭い視線にたじろいだのもつかの間。会話が終わる前に兄貴が視界から消えた。

「ねぇアヴィ、プレゼントってなあに？　私楽しみだったのよ！　アヴィの作るものっていつも素敵だから！」

ニコニコニコニコ。

可愛い笑顔で聞いてくる我が親友。

素晴らしい笑顔ですねセシルさん。でも私の目が確かなら、貴方《あなた》今お兄ちゃんの腹に一撃を入れていたように見えたけど？　しかも拳《こぶし》が見えないくらいには鋭い一撃。お兄ちゃん後ろでお腹《なか》押さえてめっちゃプルプルしてますけど。

なのに真犯人は我知らずといったふうにとてもいい笑顔でそんな兄の姿を完全にシャットアウトしている。

その笑顔を前に私は突っ込むことを拒否した。世の中触れてはいけないこともあるって、私知ってる。

「気に入ってくれるといいんだけど…………」

取り出したのは先日作った薔薇《ばら》のジャムとそれを使って焼いたローズパイだ。

ガラス瓶に詰められた鮮やかなジャムと、片手で摘めるサイズに包んだ小さなパイを数個ほど。それをお店で売ってるお菓子の詰め合わせセットみたいに箱に詰めてラッピングした。

「薔薇で作ったジャムと、それを使って焼いたパイ菓子なの」

「いい匂いね。私、薔薇のジャムなんて初めてだわ」

「パンにもお菓子にも合うし、ロシアンティーにしても美味《おい》しいわよ。セシル紅茶好きでしょ？ 他にもいくつかおすすめのアレンジレシピを同封してるから、よかったらそれでティータイムを楽しんで」

「ありがとうアヴィ！ これからお茶の時間が楽しくなるわ！」

ほ。良かった。どうやら気に入ってくれたみたいだ。

お母様のお墨付きもあるし、薔薇ジャムのパイは前世でも何度か作ってたものだから味には自信がある。

「…………」

…………それよりも。

薔薇のジャムを出したあたりからチラチラと感じる周囲からの視線のほうが気になるんだけど……。

こそこそと交わされる小さな話し声がかすかに聞こえるが、それが「ヴィコット家の新しい商品が」とか「春には桜を使ったお茶が」とか「伯爵に詳しい話を」とかとか。そんな内容に聞こえて来るような気がするんですけど⁉

（…………な、何事？）

思ってもいない周りの反応におろおろしてたら、そんな私を嘲笑《あざわら》うようにかけられる声がひとつ。

「はっ、花だって？　そんなものを食べようとするなんて信じられないな。ただ庭に生えてる植物じゃないか。そんなものを妹に食べさせるなんて冗談じゃない。そもそも君に菓子なんて作れるのかい？」

兄貴復活。あらおかえりなさいお腹大丈夫ですか？　ああ、すみません微妙に前屈みですね。にもかかわらず依然喧嘩腰《けんかごし》ですかそうですか。

「あらウェルジオ様。では貴方は今まで一度も紅茶をお飲みになったことがないとおっしゃるの？　あれだって本を正せば葉っぱですわよ？　ちなみに私、これでもお菓子作りは得意なほうですわ」

思わず私も強く言い返してしまった。

大人気ないと言ってくれるな。プレゼントを馬鹿にされ腕を馬鹿にされ、自分で思うよりも遥《はる》かにイラッとしていたのだ。

「うぐ、……だがっ、薔薇が食用だなんて聞いたこと……」

「無理もありません。食べ物というよりは薬草の一種です。一般的には観賞用、または香料として使われることが多いですが、実際に薬として使用されている例もございます」

地球でだけど。

確か紀元前頃には使われてたはずだ。薔薇を使った美容法はかのクレオパトラも愛用していたっていうし。

「食用として使用できるのは薔薇の花と実ですが、今回セシル様にお渡ししたものは花びらのみを使用したものです。薔薇の花は美しく芳醇《ほうじゅん》な香りを纏《まと》うだけでなく、鎮静作用などもあってリラックスタイムにうってつけな効果を持っているのです」

パーティー会場に来ていた招待客の口から驚いたような声が漏れる。

ひそめていたわけでもない私の声は会場中に広がり、聞き耳を立てていた人たちの耳にもしっかりと入っていたが、目の前の少年を相手に完全にムキになってしまっていた私は、そのことにまったく気づいていなかった。

「さらに体に良いビタミン要素も豊富で、新陳代謝の促進や肌の活性化にも適していて、美容効果も高いんです」

〝まぁ、お聞きになりまして？〟

〝ええ、薔薇の花が……〟

ご夫人方の視線が強くなった。まるで一言たりとも聞き逃さないとでも言うように。

「もちろん適切な処理や作り方は必要ですし、薔薇の品種にもよります。私がセシル様にお渡ししたのは我が家の薔薇を使用した、食用として使っていただいて問題のない品種のものです。我が家の庭師がひとつひとつ心を込めてお世話してくれているので、農薬などは一切使われていません。体に害はございませんのでご安心くださいませ」

要は種類にもよるし農薬などを使っていてもダメだということ。聞き耳を立てていたご夫人方から今度は残念な声が聞こえてくる。

華やかな薔薇の花を庭に植えている貴族は多いが、農薬などを一切使わずに綺麗《きれい》な花を維持しているかと言われるとそうではない。残念ながらそうそう上手《うま》くは行かないのだ。

「————〜〜っ、仮にそうだとしても！　君のそれは所詮素人《しょせんしろうと》の手で作ったものだろう⁉

いでしょうっ‼」

「ふもがっ⁉」

「⁉」

頑固な兄にとうとう妹が痺《しび》れを切らしたらしい。なんと彼女は私が焼いたパイ菓子をおもむろに掴《つか》むと、それをそのまま兄貴の口の中に無理矢理押し込んだのだ。

突然の実力行使。セシルさんてば強い……。これにはさすがの兄貴も目を白黒させるしかないが、それでも咽《むせ》たり吐き出したりしないのはさすが、育ちの良さが窺《うかが》える。

……というより、いつの間にやら会場中の視線を集めているこの状況下でそんなことできないだけかも。

大勢の目がウェルジオ少年の反応を待っている。これでは取れる行動なんてひとつしかない。

「…………」

彼は意を決したように口に突っ込まれたパイ菓子をゆっくりと咀嚼《そしゃく》した。

「………………――――う、まい……」

「ほら！　ほぉ～ら、ごらんなさいっ！」

（ほっ）

長い沈黙のあと、呆然《ぼうぜん》とつぶやく兄にそれ見たことかと自分のことのように胸を張る妹。

それを見て私は心底胸を撫《な》で下ろした。大勢の人の前で自作の菓子の味を評価されるとかどんな羞《しゅう》恥《ち》プレイよ。実はセシルが実力行使ぶっこんだあたりから心臓がバクバクいってた……。

（う……、しかも、なんかみんなこっち見てるし……）

セシルが間に入ったことで頭が少し冷えた私は、今更ながら自分たちが周りの視線を集めてしまっていることに気づいて羞恥に顔を染めた。

「そうだよジオ。失礼なことを言うんじゃない。アヴィリア嬢の腕は確かだよ」

「父上……」

どうしていいか分からずに内心でオタオタしていると、騒いでいる我が子に気づいたバードルディ公爵が戻ってきてくれた。

よかった、これでこの場も収まる……。なんて安心したのもつかの間、公爵はさらなる爆弾を投下させたのだった。

「春先に作られた桜の塩漬けというものも実に素晴らしかった。私も頂いたがね……。お前だってお茶にして飲んでいただろう？」

「はあ、それが何か………？」

「ヴィコット領名産としか言われていないから知らない者も多いが……。あれはそちらのアヴィリア嬢が考案し作り上げたものなんだよ？」

ざわりと周囲が沸いた。

公爵の言葉はさらに強い注目を私に集める結果になってしまった。

（――――ちょ、嘘でしょ⁉）

「王城でも絶賛されていてね。王妃様もたいそうお気に召してらしたそうだよ」

（んん⁉）

ちょっとなにそれ、そんなの私知りませんけど⁉　どういうことですかお父様⁉

そんな気持ちを込めて思わず父を睨みつければ、にっこりと満面の笑顔でグッと親指を立ててくだすった。求める返答はそれじゃない。

「今王都でたいそう人気のコロッケだってそうだよ。お前だって気に入っていたろう？」

「は⁉　あれもこの女が⁉」

「この女とは何ですかお兄様！」

ざわざわ。周りの声が上昇。集まる視線も急上昇。

（いや――っ！　事を大きくしないで公爵さまあぁぁっ‼）

私の心にさらなる追加攻撃。効果は抜群だ。

ちょっと本当にどういうことですかパパン⁉　マジで城に持ってっちゃったんですかあんな庶民料理を⁉　いつの間に‼

言ってやりたい言葉をまるごと忍の一文字で呑《の》み込《こ》み、全ての思いを睨みつける視線に込めた。

「美味しくてお腹にたまりやすくさらに食べやすい。特に王子様がたいそうお気に召していらっしゃったよ。はははははははっ！」

だから聞きたいのはそんな言葉じゃないっ‼

ははははと笑ってる場合ですか！　そんなフォローは求めてませんよお父様‼

（ど、どうしよう、ヘタに注目されてもどうすればいいのか……っ！）

娘がこんなに焦っているというのに、父はうんうんと誇らしげに頷《うなず》くばかりで全く役に立ちそうにない。

度重なる攻撃に私のＨＰはすでにマイナスを振り切っている。ぶっちゃけ立っているのもやっと。いっそ気を失ってしまいたい。涙目どころかすでに半分泣いてます。

「そうですわお兄様。アヴィの腕は本物です。私の大親友をなめないでくださいなっ！」

ぎゅうう。

そう言って私の腕にしがみついてくるセシルの可愛《かわい》さプライスレス！

ああセシル私の癒やし。本物の天使のようだわ……。

味方の登場にＨＰがぐぐんと伸びた。瀕死《ひんし》の状態から奇跡の回復。脳内に大天使セシルの銅像が建った。力強い腕のなんと心強いことか。

「ちゃんと謝ってください！」

「え、」

いやちょっと待って天使様。

「お兄様が悪いんですから！　あ、や、ま、っ、て！」

「あ、ぅ……」

お待ちになって天使様。

気持ちは嬉《うれ》しいけれどもよく見て周りの状況を。周囲の目はいまだコチラに向いているのよ？　こんな大勢の視線に晒《さら》されながら、女に頭を下げるなんて。このいかにもプライドの高そうなお坊ちゃんにはさすがに可哀想《かわいそう》なんじゃないかしら……。

私の精神年齢から見れば、ウェルジオ・バードルディは年下の子供といってもいい年頃だ。気まずそうにキョロキョロと視線を動かす姿は完全にどうしていいか分からずに狼狽《うろた》える幼い子供そのもので、なんだかこちらが苛《いじ》めているような気分になってしまう。

渦中の中心にいるにもかかわらず、先ほどから微妙に渦の外に追いやられていた私の心はほんのちょっとの余裕を取り戻しつつあった。

完全にお姉さん目線でそんな様子を窺っていたら、ふいに、顔を上げた彼と視線が絡まる。

「あ」

一瞬のうちに真っ赤に染まったその顔は。

「ふ、…………ふんっ！」

次いでおもいっきり逸《そ》らされた。

（…………うわぁ）


――この日。アースガルドにひとつの伝説が生まれた。

ウェルジオにとって不幸だったのは、下手《へた》なプライドが邪魔をして見栄を張ってしまったこと。

そんな彼の態度を見たアヴィリアが「あらヤダ本当に子供みたいで意外に可愛いかも」などと思ってしまい、おもわず幼子を見るような生温かい表情になってしまったこと。

そんなアヴィリアの表情を見て、彼女が傷ついたんだと意味合いを盛大に勘違いして受け止めてしまった妹がいたことだろう。

もはやアヴィリア厨《ちゅう》と言っても過言ではないセシルは大好きな親友の傷ついた表情（誤解）を見て、次の瞬間には。

「～～～っ、お兄様の、ぶわかあぁぁ―――――っ‼」

拳《こぶし》に力を込めていた。

「ぶふぉ……っ⁉」

見事に急所を突いたその一撃は兄を一瞬で沈めた。

シィ……ン。静まる会場。ポカーンとするしかない招待客。

そんな空気をものともせずに、今まさに攻撃を決めた右手を高々と天に掲げながらやり遂げた感満載の清々《すがすが》しい表情を浮かべる少女。セシル・バードルディ、本日めでたく十一歳。貴方《あなた》はどこの勇者様……？

心なしか、シャンデリアに灯された明かりの効果によって、スポットライトが差しているようにすら見えるわ。

「あら。いい腕してるわね。セシル様もなかなかやるわね」

（ママン⁉）

そんな彼女を見て我が母がなにやら不穏なことをつぶやいていたりしたが多分きっと気のせいである。

そしてこの光景を見た者たちによって、この素晴らしくキレのある一撃は「バードルディの黄金フィスト☆」として口々に語られ広められ、バードルディ公爵が頭を抱える事態にまでなったりするのだが………多分きっと私のせいではない、と思いたい。

幕間　とある兄妹《きょうだい》の心語り

「お兄様のバカバカバカバカバカバカバカバカああぁ――――っ‼」

「セ、セシル……おちつ」

「バカ！　根性なしっ」

「おお、おま、お兄ちゃんに向かって……」

「うるさいヘタレ‼」

「ヘタレっ⁉」

心の底から言い捨てると私は兄の前を飛び出してそのまま自室に閉じこもった。

ドアの前でまだ何か言ってるお兄様の声が聞こえるけど、そんなの知ったこっちゃなかった。

ぼすんとベッドの上に飛び乗って、枕に顔を埋《うず》める。そうしていないとまた口から罵声《ばせい》が飛び出してきそうで。

（お兄様のバカ！　ばかばかばかばかばか！　アヴィにあんなこと言って、嫌われちゃったらどうするのよ⁉）

あのあと、パーティーはつつがなく終わり、彼女も両親と一緒に帰っていった。

馬車の中からこちらに向かって手を振る姿からは、特に気にした様子は見られなかったけど、彼女の中で兄の印象が下がったことは間違いないだろう。

――――……それじゃダメなのに。

アヴィリアの記憶が戻ってから、私は何度か彼女と兄を会わせようとした。それは兄の中にある彼女の悪い印象をどうしても払拭《ふっしょく》したかったからに他ならない。

今のアヴィリア・ヴィコットを知れば、そうすればきっと、二人の仲は決して悪いものにはならないと思ったから。

今のアヴィリアは小説の中の悪役令嬢とは違う。

温かくて穏やかで、屋敷のみんなからも大事に愛されている素敵なお嬢様だ。

だからきっと小説通りの未来は来ないと。そう思ってはいても、私の中にはずっと不安が残っていた。

その中でもっとも大きな不安要素である兄との関係を、私はどうしても変えたかった。だって
…………。

「だって……、アヴィリアを殺すのは……、お兄様だから」

あの小説の中で、悪役令嬢アヴィリア・ヴィコットを殺すのは。

ヒロインセシルの兄、ウェルジオ・バードルディだ。


〝ウェルジオ・バードルディ〟――――。

『紫水晶《アメジスト》の王冠』の中において、彼は物語の序盤から登場していた。

次期国王とされていたアースガルドの第二王子が亡くなったことで王位継承者がいなくなり、焦った国は大慌てで行方《ゆくえ》不明だった第一王子を探し出した。

それが『紫水晶の王冠《アメジスト》』の主人公、白崎秋尋《しろさきあきひろ》。

そして、亡き第二王子の幼馴染《おさななじ》みにして、側近を務めていたという人物が、秋尋を支える所謂《いわゆる》右腕ポジションとして登場する。その人物こそが、ウェルジオ・バードルディである。

いきなり別の世界に連れてこられて、右も左も分からない秋尋をサポートし、支え、信頼し合い親しくなっていく。連載当初から登場していたサブヒーロー。それが我が兄ウェルジオ。

その兄の繋《つな》がりがあるからこそ、妹であるセシルは秋尋との繋がりを持つことになる。

ウェルジオにとっての秋尋は、親友にして主君。そしてなにより、亡き幼馴染みの兄。

病に奪われてしまった幼馴染みの分も全力で守り、支えていくと決めた相手。そしてセシルはたった一人の最愛の妹。

その二人を害す存在であるアヴィリアは、彼にとってこの世で最も憎らしく排除すべき敵でしかない。秋尋を殺そうとしたアヴィリアに対し、真っ先に剣を抜き、躊躇《ちゅうちょ》なく切りつけた。

――臣下として主君を守った。

ただそれだけのこと。当然のこと。

小説を読んだ時は何とも思わなかった。嫌味ったらしい悪役がこれでいなくなる。ただそう思っただけ。

けれど今は違う。ここは小説の中ではない現実だ。

アヴィリアは私の親友であって敵ではない。ましてや悪役令嬢でもない。

それでも不安だった。ネット小説でたくさん読んだ、転生、逆行などの物語。その手の話の中で必ずと言っていいほど出てきた言葉がある――――。

『原作補正力』

もしもその力が働いてしまったら……？

過程は違っても結果的に同じような事態が起きてしまったら……？

アヴィリア・ヴィコットの死が、変えられない出来事であったとしたら………？

そんな不安があったからこそ、兄とアヴィリアが不仲になることがとても怖かった。

今の彼女なら兄から嫌われる理由がないと思うからこそ、何度も接点を持たせようとした。

そうすれば「ウェルジオがアヴィリアを殺す」という前提を覆すことができるんじゃないかと、アヴィリアは決して害ある存在なんかじゃないって、他でもない兄にこそ知っていてほしかったから。

そう思ったから……。

そんな下心があったからこそ、今日のパーティーは本当にチャンスだと思っていたのに……。

「……お兄様の、バカ……」

自分勝手なわがままだと分かっていても、言わずにはいられなかった。

どうして上手《うま》くいかないんだろう。

アヴィリアを……、〝あの人〟を守りたい。死なせたくない。ただそれだけなのに。

あの人の身にいずれ降りかかるかもしれない危機の存在を知っているのは、私だけなのに……。

守りたい、護《まも》りたい。〝今度は〟、私が――……。

「こうなったら、私が………」

ひとしきり落ち込んだあと、私は決意した。

アヴィリアを守らなきゃ。

運命なんかに、補正力なんかに負けない。

そんなものに、私の大切な親友をくれてなんかやらないんだから。

やってやる。私が守る。

貴方があの日、そうやって私を守ってくれたように。

ずっとずっと未来でも、二人で一緒に笑い合っていられるように――。

「正ヒロインの底力、見せてやるから……！」

私は大きく息を吸って、余計なものを全て体から出し切るように深く深く吐き出して、小さな拳を力強く握りしめた。

＊＊＊

「ウェルジオ、今日はもう戻ってよろしい。明日きちんとセシルにも謝るんだぞ」

「…………はい。父上」

パーティーでの非礼な態度を散々叱られ、たしなめられ。

気落ちしたまま自室に戻り、僕は着替えもせずにベッドにぼすりと倒れこんだ。

「くそ……」

散々な一日だった。

セシルの誕生パーティーを騒がせ、嫌な注目を浴びたうえに、無様な姿を大勢の前で晒した。

そんな自分にセシルは完全に怒り狂い、部屋に閉じこもったまま、いまだ出てきてくれない……。

「……くそっ」

こんなことがしたかったわけじゃないのに……。

自室の天井を睨《にら》みつけながらやりきれない苛立《いらだ》ちを上手く吐き出すこともできずに、意味のない悪態ばかりが口から漏れた。

クシャリと力任せにかき上げた髪が引っ張られて、少しの痛みを招く。

そんな痛みをかき消すように、数年前の記憶が脳裏によみがえった。

――――あれは確か、僕が十歳の時だったか……。

「婚約者？　父上、僕はそんなものいりませんっ！」

「まあまあジオ、そういう話があるというだけだよ。私の若い頃からの友人の娘でね。君よりも二つ下の娘だが、セシルと同い年の子だから近々会わせようと思っていたんだ」

妹のセシルは現在八歳。そろそろ家族以外との交流も必要だろうと考えた両親が友人候補にと白羽の矢を立てたのが同い年の親友の娘だったわけだ。

「それで何故《なぜ》僕の婚約者なんて話が出るんです？」

「話の流れでそんな話題になっただけだ」

迷惑な話だ。

「まあコレはあくまで親の希望だ。強制的なものじゃなくて、〝そういう話がある〟というだけだ。来月のお茶会に連れてくるそうだから、とりあえず仲良くしなさい」

「はぁ……」

父上の友人の娘。妹の友人候補。それがあいつだった。

別に興味なんてなかった。婚約者なんてものを作るよりも友人と乗馬をしたり剣の稽古《けいこ》をしているほうがずっと楽しかった。

大人たちの戯れ言《ざれごと》であって強制力がないということに正直ほっとした。

父上的にはその娘にはセシルの友人になってほしいというのが一番のようだったし、僕はそこまで関係ないだろう。

(会うだけ会って、あとはセシルに任せよう……)

なんて投げやりに考えていたのが悪かったのか。

そうして会ったあの女は、とんでもない奴《やつ》だった……。

「はじめまして、ウェルジオさま。わたくしアヴィリア・ヴィコットといいますの。今日はお会いできて嬉《うれ》しいですわぁ」

甘ったるい口調でしなを作り、馴《な》れ馴れしく腕を絡めてすり寄ってくるその女を心底汚らわしいと思った。

人間は生理的に受け付けられないものには全身で拒絶反応を示すものだと僕はこの日、身をもって学んだ。

妹の友人にという名目で呼ばれたくせに、隣にいる妹には目もくれないどころか、その存在をないもののように振る舞う。

貴様仮にも伯爵令嬢だろう!　公爵家の人間に対してなんて無礼な!

(あり得ない……っ。こんな女を僕の婚約者候補にとお考えなのですか父上!?)

断固拒否だ‼

本気で勘弁してほしい。絶対に嫌だ。

隣で妹が驚愕《きょうがく》を浮かべた顔でその女をじっと見ていることになどまるで気づかず、この女とは今後一切関わらないと心に決めた。

もちろん僕は妹からもこの女との関わりを断つつもりでいた。

こんな女が友人だなんて、セシルだって嫌に決まってる。

そんな考えに確信を持っていた僕にとって、よもやセシルのほうからこの女に近寄るようになるなんて、完全に想定外だった。

それでもセシルがいいなら、父上が考えたように友人として上手くやれているなら、多少性格に難ありでも別に構わなかった。

なのにあの女は、ことごとくセシルを邪険に扱ったのだ。

『ちょっと！　何でいつもあんただけなの⁉　私はウェルジオ様に会いたいの！　連れてくるくらいしなさいよ！　気の利かない女ね！』

『鬱陶《うっとう》しいわね！　公爵家の令嬢だからっていい気にならないでよ。あんたなんて家柄がなきゃただの小娘なんだから！』

『うるさいうるさいうるさ――い‼　私の言うことにあんたごときがいちいち口を挟まないで！』

妹の付き人から聞かされるあの女の情報は酷《ひど》いものばかり。

忌々しい……。身の程をわきまえていないのは貴様のほうだろう！

「セシル、もうあの女に関わるのはよしたほうがいいんじゃないか？」

何度訴えても、セシルは関わることをやめなかった。いつもどこか焦るように、縋《すが》るようにあの女に会いに行くセシルが心配だった。

セシルはあの女の何がいいんだ。セシルが大人しいのをいいことに邪険に扱う、あの女の。忌々しくて仕方なかった。

だから、あの女が湖に落ちて意識不明だと聞いた時は、本気でざまあみろと思ったんだ。セシルをないがしろにするからバチが当たったんだと。

むしろこのまま目を覚まさなければいいのにとさえ…………。

そんなことを考えていた僕は、血相を変えて飛び出していった妹の姿にようやく我に返った。

（――――……僕は今、何を考えた？）

仮にも妹の友人に対して。僕にとっては受け入れがたい存在でも、セシルにとってはあんなにもなりふり構わずに飛び出していってしまうような相手なのに。

思ってもいなかった自分の醜さを知って愕然《がくぜん》とした。

飛び出していったセシルが、出ていく前の鬼気迫った表情とは一変して清々《すがすが》しい笑顔で帰ってくるまで、僕はずっと自己嫌悪で部屋から出られなかった…………。

そんな出来事から数日経《た》った頃、僕はセシルから思いもよらぬ提案をされた。

「お兄様、私これからアヴィのお見舞いに行こうと思うの。良かったら一緒に参りません？」

「あびー……？」

「やだ、お兄様ったら！　ふふふ。アヴィよ、アヴィリア・ヴィコット伯爵令嬢！」

頬を緩めて嬉しそうに話す妹の姿を、僕は信じられないという目で見た。

妹は決してバカじゃない。僕があの女を嫌っていることも、自分が僕に会うダシにされていることも理解していたはずだ。婚約話がさらりと流れて、僕がどれほど安堵《あんど》したことか……。

分かっていたから、二年前のあの出会いからただの一度もあの女に会おうとしない僕に会合を求めたことなんて一度もなかったのに。

詳しい話を聞けば、どうやらあの女は湖で溺《おぼ》れた時に慈悲深い湖の精霊の力で綺麗《きれい》に浄化され、性格が豹変《ひょうへん》してしまったというではないか。

なんということでしょう。性格のひん曲がった性悪最低令嬢は穏やかにころころ笑う優しい淑女に大変身。

いまだ療養中の彼女は見舞いに行くセシルを喜んで迎え入れ、いつも楽しくお菓子を食べながらおしゃべりするという…………――――。

…………え、……それどこのおとぎ話だ????

「セシル。何か悪いものでも食べたのか？　大変だ、今すぐ医者を……っ」

「違うわよっ！」

「父上、母上――――っ!!」

「ちょ、お兄様ってば――――っ！」

信じなかった。

セシルの頭を本気で心配して大騒ぎした。落ち着くのに半日はかかった。

その時はそのまま話も流れてしまったが、何故かそれ以来、セシルはヴィコット邸に赴くたびに、必ず僕にも声をかけるようになった。

それに対して僕が頷《うなず》くことは決してなかったが。

信じられなかったからだ。あの性悪女が湖で溺れたくらいで改心するだなんて……。セシルは騙《だま》されてるんじゃないか？

そうは思うものの、そのうち父上でさえも一度くらい会ってみたらどうかと勧めてくるようになれば、さすがに真実味を帯びてくるようになる。

それでも僕は頷かなかった。

正直、半分意地になっていたんだと思う。会うことを拒否してばかりの僕を、父上はやれやれというような顔で見ていた。

――そんな日々が続いたある日。

いつものように第二王子の話し相手として城に登城して屋敷に戻った時のことだった。

「料理長、突然すまない。何とかこれを処理してくれないか？」

「これはまた……、ずいぶんいいじゃがいもですね。ですが一体どうしたんですか？　こんなにたくさん……」

「城の料理人たちに押し付けられた……。最近あいつがこれを使ったメニューばかり食べたがって困るから材料を引き取ってくれ、と」

「王子殿下ですか……。もしや今流行《はや》りのコロッケのことですか？」

「ああ、ことのほか気に入っていてな……。そうだ、今夜の食事のメニューはもう決まっているのか？　まだなら、コロッケを頼みたいんだが……」

「もちろんご要望とあらば作らせていただきますが、珍しいですね」

「……話していたら食べたくなったんだ」

微妙に視線を逸《そ》らしてそう言う僕を料理長は微笑《ほほえ》ましげに見つめてくる。何だ、僕だってたまには食べたい物を頼むことくらいあるぞ。

「んんっ⁉　ちょ、ちょっとお待ちになってお兄様？　え、コロッケ……知ってるんデス？」

そんな会話を聞いていたセシルが、驚きに目を見開いて口を挟んできた。

「知ってるも何も。今、王都中で流行ってるだろう。城の料理人たちも最近よく作るぞ。作り方の歌とやらを歌いながらな。それを聞いた奴らが頭から離れてくれないと中毒性を訴えてくるくらいだ」

「……それだけ？」

「それだけとはなんだ。洗脳レベルで歌われるこっちの身にもなれ」

あのやたら陽気で呑気《のんき》な歌が城の厨房《ちゆうぼう》から聞こえてくるという事実だけでもやばいのに、いつの間にか歌詞が頭にこびり付いて離れないのだ。そして聞くと無性にコロッケが食べたくなる。これを洗脳と言わずに何と言う。

「でもそれ、ア……」

「ほう。ジオ、お前コロッケが気に入ったのか？」

「え、そうなの⁉　お兄様！」

何かを言おうとしたセシルを遮って会話に入り込む父上。その内容にさらに驚くセシル。

「……？　ええ、いいメニューだと思いますよ。あれなら野菜嫌いの子供でも喜んで食べそうですし。あのようなものをよく思いついたものですね……、感心します」

「ふ、くくっ。そうか、そう思うか」

「そうなんだそうなんだ！　うふふふふっ」

面白そうに顔を見合わせて含み笑いを浮かべる父上と妹に僕は意味も分からず首を傾《かし》げた。

「………？」

さっきからいったい何なんだ？

疑問に思うものの、それを問いかけても二人が明確な答えを出してくれることはなかった。

しかもその後、希望通りコロッケが作られることになったはいいものの、噂《うわさ》を聞くばかりでどのようなものなのか分からないと言う料理人たちのために、言い出しっぺの僕がその歌を歌って作り方を教えるはめになった。父はやたら生暖かい眼差しで見てくるし、セシルは肩を震わせて俯《うつむ》きながら必死に笑いを堪《こら》え「やばい、動画撮りたい……っ」と意味の分からないことを始終つぶやいていた。食べたいなどと言わなきゃよかったと心底後悔した。

ドウガとやらが何かは分からんが、ろくでもないものなのは分かるぞ妹よ。兄の勘。

そんなことがあったせいで結局わけの分からぬままこの話題は流れてしまい、僕も特に気にせずすぐに忘れてしまった。

だが、父上とセシルの不可解な態度はこの一度きりでは終わらなかったのだ。

『次』があったのはそれからさらに数ヶ月が経った頃。季節が春になった頃だった。

いつものようにヴィコット邸を訪ねていた妹が不思議な土産《みやげ》を持って帰ってきたのは。

「………？　何だこれは？」

その日の食後に出されたお茶は、いつもの紅茶ではなかった。

「これは桜茶と言って、塩漬けにした桜の花を使って入れたお茶なのよ」

「桜の花⁉　そんなものがお茶にできるのか？」

「まあ、まずは飲んでみなさい」

父上にうながされるまま、桜の花びらがゆらゆらと漂う不思議なお茶をそっと口に運んだ。

初めて飲んだ桜茶なるものは、今まで飲んだどのお茶とも違う未知の味がした。

ほのかな甘みの中に感じる適度な塩味、それが食後の名残を消すように喉《のど》を通り、じんわりと体に広がる。

どこかホッと息をつけるような、そんな味だった。

「どうだ？　ジオ」

「ええ。…………悪くはないですね」

「くくっ。そうか、それはなによりだ」

「そっかそっか！　うふふふふふふっ」

「……？」

僕の答えにいつぞやのような含みを持った笑いで楽しそうに顔を見合わせる父上とセシル。

また、この笑いだ。

（本当に何なんだ？　このお茶に何かあるのか……？）

考えてみても特に何かがあるようには見えない。

そして前回同様、答えをもらえぬままさらりと流された。どうあっても答えを教える気はないらしい。

それが分かっていたから僕もそれ以上は聞こうとはしなかった。

今にして思えば、ここでもっと深く切り込んでいれば結果はまた違ったのかもしれない。全ては後の祭りだが。

――全ての謎は夏に催されるセシルの誕生日パーティーにて明かされることとなる。

その日は朝から大賑《おおにぎ》わいだった。

屋敷の使用人たちはバタバタと屋敷中を駆け回り、そんな使用人たちに細かく指示を出している父上もまた、あちらこちらと忙しそうに動き回っている。

本日の主役の妹はといえば、数時間も前から部屋にこもりメイドたちの手によって身支度を整えられている。

母上もそうだが、女性というものは何故《なぜ》こうも身支度に時間がかかるのか……。数時間もかけて身なりを整えるなど男の僕からすれば全く理解できない面倒くささだ。もっとも父に言わせれば、「それを楽しみに待てるようになってこそ男」らしいが。

……………僕には当分無理そうです父上。

「…………？」

暇を持て余して屋敷の庭を歩いていると、僕以外にも庭に誰かがいるのが目に入った。

――少女だ。

自分よりも少し幼いくらいの。パーティーの招待客の誰かだろうか。

鮮やかな薔薇色《ばらいろ》の髪をゆらゆらと揺らしながら、まるで優雅に舞っているかのようにくるくると動くその姿から、僕は何故か目を離すことができなかった。

少女が動くたびに淡いパーティードレスがひらひらと翻る様は、風に乗って舞う蝶《ちょう》のように重力を感じさせない不思議な空気感を漂わせていた。

薔薇色の髪と淡いドレスのコントラストが、蒼《あお》い空と緑の庭にひどく映える。

その姿はまるで、幼い頃母に読んでもらった絵本に描かれていた妖精《ようせい》女王のようで…………

――――。

（……………）

あまりの美しさに声が出なかった。時も忘れるほどというのはこういうことなのか。

それほどに、少女の姿に見惚《みほ》れた。

「わわわっ！　待って待ってぇ――っ‼」

「⁉」

突如、少女から発せられた悲鳴のような声で我に返る。

少女の姿しか目に入っていなかったから気づかなかったが、よくよく見れば足下には一匹の猫がいて、今にも少女に飛びかかろうとじゃれついている。

くるくると動いていたのはその猫を振り払おうとしていたからか。

（……まずいっ、この先は階段だ！）

「おい、何してるんだ⁉　危ないぞ！」

考えるより先に声が出て、少女の視線がこちらに向いた。

初めて見る少女の瞳《ひとみ》は、吸い込まれそうなほどに澄んだ綺麗なオレンジ色――――。

瞬間、少女の体がガクンと傾く。

咄嗟《とっさ》に手を伸ばしてその細い腕を掴《つか》み、力いっぱい引き寄せた。

直前に自分の体を潜り込ませたおかげで、少女が地面と衝突する事態を防ぐことはできたが、反対に僕は背中をしたたか打ち付けてしまった。地味に痛い。

「…………っ⁉」

そして理解する、今の状況。

当然だが、少女の体は僕の真上。

夏用の薄手の生地で作られたドレスは、少女の体の細さを直《じか》に伝えてきて、思わず体がびしりと強張《こわば》った。

少女が身じろいだ拍子に柔らかな薔薇色の髪が頬をくすぐり、花のようないい匂いが鼻先をかすめて、…………いっきに全身が熱を持った。

身を起こそうとした少女が顔を上げる。

自然に絡み合う、ふたつの視線――――……。

「すみません、大丈……」

「……っ、だから、危ないと言っただろうがっ‼」

何も考えられない頭で発した言葉は、自分でも驚くくらいに強かった。

（しくじった………）

失敗した。いくらなんでもこの返しはない。

「どこの令嬢だか知らないが、人の屋敷の庭でバタバタと！　はしたないとは思わないのか⁉まったく、令嬢なら令嬢らしくもっと淑《しと》やかにしたらどうだっ⁉」

頭ではそうと分かっているのに、一度口をついて出てしまった言葉は次から次へと溢《あふ》れ出て一向に止まらない。

ポカンとこちらを見上げるオレンジの瞳に胸が締め付けられた。

（……最悪だ。最低な第一印象だ）

少女の目に自分はどれほど不躾《ぶしつけ》な男に映っていることだろう。

どんな冷たい視線を返されるのかと身構えていれば、彼女が返してきたのは全く予想外の反応だった。

「大変失礼致しました。助けていただいてありがとうございます。お怪我《けが》はございませんか？」

そう言ってにっこりと綺麗に微笑む彼女に、僕は文字通り言葉を失った。

僕よりも年下のその少女は、僕よりもずっと大人の対応で僕に向き合ったのだ。

それがひどく情けなくて……、飛び込んできたセシルがその雰囲気を壊してくれるまで、僕は何も言うことができずにいた。

だが、そんな思いも吹っ飛ばすような驚愕《きょうがく》の事実が直後僕を襲う。

「ご挨拶《あいさつ》が遅れまして申し訳ございません。お久しぶりでございます、ウェルジオ様。以前一度お会いさせていただきました、ロイス・ヴィコットが娘、アヴィリア・ヴィコットでございます。本日は妹様のお誕生日、誠におめでとうございます」

そうして優雅にドレスの裾《すそ》を持ち上げて小さくお辞儀をする少女の姿に、僕は目の前が真っ白になった。

絶望とは、きっとこういう気持ちを言うのだろう。

（最悪だ……。最悪だ最悪だ、最悪だっ！　信じられない、ありえないっ‼）

パーティーの最中、仲良さそうに話す妹とその女……アヴィリア・ヴィコットを眺めながら、僕はずっとそんな言葉を繰り返し繰り返し心の中でつぶやいていた。

（よりによって、こんな女に言葉も忘れるほど見惚れるなんて……‼）

不覚だ。認めたくない。数時間前の自分を思いっきりぶん殴ってやりたい。

目を覚ませ僕、それは夏の暑さが見せた幻だ‼

ここがパーティーの会場でなかったら思いっきり叫んでいたところだ。それほどに僕の心中は荒れきっていた。

どこにも吐き出せない気持ちをただその女を睨《にら》みつけることで発散させ…………おい妹よ。何故兄を睨む……？　お前はこの女を慕っているようだがな、お兄ちゃんは騙《だま》されないぞ！　お前を傷つける可能性があるというのなら、兄として見過ごすわけにはいかないんだ。現に見ろ、よりにもよってこの女はそこらに咲いてるだけのただの花をお前に食べさせようとしているじゃないか！

「はっ、花だって？　そんなものを食べようとするなんて信じられないな。ただ庭に生えてる植物じゃないか。そんなものを妹に食べさせるなんて冗談じゃない。そもそも君に菓子なんて作れるのかい？」

少しはまともになったと聞いたが、やはりこの女は変わってなどいない。

自分以外の人間を、自分のことをこんなにも大事に思っている妹のことを、そこらに生えている雑草程度にしか思っていないんだ！

（ふざけるな、セシルがどれだけお前に……っ）

そんな気持ちを隠しもせずに思いっきりぶつけてやった。

どうだ。いつものように騒げ。癇癪《かんしゃく》を起こして暴れてしまえばいい。

きっとそうなるだろうと思った。自分の知るこの女なら絶対にそうするだろうと。そうすれば堂々とこの場から追い出してやれると。

だがそうはならなかった。この女は一切怯《ひる》むことなどなく真っ向から僕に立ち向かってきたのだ。

「あらウェルジオ様。では貴方《あなた》は今まで一度も紅茶をお飲みになったことがないとおっしゃるの？　あれだって本を正せば葉っぱですわよ？　ちなみに私、これでもお菓子作りは得意なほうですわ」

あのオレンジ色が。

まっすぐに僕を射抜く。

（…………っ）

瞬時に体が熱くなるのを感じた。

この瞳はダメだ。この瞳で見つめられると動けなくなってしまう。

「うぐ、……だがっ、薔薇が食用だなんて聞いたこと……」

「無理もありません。食べ物というよりは薬草の一種です。一般的には観賞用、または香料として使われることが多いですが、実際に薬として使用されている例もございます」

そうしてこの女の口から語られる未知の知識。

正直驚いた。公爵家の嫡男として、跡取りとして。幼い頃からたくさんの書物を読み知識をつけてきた。にもかかわらず、この女から語られるそれらは僕の知らないものばかりだった。

薔薇が薬草？　薬になる？　びようこうか……？

何だそれは。そんなもの、僕は知らない………。

にわかには信じ難くて受け入れがたい。

けれど、妹によって半強制的に食べさせられた薔薇のジャムを使ったというパイ菓子は確かに文句のつけどころもないくらいに美味しかった。

そのうえ仲裁に入ってきた父上によって春にヴィコット家から売り出されていたあの桜の塩漬けもこの女が作ったものだと教えられる。

さらには。

「今王都でたいそう人気のコロッケだってそうだよ。お前だって気に入っていたろう？」

あれもだと⁉

確かにあれは気に入っている。食欲をそそる匂いもクセになる味も悪くはない。これを生み出した料理人は本気ですごいと思ったものだ。城に住んでいる友人もひどく気に入っていて、それはもう毎日のように食べたがるものだから強請《ねだ》られる料理人のほうが困っているくらいだ。

まさかそれがこの女によるものだったなんて………。

………ん？　ということは、あのやけに耳に付いて離れない洗脳のような歌はこの女が考えたということだろうか？

あの歌のおかげでとんでもなく恥ずかしい思いをした日のことまで思い出してしまい、それもこの女のせいかと思うと理不尽にも怒りが湧いた。

それらを語る父上の顔は心底楽しそうだ。いつぞや見たあの含み笑いを浮かべて、いたずらが成功した子供のような表情をしている。

それを見て、その含みの示す意味に僕はようやく気づくことができた。

父上もセシルも、それらの品がこの女の手によって生み出されているものだと知っていたんだ。僕がこの女を嫌っているから、だからあえて名前を出さずにいたんだ。

（貴方の作戦ですね父上っ……！）

セシルではこうはいかない。早々に名前を出してしまっていただろう。それでは僕が絶対に手をつけないと分かっていたんだ。

見事な作戦です、父上………。

本日何度目かも分からない我が身の情けなさに正直涙が出そうだった。己の未熟さがこれほどまでに浮き出る日もあろうか。

だが残念なことに、悲劇はそれだけでは終わらない。

「ちゃんと謝ってください！」

ジトリとこちらを睨みつけながら言い捨てられた妹の言葉には、さすがに頬が引きつった。

パーティーの最中に主催者の嫡男が起こした騒ぎは会場にいる招待客の視線を集めるには十分すぎて、会場中が事の成り行きに目を向けていた。

そんな中で自らの非礼を詫《わ》び、頭を下げて謝罪するなんて恥以外のなにものでもない。

「お兄様が悪いんですから！　あ、や、ま、っ、て！」

そんなのは言われなくても分かってるさ。非があるのは紛れもなく僕のほうだ。

幼い頃から父や家庭教師から何度も繰り返し繰り返し教えられた。

貴族たるもの、己の行動にはきちんと責任を持たなければならないと。

誇りあるバードルディ公爵家の人間として、今自分が取るべき行動はひとつだ。そうだ、分かっているさ。ちゃんと。

なのに、こんなふうにもっともらしい言葉を並べて、心を奮い立たせなければ納得することもできないなんて……。

なんて情けないんだろう。

思わず自嘲《じちょう》の笑みが浮かんで、不意に視線を横に流せば……。

「あ」

彼女が、僕を見ていた。

今日何度目かの視線が絡む。あの、オレンジ色と。

その瞬間、僕は……――。

「ふ、…………ふんっ！」

あ。

（しくじった…………）

そう思った時にはすでに遅く、重い一撃が僕を襲った。

＊＊＊

「…………はぁ」

本当に、散々な一日だった。

妹は部屋に閉じこもってしまうし、父上と母上からはこってりと絞られ、改めてきちんと謝罪するようにときつく念を押された。

ここまで叱られたのは幼少時以来だ。だからこそ地味に凹《へこ》んだ。

だがそれより何より、一番強く僕を打ちのめしているのは彼女、――アヴィリア・ヴィコットだ。

本当なら、彼女こそが一番文句を言ってもいい立場だ。思いつくかぎりの罵声《ばせい》を浴びせられてもこちらは何も言えない。

なのに彼女は、最後まで文句のひとつも言わなかったのだ。彼女はずっと「やれやれしょうがないな」という感じの生温かい視線で僕を見ているだけだった。まるで幼い子供を相手にするかのように。

正直、それが何よりも堪《こた》えた。

彼女の在り方に比べて、自分がひどく幼稚に思えて余計に惨めな気分になった。

彼女の対応のほうがずっと大人だった。

僕の非礼を逆手に公爵家に正式な抗議を出すこともできただろう。意地汚い大人だったらそうしたはずだ。

でも彼女はそうしなかった。終いには息子の非礼の詫びをと父上のほうから言い出すことになったが、それに対する彼女の返答はこちらの予想を遥《はる》かに超えるものだった。

『それでしたら庭に生えていたハーブをくださいませんか⁉』

『…………はー、ぶ⁇』

『あ、えー……と、…………………く、草、です』

『……………………』

さすがの父上も言葉を失った。無理もない。一体何をふんだくられるのかと身構えていた僕がバカみたいだ。

しかもそれは僕が届けることになった。この、僕が、わざわざ、雑草を、と、ど、け、に‼

何とも言えない気分になったが、これはつまりあれだ。機会は作ってやったからお前改めてきちんと謝罪してこいよ、という父上のお達しだ。

言うまでもないがこれで再度しくじったらさすがに次はない。

「……ああ……っ、…………くそっ！」

ぐしゃぐしゃと乱暴に髪をかき上げる。綺麗《きれい》にセットした髪は見る影もなくなり綿毛のように跳ねまくったが、そんなことも気にならなかった。

ベッドの上でくるりと丸まる。

ああ、本当に。散々な一日だ。


瞳《ひとみ》を閉じれば鮮やかによみがえる。

ふわりと風に舞う薔薇色《ばらいろ》の髪と、とても澄んだ綺麗なオレンジの瞳。

そのたびに胸の奥が締まるようにきゅっと痛み、炎のように灯る熱が心の奥底を熱くする。

それは、昨日まで自分が持っていた彼女への嫌悪感とはまるで違うもので――――……。

「…………」

そこまで考えて、僕は思考を振り払うように頭を振った。

やめろ。

この先は考えてはいけない。

この感情に名前をつけることを、僕は全身で拒絶した――……。

第5話　ここから始まる一歩

「どうするんですかお父様！　あんな大勢の人の前で、あんな注目を浴びてしまって⁉」

セシルの誕生パーティーが無事（？）に終わり、屋敷に戻ってやっと一息……、と言いたいところだが残念ながらそうもいかない。

パーティーで作ってしまった大きな問題が残っている。

「アヴィリア、落ち着きなさい。令嬢たるもの、そのように声を荒らげるものではありません。可哀想《かわいそう》に……、小鳥がびっくりしているでしょう」

「ぴふー」

「う、は、……はい」

ぴしゃりと私をたしなめる母の隣には、手当てを終えてすっかり落ち着いた小鳥の姿がある。私がバードルディ邸の庭で猫から助けたあの小鳥さんだ。

手当てをしたはいいものの、まだ飛べそうにはなかったので私が責任持って保護し、こうして屋敷まで連れてきたわけだけど……。

現在その小鳥さんはお父様の執務室の上質なソファの上、お日様の暖かい日差しが当たる何気に一番いい位置で、私も密かに気に入っている体に合わせてフィットする高級クッションに埋もれながらまったりと羽を休めている。

……いや待遇いいな。

お母様、その子びっくりなんてしてませんよ。めっちゃくつろいでますよ。その気の抜け切った鳴き声を聞いて。野生に生きる小動物がそれでいいのか？

「まあまあローダリア。……アヴィリア、君が戸惑う気持ちは分かるよ。だがね、父様も母様もお前の才能を買っているんだ」

「っさ、才能なんて、私にはそんな」

「アヴィリア、君は自分を過小評価しすぎだ。君の持っている薬草の知識はとても素晴らしいものだよ」

才能なんてそんな大層なもんじゃありません‼ 私のはただ前世の記憶があって、以前作ってたものを同じように作っているだけなんですっ！ 私が考えたわけじゃないんですっ、先達者の作り方を真似《まね》てるだけなんですぅぅっ‼

（……って、そんなこと言えるわけないし………っ‼）

内心頭を抱えておもいっきり叫び声を上げていたりするが表には出さない。そんなことしたらお母様にガチで叱られる。

「春に作った桜の塩漬けは周囲も絶賛で、是非来年も、という声が多い。それにあの薔薇で作ったジャム。あれについても、詳しく知りたい、是非売ってほしいという問い合わせがすでに来ているんだよ、ほら」

「それ全部⁉」

「そう」

父の執務机の一角に明らかに仕事とは関係なさそうな手紙の束がこんもりと山を作っていて、部屋に入った時から何かと思ってはいたが、まさかそんな注文書とは思わなかったよ!?

ていうか薔薇ジャムって、あれ人前に出したのほんの少し前ですよ!? お貴族様素早いな。

え、なに。つまりは私宛て? えええぇ——!?

「私が治めているヴィコット領にはこれといった人の目を引く名産品などはないが、このアースガルド王国の中でも特に緑豊かで自然が多い。そして植物がとても育ちやすい土地だ。アヴィリア、それが何故《なぜ》だか分かるかい?」

「それは……」

勿論《もちろん》分かる。ヴィコット家の娘として。ヴィコット領に住む者として。

誰もが知っている。大切なもの。

「……アースガルド王国の始祖が、我がヴィコット領にて、緑の精霊と契約を交わしているからです」


——……建国神話、曰《いわ》く。

アースガルド王国の始祖。初代アースガルド女王『アステル・フォーマルハウト』は、精霊の声を聞き、精霊と声を通わせるという特殊な能力を持っていたという。

遥か昔。このアースガルドがまだその名もなく、人が住む村でさえなかった頃、遠い異国の地から現れた女王は、この地に人が住める国を作ると決めた。

精霊の力を借りて緑を増やし、水で潤し、大地に命を芽吹かせた。

女王は精霊たちを無二の友と呼び、精霊たちはそんな彼女を心から愛した。

『私たちの愛《いと》しい愛しい、〝精霊の愛し子〟』

女王がこの世を去ったあとは、徐々に精霊たちもこの国から姿を消し、今ではなかなか見ることもなくなったけれど、彼らは今でもこの国を見守ってくれていると、そう伝えられている。

精霊との結びつきが強い国だからこそ、アースガルドは精霊を最も尊いものとして祀《まつ》っているのだ。

そしてこの王都を筆頭に、この国にはあちらこちらに女王と精霊の逸話が残されている。我がヴィコット領もそのひとつ。


「ヴィコット家と緑の結びつきは深い。だからこそ、お前が植物に秀でた知識を得たことには意味があるのでないかと思うんだ」

「で、ですが……私のそれは本当に本で読んだことを真似た子供の浅知恵のようなもので、そんな意味なんてものは……」

「アヴィリア、そのように自らを軽んじる言葉はおよしなさい」

母の叱責にうぐ、と口ごもる。

〝貴族令嬢たるもの〟常に胸を張って己を律してなければならない。低姿勢でいては周りの人間になめられてしまうから。令嬢修業中に、母からも家庭教師からも何度も言われた言葉だ。

何も言えずにもごもごとしていたところに、父がまぁまぁと口を挟む。

「アヴィリア、難しく考えることはないよ。私は何も黄金を生み出せと言っているわけではないいんだ。君が作り上げたものを認め、喜ぶ者がいる。求めてくれる者がいる。それは紛れもない事実だ。まずはそれを素直に受け止めなさい」

「…………はい」

母にたしなめられ、父に在るがままを説かれ。

私は漸《ようや》くその事実に対し、頷《うなず》くことができた。

「まずはやってみることも大事だ。色々なことに挑戦してみるのも、大人になってからでは難しい。今のうちにやってみることは君にとって、とても良い経験になるだろう。私たちは喜んで協力するよ」

それは確かに……、私自身元社会人だから分かる。

子供だからこそできること、自由でいられることがある。

もともと、せっかく与えられた第二の人生を流れに乗って生きるのはもったいないと思っていたし、子供としての時間を手に入れたのだからそれを存分に使ってやろうと思っていたのも事実。

「それにアヴィリア。君はすでに何か考えているものがあるのではないか？　だからバードルディ公爵にあんなお願いをしたんだろう？」

「そ、それは……」

先ほどのパーティーの終わり。息子の非礼の詫《わ》びをと言ってきた公爵の言葉に、私の頭に真っ先に浮かんだのは庭園を散歩していた時に見つけた、あのハーブだった。

どこかに自生しているのだろうと思ってはいたが、それを探して見つけて、となるとやはり時間はかかる。

いただけるというのであればすぐにでも！　と、ついつい声を上げてしまったが、さすがにあの場で「庭に生えてる草をください（直訳）」はまずかった…………。

お父様も公爵も揃《そろ》ってぽかんと口を開けて言葉をなくすし、ウェルジオ少年には奇怪なものを見るような瞳を向けられるし、そして背中にはお母様の刺すような視線をビシビシと感じるわで大変だった。怖くて振り向けなかった。

まあ当然帰りの馬車の中ではお母様の説教が待っていたのだけども。

「ルーじぃとも最近何やらよく話しているね？　君のその才能は、このまま埋もれさせるのは非常にもったいない。もちろん無理にとは言わない。君が嫌ならやらなくてもいいんだ。…………でもね、私もローダリアも、君のその力は是非とも伸ばすべきだと思っている」

父の言葉にお母様も納得しているように頷く。

その様子に、私は白旗を上げざるを得なかった。

（……ずるいわ、お父様ったら……。そんなこと言われたら、これ以上言えないじゃない……）

その後、私は改めて『ハーブ』がもたらす効果について二人に説明した。

ハーブという概念自体がこの世界にないせいで、伝えることは難しかったが、ハーブはいわば薬草の一種。

バードルディ邸の庭で見つけたレモンバームやペパーミントのように、認識されていないというだけできちんとこの世界にも自生している。

ハーブ自体、その独特な香りも楽しみのひとつなので、さっぱりしたもの、甘いもの、またはスパイシー系なものなど強い匂いを感じるものが多い。

「ふむ。匂いか………。それなら、あの森にもそんなものがあったと思うが……」

「本当ですか⁉」

私が前世を思い出すきっかけとなった湖のある森。

屋敷の使用人なんかがよくお供え物を持っていっているらしいが、湖で溺《おぼ》れて以来、私がその森に行くことを父も母もあまりいい顔はしなかったので、あれ以来行くことはなかったのだけれど、まさに灯台下暗し。

というか一年経《た》った今でもお供え物を供えに行ってるってどんだけよ……。

「君のお眼鏡《めがね》に適《かな》うものかどうかは分からないが……」

「あの、できれば持ち帰って、庭に植えられたらと思うのですけど………」

「まあ、お庭に……」

私の言葉にピクリと反応したのはお母様。

(う、やっぱりダメかしら……)

綺麗《きれい》に整えられたお庭はその家の大切なバロメーターのひとつ。美しく立派な庭を持つということは、その家の家格が立派だという無言のアピールのようなものだ。

門から見えるお庭は一番他者の目にも触れやすい場所のため、大切な玄関口のひとつとなる。

そんなお庭にただの雑草にしか見えないようなものを植えるのは外見上よろしくない。

「うーん……、ビニールハウスでもあればいいんだけど……」

「びに……？」

「あ、えっと……温室のことです」

外からは見えにくいし虫などの被害も少ない。一年を通して安定した栽培ができて、中の気温を調節することで収穫時期を多少動かすことができるという利点もある。

「なるほど、温室か……その手があったな」

「いい案ですわね」

「!?」

ニヤリと笑みを浮かべる両親の顔を見て、やばい火をつけたかもしれないと思ったがすでに後の祭りだった。

――――それからわずか半月余り。

「こんなものでどうだ娘よ」

(おぅふ)

目の前にででんと立つ小さな建物を前に私は声もなく絶句した。

(作っちゃった……。作っちゃったよ本当に。しかもやたら立派な温室が……!)

簡易的なビニールハウスでもできればラッキーとでも思っていたのに、出来上がったそれは私の想像以上に素晴らしくご立派なものだった。

正面からの外装は小屋のように見えるが、ぐるりと回れば裏側は陽当《ひ あ》たりをよくするガラス張りのサンルーム形式になっていて、下はきちんとハーブが植えられるように土が敷き詰められ土間が作られている。

そして私がよく食べ物として作るからだろうか、中には小さなキッチンも作られていて、調理器具一式はもちろん立派なカウンターテーブルに椅子まで設置されていた。

（なんか、見たことあるぞ……………コレ……）

あれだね。前世でよく行ったハーブ園とかのお店。『お店で育てた採れたて新鮮なハーブをそのまま美味《おい》しく調理して提供致します♡』な感じでやってるアレ。

（これ個人宅の庭に作るようなもんじゃないよね⁉）

「これをアヴィリアにあげよう。君の好きに使いなさい」

「ほわっつ⁉」

「とりあえず必要だと思うものは準備したが、他に入り用があれば言ってごらん」

「ま、待ってくださいっ！　こんな立派なもの、私には…………」

「もう作ってしまったよ。君が使わなければこのまま無駄に朽ちるだけだね」

「うぐっ」

逃げ道はない。

はははははと、爽《さわ》やかに笑う父はさすが娘の性格をよく理解していらっしゃる。

私が断れないようにしっかり外堀を埋めてきている。

ふと、父の後ろで一緒に温室を見上げていたルーじぃと目が合った。

『もらっておきなさい。あとがうるさいから』

『……ええそうですね』

以上、視線での会話終了。

「……………ありがとうお父様。大事に使わせていただきますね！」

「娘よ‼」

にっこり笑ってお礼を言った瞬間、ぱあっと顔を明るくした父にぎゅーっと力いっぱい抱きしめられた。

(最近ルーじぃや使用人のみんなとばかり一緒にいたからなぁ…………)

その反動だろうか。父の子煩悩に磨きがかかっているような気がする今日この頃です。お父様。後ろでルーじぃが呆《あき》れてるよ？

しかしこうなったからには無駄にはできまい。

ビニールハウスの話をもとに作られた温室は設備も完璧《かんぺき》で冬でも安心という便利設計。

さらに建物の色合いは淡いものを基準としており、備えられている家具や器具も可愛《かわい》らしい女の子向けになっている。入り口のドアや柱など、所々アクセントのように彫られている模様は私の好きな桜を模してあって、明らかに使用するのが『私』だということを想定されて作られている。

コレがわずか半月足らずというスピード設計ですか……。

(これを作るために一体どれだけのお金が…………)

ぶるり。寒気が。

いや考えるのはよそう、なんか怖くなってきたし………。

ハーブを育てるためにこれ以上もない良い場所が手に入ったのは素直に嬉《うれ》しいことだ。ハーブの目処《めど》も立っているし、これから暑さが増していくことを考えると是非ともミントを使いたいと思ってたところだし。

……というかぶっちゃけ。もうここまでしてもらったらある程度結果を出さないとまずい気もするし……。

いや考えるのはよそう、もうもらっちゃったし。

(どうせなら存分に利用してやりましょう！　色々作りたいものもあるし、同意のもと好き勝手できるってもんよね！)

ふんす、と気合いを入れるために鼻息を荒くする私。

開き直ったとも言う。

ほんと、前世みたいにハーブティーが飲めたらいいなと思っただけなのに、なんでこうなったんだろうね？

(とりあえずハーブが届いたら早速ハーブティーを淹《い》れてみよう。普段飲んでる紅茶とは全く違うものだし、一度お父様に実物をきちんとお見せしたほうがいいわよね……)

馴染《なじ》みのない人にはハーブ独特の香りや味は苦手に感じるものも多いから、まずは反応を見てみないと。

そんなことを考えていると、コンコンと温室の扉が叩《たた》かれテラに連れられたセシルが姿を現した。

「お嬢様失礼いたします。セシル様がお見えになりました」

「ごきげんようアヴィ。……驚いちゃったわ、こんな温室いつの間にできたの？」

「ほ、ほほほほほほっ」

物珍しそうにキョロキョロと温室を見渡すセシルに乾いた笑いしか出てこない。

「ふっふっふ、実はねアヴィ、今日はゲストがいるわよ」

「あら……！」

「やっと引っ張ってきたんだから！」

セシルに腕を引かれて温室に入ってくる影。

むすっとした顔を隠しもしないその人物は、紛れもなくウェルジオ・バードルディその人だ。

誕生パーティー以来の邂逅《かいこう》だった。

正直驚いた。彼がこの屋敷に……、というより私の前に進んで足を運ぶのはおそらく初めてだ。

あのパーティーでも、仲良くできていたとはお世辞にも言えない。むしろあの日をきっかけに余計嫌われたかなとさえ思っていたのに。

彼はずっと、私と関わることを避けていた。

「父上の使いで来ただけだ。…………君の言っていた草を持ってきた」

「ああ！」

なるほど彼が持ってきてくれたのか。

なんというタイミング、さっき考えてたものが早速作れるじゃないっ！

……って公爵様、息子にそんな運び屋みたいな真似《まね》させたんですか……。

「わざわざありがとうございます。ウェルジオ様が運んできてくださったんですね？」

「この暑い中、庭の雑草駆除をする羽目になった」

訂正。ハーブの採取も彼がやってくれたらしい。

「そ、それは本当に、ごくろうさまです……」

「とりあえず受け取れ。それで足りなければまた持ってくる」

「はい！　わざわざありがとうござい、ま……す……」

ズイッと突き出された大きめのバスケットには、確かに私の頼んだ通りのハーブがもっさりと入っていた。確かに入っていた、けども……。

「………………」

「………なんだ？　間違えていたか？」

「いえ、そうではないのですが……」

欲しいと言ったハーブの特徴は前もって伝えていたので間違ってはいない。いないけど。

「じゃあなにが問題なんだ、言わなければ分からないだろう」

わざわざ暑い中、採取して運んできてくれたのに微妙な顔をされれば気分も悪いだろう。

気持ちは分かる、が。この状態はちょっと、ない。

「……では、失礼ながらひとつお願いがございます」

「ふっ……今頃になって別の物が欲しくなったのか……？　初めから素直に言っていればいいものを……。草が欲しいだなんておかしなことを言うから余計な手間をっ、——……っっ⁉」

「……？」

「…………いや、なんでもない。…………………で、何が願いなんだ」

お馴染みの嫌味口調で捲《まく》し立《た》ててきたかと思えば、彼は私の背後を見て突然顔色を変えた。

はて、後ろに何かあったっけ？　と振り返ってみても、そこにはいつもと同じ笑顔の親友がいるだけ。一体何にそんなに驚いたのか、もう一度向き合ってみるも、何故《なぜ》か胃を押さえている彼によって話を戻されてしまった。

（……？？？？）

――――――私は知らない。

私の背後で嫌味を放つ兄に向かって妹がまるでこの世のものとも思えない顔をして中指を立てていたことも。

そして私が振り返った途端、そんな顔してませんとばかりにいつもの笑顔に素早く切り替えていたことも。

「次回からは葉っぱだけでなく、根っこごとお願いしたいのですが……」

「は？」

「ですから、私が欲しいのは葉っぱではなく、根っこの付いた苗なんです」

「そんなものもらってどうするんだ………？」

「植えて育てるんですが？」

何を言われているのか分からないといった顔の彼にきっぱりと告げる。

そもそもバードルディ公爵にはそのように伝えたはずなんだけどな。

彼に渡されたバスケットの中には確かに私が頼んだレモンバームとペパーミントが入っていた。

庭に生えている草が欲しいと言った言葉通り、そのままぶちぶち摘んできたんだろう。二種類のハーブが見事に葉っぱの部分だけ、ごちゃごちゃにもっさりと詰められている。

（さすがにこれはないでしょう………）

これじゃあ挿し木さえできないし、交ざってしまっているのでまずは分別からしないといけない。

園芸なんてやらない男の子にはそういうのは分からないのかもしれないけどさ。

「この温室の土間に植えたいんです。私の知るかぎりバードルディ家の庭にしか生えていないので、育てるには根っこから移し替える必要があるんです」

「………そんなことをしたら土で汚れるぞ」

「……？　植えるのですから当然では？」

「………………」

私、何か変なこと言った？

「とにかく、次回はそのようにお願いできますか？」

「……………分かった」

ほ。これで話は終わり。

「…………」

「…………」

（………………――――――いや、なに!?）

そのまま立ち去るかと思いきや、彼は口を閉じて目の前でじっと立ったまま動かない。

彼が下がらないので私も立ち去ることができず、二人の間になんとも気まずい空気が流れた。

「お、に、い、さ、ま？」

「……ぅ」

そんな兄の姿に痺《しび》れを切らしたのか、セシルが硬い声で呼びかける。

それにようやく覚悟を決めたのか、彼はキッと顔を上げて口を開いた。

「……先日は、その……」

「はい？」

「……す」

「………？」

「す、……ぁ、…………あの態度はなかったと思っているっ‼」

「……………………」

訳：失礼なことをしました、ごめんなさい。

……ということでしょうかね？

つまりこれはあれかな。先日のパーティーでの態度を謝っている、のか……？

これを謝罪の言葉と受け取っていいのか多少微妙だけれども。

胸を反らしてふんぞり返っている姿はどう見ても謝罪する態度ではないが、彼の顔は隠すこともできないくらいに真っ赤に染まっていて、それを必死に明後日の方向に逸《そ》らしていた。

（うわ、…………かっわ……‼）

なるほどこれがツンデレか。生で初めて見たよ。本当にいるんだこういうタイプ。

前世で見たドラマや小説の中にも一人はこういうキャラがいて、その時は特に何とも思わなかったけど、目の前でやられると確かにちょっと応える。

ツンデレキャラが人気ある理由を身をもって知った。これは意外に可愛いかもしんない……。

人生初、しかも二度目の人生の異世界でいわゆる萌《も》えというものを初経験した私は、心の中で密《ひそ》かに悶《もだ》えていた。

しかし忘れてはいけない。今この場にいるのが自分たち二人だけではないということを。

「～～～っ、そんな謝罪の仕方がありますかあああぁぁっっ⁉」

セシルの怒鳴り声と共に彼女の拳《こぶし》が火を吹いた。

華麗に宙を舞った兄貴は赤い顔から一変、白目を剥《む》いて真っ青に変わり温室の土の上に転がった。

（セシルさんたら、相変わらず鋭い拳………）

その後プリプリと怒ったセシルの機嫌を必死に取ろうとしてるウェルジオの姿を見て、前世でも今世でも一人っ子の私は、お兄ちゃんも大変なんだなとしみじみ感じたのだった。

＊＊＊

――美味《おい》しいフレッシュハーブティーの入れ方――


Ⅰ、まずは摘みたてのハーブを水洗いし、汚れをキレイに落とします。

Ⅱ、ハーブを手のひらで軽く揉《も》み込《こ》み、ポットの中に敷き詰めたら熱々のお湯をたっぷりと注ぎ、蓋《ふた》をして三分～五分蒸らしましょう。

Ⅲ、時間が経《た》ったらポットを軽く揺らしてかき混ぜ、お気に入りのカップに注ぎます。


「はあ～……」

癒やされる……。

お風呂《ふろ》上がりのハーブティーは前世での私の一日の締めくくりだった。仕事で疲れた体をお風呂でほぐして、寝る前のハーブティーでほっこり癒やしの時間を過ごす。

ウェルジオ少年から頂いたハーブは早速使わせてもらった。

求めていたものとは違ったが、これはこれで使えないわけじゃない。もともとハーブは葉っぱを使うんだしね、そのまま使える。

かといって状態が状態だったので、残りは全て洗ってただいま乾燥中だ。

これで水分が抜けてカラカラになればドライハーブになる。ドライハーブは保存期間が長いし、色々と応用も利く。

分別がちょっと大変だったけど。

「……ぴちゅ？」

「あら、これが気になるの？　ピヒヨ」

じんわりとハーブティーを味わっていると、ナイトテーブルに置かれた丸い籠《かご》の中から小鳥がぴょこりと顔を出した。

そのまま私の肩に飛び乗ると持っていたカップを不思議そうに覗《のぞ》き込む。

「ハーブティーっていうお茶よ。私これ大好きなの」

「ピィ！」

「ふふふ」

ふわふわの羽毛とぽてっとした丸い体躯《たいく》。後部から伸びる長い尾羽は所々黄色や緑がかっている部分があり、光の当たり具合によっては虹色《にじいろ》に輝いているようにも見えてとても綺麗《きれい》だ。

興味津々と言ったふうにカップの中を眺める小さな頭をなぞるように撫《な》でれば、気持ち良さそうに自ら頭をこすりつけてきた。その姿が前世、家で飼っていた猫のそれと重なって思わず口元が緩む。

猫に襲われた時の怪我《けが》も完全に癒えて、もうすっかり元気だ。

しかし、では何故その小鳥がいまだこうして一緒にいるのかというと……、他ならぬこの子が私のそばから一向に離れようとしなかったためである。

怪我が治り、問題なく飛ぶこともできそうだと分かると、私は早々にこの子を空に放してあげようとしたのだが、何故か何度やっても数回空を飛び回った後、くるりとリターンして結局戻ってきてしまうのだ。

「貴方《あなた》お家に帰らなくていいの……？」

「ピ！（コクリ）」

「……………お母さん心配するんじゃないの？」

「ピッチュ（ふるふる）」

「……………名前はピヒヨとかどうかな？」

「ピピピィ――――っ‼（パタパタ）」

「……………………」

――会話が成立している、だと……⁉

あれ？　今私の目の前にいるのはただの小鳥じゃなかったの？　実は小鳥の姿をした別の何かなの？　それともこの世界の鳥はみんなこうなの⁉　そうなのファンタジー⁉

その時全身を走り抜けた衝撃といったら雷に打たれたなんて生易しい表現じゃとても収まりきれないものでございましたよ。ファンタジー恐るべし。

とまあ、そんな経緯で何故か人の言葉を理解することができるやたら頭のいい小鳥さんはそのまま居座ってしまったというわけだ。

猫から助けたことで恩人認定でもされたのかしらね？

「今日はできなかったけど、今度改めて私の友達を紹介するわね、ピヒヨ」

「ピィ！」

まるで「楽しみにしてる」とでも言うように元気よく鳴くと、ピヒヨはまたパタパタと羽ばたいて寝床にしている籠の中に戻っていった。

「ふう……」

その姿を見送り、空《から》になったカップをテーブルに戻すと私はそのまま体を後ろに倒した。

柔らかいベッドが優しく受け止めてくれてぽふんと音を立てる。冷たいシーツの感触が心地いい。

「次は何を作ろうかな……」

ポツリとつぶやいた言葉がしんとした自室の中に響く。

今現在、手札と言えるハーブは四つほど。

まずは、レモンバームとペパーミント。

近々もう一度持ってくると約束してくれたが、あのままだと今度は根っこからただ引き抜いて持ってきそうだったので、植物の移し替えの手順を事細かく説明しておいた。多分大丈夫だろう。

次に薔薇《ローズ》。これは我が家の庭にたくさん咲いている。

でもこれはルーじぃが育てているものなので、使うには彼に分けてもらうしかないのが難点。そして最後に……。

私は横になったまま視線をそっとずらすと、部屋の机の上に飾られた小さな花瓶。そこに活《い》けられている甘く爽《さわ》やかな香りを放つとある植物を見つめた。

細い針を全身に纏《まと》ったような特徴的な葉を持つそれは『ローズマリー』。

実はこれ、お父様があの森で見つけてきてくれたものだ。以前言っていた「それらしいもの」というのが、このローズマリーだったらしい。こんなにあっさり手に入るならもっと早く聞いておけばよかったとちょっとだけがっくりしたのは内緒だ。

（ミントティーは外せないし、ハーブを使った料理も色々あるし……、これからの季節は冷湿布にも使える……あ、除虫剤なんかも必要かしら……）

厨房《ちゅうぼう》で仕事する料理人や庭で作業するルーじぃにはいいかもしれない。やりたいことが溢《あふ》れてメラリと燃える。

「ふふっ……」

そんなことを考えていると思わず笑みがこぼれた。

こんな気持ち、いつぶりだろう。

明日が楽しみだ、なんて思いながら眠りにつくなんて。随分長い間味わってなかった気がする。

一年ぶりに味わったハーブティーの効能も相まってか、すっかりリラックスして夢の中に旅立った私は掛け布団をかけ直しに来てくれたテラにも気づかずにいつの間にかぐっすりと眠っていた。

後日、ウェルジオ少年はハーブの山を携えて再びヴィコット邸を訪れた。

彼によって届けられたハーブの苗は無事に温室の土間の一角にびっしりと植えられることになる。

＊＊＊

シャ――――……………。

如雨露《じょうろ》から降り注ぐ水が涼やかな音を立てる。陽《ひ》の光を浴びてみずみずしく輝く緑の葉っぱを見ると私の口元は知らずに緩みだした。

ウェルジオが届けてくれたハーブは温室の土にも上手《うま》く根付いてくれたようで、ここに植えられた当初よりも一回り二回り大きくなっている。

「さて、お次は……」

水やりが終わったら次はハーブの剪定《せんてい》に入る。如雨露を置いてハサミとザルを装備。

夏の日差しの中、ハーブの葉っぱはわさわさと増えていくので使えるようになったらせっせと切り取っていかなければいけない。

所々に膨らんでいる蕾《つぼみ》があればそれらも忘れずに切り取る。放っておくと花が咲いてしまってその花に栄養を全て持っていかれてしまうのだ。

「摘みたてのペパーミントがあるから、今日はこれでアイスミントティーを入れましょう」

ルンルンと鼻歌を歌いながらティーポットを準備してホットの時と同じ要領でハーブティーを入れる。ひとつ違うのはポットに敷き詰めるハーブの量。アイスにする時はホットの時の倍が必要だ。

それを氷をたっぷり入れたグラスに注いで一気に冷やす。

冷凍庫なんていう便利なものがないこの世界では当然氷を作ることができない。そのため、冬の間にできた氷や、年中氷の張っている寒い国から直接買い付けて使用している。

もちろん高級品扱いなので、ある程度自由に使えるのは貴族くらいなもの。庶民はそうそうお目にかかることすらできないらしい。

貴族令嬢に生まれてよかったと心の底から思った瞬間。エアコンも扇風機もないのに氷もなしとか。元現代日本人にはさすがに酷すぎます。

我が家はじめ、貴族の屋敷にはお酒や野菜などを保管しておくための地下室が設置されており、そこに買った氷も常時保管されている。まさに天然の冷蔵庫、氷室ってやつよね。

おかげでこうしてキンキンに冷えたアイスハーブティーを飲むことができるわけだ。貴族万歳。

「ふぅ……。ミントはこの爽やかな清涼感がいいのよね」

ペパーミントの持つ独特のメントール成分によって、ひんやりとした冷感効果を感じることができる。夏のハーブとしては欠かせない一品だ。

ペパーミント同様、レモンバームもハーブとしては代表格。他のハーブとの組み合わせの相性もいいし応用も利くのでハーブティーのベースとしてもよく使われる。ハーブの中でも王道なものが真っ先に手に入ったことはやはり大きい。

（しかもこれらは多年草。生命力も強い。来年以降も期待できるわ……！）

んふふふふふ。

期待に胸を膨らませニヤニヤと笑っていたら、大きな荷物を抱えたルーじぃが温室に入ってきた。

「よいしょ、と。お嬢様、頼まれてた土と肥料を持ってきたぞい」

「ありがとうルーじぃ。これ良かったら飲んで」

「おお！」

ハーブの植え替えは基本畑いじりと同じ力仕事なのでルーじぃが手伝ってくれている。庭師の仕事もあるのにとは思うが、ルーじぃ本人が「庭師のじじぃとしてはお嬢様の育てるハーブというものに興味があるんじゃよ」と嬉々《きき》として手伝ってくれるので甘えさせてもらっている。

同じく氷を入れたグラスに注いだミントティーを差し出せば、彼は勢いよく一気に飲み干した。

以前、同じようにハーブの植え替えを手伝ってくれたテラにも同様に差し出した時は「使用人の分際で氷など……っ」と飛び退《との》くほど狼狽《うろた》えていたものだが……。

もらえるものはもらっとけ精神なのか、単に肝が据わっているのか。ルーじぃは特に気にした様子はない。

「ぷはぁーっ。美味《うま》い！　お嬢様の作ったミントティーはさっぱりしてていいのぉ、一仕事終えた体にはたまらんわい」

「口に合って良かったわ」

「ううむ。しかしミントがこんな飲み物になるとは……。長く生きてきて初めて知ったのぅ」

ミントティーの注がれたグラスを感慨深い目で見るルーじぃ。

（やっぱり認知度が低いなあ……）

ミント自体はこの世界でもスイーツなどの飾り付けとしては使用されることはあったが、残念ながらそこ止まりだ。

（でも、今のとこ問題なく受け入れられてはいるみたいだし……。掴《つか》みとしては悪くはないと思うのよね）

世界的に認識されていないものを使うわけだから多少の不安はあった。ましてや食材、口にするものならばなおさら。

だがこちらの予想に反してそれらに対する不安の声は私が思っているほど大きくはなかった。意外にすんなり受け入れられて逆にこっちが驚いたくらいだ。

それに関しては最初に作った桜の塩漬けやコロッケまでもが父の手によって世間に大々的に広められていたことが一番の理由だろう。知らず土台ができていたというわけだ。

（ハーブって、もともとはエジプトだかギリシャとかで庶民の入浴剤代わりに使われてたんだっけ？　……そういえばこの世界で入浴剤って聞いたことないな……）

お風呂自体はもちろん毎日入るが、その時に使用するのは香りのついた香油だ。花の香りのものを数種類見たことはあるがそれ以外のものを使われたことは一度もない。『入浴剤』という概念がそもそもないのだろう。

今まではハーブが広まるようなきっかけがなかったのかもしれない。

（お母様は美容にいいって教えてからローズティーばっかり催促してくるし、そっち方面で何か作ってみるのもいいかな）

女性は誰しも美容という言葉に弱いものだ。桜の塩漬けしかり、薔薇のジャムしかり。美容効果ありの言葉が貴族のご夫人方に一番刺さったのだから。

――コンコン。

「失礼いたします、お嬢様」

「あら料理長。どうしたの？」

基本屋敷の厨房にいる彼が温室に訪ねてくるなんて珍しいと思いながら声をかけると彼はどこか後ろめたそうに口を開いた。

「……実は、先日お嬢様に頂いた『虫除けスプレー』が底をついてしまいまして……、新しく頂くことはできないか、と……」

「もう使っちゃったの⁉」

「おおそれか！　わしも重宝しておるよ」

「ええ！　虫を寄せ付けないし、薬独特の嫌な臭いもしないですし、それどころかいい匂いがするもんでついつい使いすぎちまいました」

ははは、とバツが悪そうな顔で苦笑する料理長。

まったく嬉《うれ》しいこと言ってくれるわ。

しょうがないなというふうを装いながらも、新たな虫除けスプレーを作るために備え付けのキッチンで鍋《なべ》にお湯を沸かしにかかる私の口元はニヨニヨとにやけるのを隠せずにいた。

しょうがないじゃない、誰だって作ったものを褒められるのは嬉しいもんよ。作った甲斐《かい》もあるというものだわ。

数日前のことだが、私はルーじぃと料理長の二人にローズマリーを使った虫除けスプレーを渡した。

ローズマリーには虫が嫌う成分が含まれているから軽い虫除けにも使えるのだ。

（手持ちのハーブと材料だけで作った簡単なものだけど、こんなに喜んでくれるとは思わなかったわ）

実用性があれば日常で使ってもらえるだろうと思って渡したのだが、思いのほか気に入ってくれたらしく高評価だ。純粋に嬉しい。

（うーん……、美容的なもののほかに、そっち方面でも何か考えてみようかしらね……）

そしていい評価は新たなやる気にも繋《つな》がっていく。

沸騰した鍋にローズマリーを投入しながら何かいいものはないかとあれやこれや思考を巡らせていると、鍋の中を覗《のぞ》き込《こ》んだ料理長が感心したような声を漏らす。

「しかし、こんな葉っぱの匂いが虫除けに使えるなんて、ちっとも知りませんでしたよ」

「わしもびっくりじゃ」

「あらハーブは料理にだって幅広く使えるのよ？」

「そうなんですか⁉」

料理長が驚いたような声を上げた。職業柄、料理と聞いて黙ってはいられないらしい。

「ローズマリーは香りが強いから、魚やお肉を焼く時に一緒に使うと臭みが取れて仕上がりが上品になるのよ。スープにちょっぴり入れるだけでもいい風味づけになるし。ミントの葉はそのままでも大丈夫。小さくちぎってサラダやデザートの上に散らすだけでいいアクセントになるわ」

ちなみにこれ、前世で私がよく作っていたハーブ料理だったりする。

ローズマリーもミントも生命力が強いからどんどん増えていって、無駄にしたくないというもったいない精神で片っ端から使っていったのよね。おかげでハーブ料理なんていうおしゃれなレパートリーが増えたわ。

「そ、そんな使い方が……！」

「はぁ～、うちのお嬢様は本当に物知りじゃな」

「ええ、薬草の本を読んだだけとは思えません……」

げふんっ。

「そ、そうかしら⁉　薬草だけじゃなくて料理の本もいっぱい読んだからかなぁ～？」

ほほほほほほほっ。

必死に笑って誤魔化した。多分顔めっちゃ引きつってる。久々にやらかしてしまったわ……。

油断は禁物と脳内で自分を叱咤《しった》しながら私は鍋の火を止めた。あとはこのまま粗熱を取る、と。

そんな私をルーじぃも料理長も何故《なぜ》か誇らしいものを見るような目で見つめてくる。

「その知識を自分の力にできているんじゃから大したもんじゃ」

「全くです。最近のお嬢様を見ていると私などまだまだ未熟だと再認識しますよ」

なんかめっちゃ褒められてるけど、めっちゃ罪悪感半端ない。

なんせそれらは全て前世知識によるものだ。本で読んだというのも間違ってはいないが、より正しく言うのであれば「前世でハーブを使った料理の本を読んだ」である。

それをさも自分の手柄のように褒められるというのはなんとも心が痛い。おかげで良心チクチク。

「そいでお嬢様。持ってきたこの土と肥料はどうするんじゃ？」

「そこの土間のところに置いておいてくれる？　すぐ使えるように土を整えておきたいの」

「ほう、新しいハーブでも届くのかの？」

「いいえ。近々お父様が森に連れていってくれる約束なの」

「えっ⁉　お嬢様が森に⁉　旦那《だんな》様がよくお許しになられましたね……」

「何度も説得してやっと許してもらえたわ」

ローズマリーが自生していたことから、他にも自生しているハーブがあるのではないかと思ってはいた。だから是非探しに行ってみたいと。

そう思って何度かお父様に掛け合ってみたんだけど、お父様どころかお母様までもが私が森に行くことには大反対。

貴族の令嬢が森歩きなんて、という理由からではなく、その森にある湖でアヴィリアは溺《おぼ》れて性格が豹変《ひょうへん》してしまったという前例があるためだ。

（実際は溺れたショックで前世の記憶を思い出したってだけなんだけど……）

それを知る由もない二人からすれば、その心配も分かる。

けれどこれに関してはこちらとしても引けない。

ハーブは基本夏が旬のものが多い。まさに今の時期だ。手持ちの数を増やすためにもできれば早めに探しに行きたい。それらしいものを見つけてもらうよりも自分の目で直《じか》に見たほうが確実だ。

そんなことを数回にわたり切に訴えたところ、先日ようやく渋々ながらもお父様のお許しを得ることに成功したのだ。

「お父様やお供のそばを絶対に離れないこと。間違っても湖にだけは絶っ対に近づかないこと。これが条件だ。いいね？」

そう堅く約束して。

そんな鬼気迫るようなガチなお顔ですごまなくても大丈夫ですよ。私だって自分が溺れたような場所に好んで近づいたりしませんって。

心配してくれるのはありがたいけれど、ちょっと過保護がすぎるような気もする。

子供の甘やかしすぎは危険よお父様。その結果が旧アヴィリアだったんじゃないかな。……まあ、本人の資質もあったとは思うけど。

「旦那様もなんだかんだお嬢様には甘いですからなぁ」

「どのみち、折れるのは時間の問題だったじゃろうて」

言われてる言われてる。

子煩悩なのは周りも承知なのね……。これは娘の私が厳しくするべきかしら。親離れできない子供も問題だけど子離れできない親も問題だからな。

「ですが、本当に気をつけてくださいねお嬢様」

「ええ、分かってるわ」

実行に移すべきかを本気で思案していると、心配気に眉根《まゆね》を寄せた料理長に顔を覗き込まれる。

「約束ですよ。くれぐれも、間違っても、ぜっっったいに！　湖に、だ、け、は！　近づかないでくださいね!?」

そこまで言うか!?

なんかルーじぃまで後ろでうんうん頷《うなず》いてるし。過保護なのはお父様だけじゃなかったの……。

「そ、そんなに心配しなくても大丈夫よ……」

「すみません……。ですが、それが屋敷の者全員の願いです」

「料理長……」

　両手を組んでまるで祈るようにつぶやく料理長。そんな彼の目尻《めじり》には綺麗《きれい》な雫《しずく》が浮かんでいる。その姿には、こちらのほうまで目頭が熱くなる。

「万が一にでも元に戻ってしまったらどうするんですか‼」

　どういう意味だこら。

　じんわり目尻に浮かんでたものが瞬時に引っ込んだじゃないか。

　待って、心配ってまさかそっち？　そっち心配してそんな過保護になってたの？　ルーじぃ、何をそんなに力強く頷いてんの⁉　何⁉　みんなにそんなこと願われてんの私！　え、まさかお父様もそうだったの⁉

　みんなして人のことなんだと思ってやがんのよ⁉

（元性悪令嬢でしたねすみませんっ！）

　どうやら旧アヴィリアが周囲の心に残していった根っこは私が思うものの何倍も根強かったらしい。

　とりあえず感動返して。

第6話　桜と薔薇《ばら》

「ペパーミントでしょう……、レモンバームにローズマリー、薔薇《ローズ》。そして……、森で見つけたカモミール！」

夏の最中。世の令嬢たちがお屋敷の中で優雅に暮らしているであろう時期に、私は相も変わらず温室にこもってハーブの世話に勤《いそ》しんでいた。

煌《きら》めく宝石や華美なドレスではなく土に植えられた葉っぱを眺めて過ごす日々です。

（手札としてはまだまだ全然だけど、始めたばかりでこれだけ揃《そろ》えば上々よね）

摘みたてのカモミールの香りを嗅《か》ぎながら私はほうと息を吐いた。うん、いい匂い。

「思った通り、あの森には行って正解だったわね……」

先日、父は仕事の休みを利用して約束通り森に連れていってくれた。自分はもとよりたくさんの従者を引き連れて。

その光景はただの森歩きとは思えないほどの仰々しさだった。森に着くまでの街中ではやたら人の視線が痛かった。とはいえ行きたいとわがままを言ったのは私なんだから文句は言えないし……。

しかし、多くの人手があったおかげでハーブをたくさん持ち帰ることができたのは有り難かった。新しいハーブを見つけても持ち帰れなかったら何の意味もないしね。そう言う意味では結果的に人数がいて助かったとも言える。

「これぱっかりは彼らのおかげよね……」

「ぴっ⁉　ピィーっ！　ピピ――――っ！」

「ああ、ごめんごめん。ちゃんと分かってるわよ。貴方《あなた》も手伝ってくれたものね、ピヒヨ」

「ピィ！」

まるで「忘れないでよ！」とでも言うように鳴いた後、私の周りを小さな羽でパタパタと飛び回っていたピヒヨは慣れた様子で私の肩の上にちょこんと座った。

最近では私の肩の上か頭の上がこの子の定位置だ。

（和む……）

前世でも動物は飼っていたが、鳥を飼うのは初めてだ。わずかばかりの不安もあったが上手《うま》くやっている。

もっともそれは、この子がやたら頭のいい珍しい個体だからというのもあるのだろうが……。

自分の名前どころか人の言葉までもしっかり理解してくれるおかげで、言葉が通じなくとも意思疎通に苦労することがさほどない。

飼うと決めた当初は鳥かごを用意すべきかとも思ったのだが、それすらも必要ないほどだ。

ねぇ、キミ本当にただの小鳥……？

ついついそう思って怪訝《けげん》な視線を向けてしまうのも無理はないというもの。

これだけでも十分とんでもないことなのに、そのさらに上を行く出来事が最近あったばかりだ。

それは先日の森歩きのこと。

せっかく怪我《けが》も癒えて元気になったのだからと、この子も一緒に連れていったのだが……。

そこでまさかのミラクルが起きた。

「まさか探していたハーブをキミが見つけてくれるとは思わなかったわよ……」

「ピッピィ！」

えっへんと言わんばかりにふんぞり返る小鳥の姿に、私はほんの数日前のことを思い出して、頭痛のする頭を押さえた。

＊＊＊

「アヴィリア、君が探しているのは匂いの強い野草……ということでいいのかな？」

「草だけではありませんわお父様。ものによっては花を咲かせるものもありますし、薔薇のように花自体が使えるものもあります」

「……………意外に範囲が広いですね」

一緒に来ていた従者たちの肩が見るからに下がった。前後左右緑に囲まれた森の中では、この条件は確かに果てしないものね。

（でも、ハーブのことをよく知らないこの世界の人たちには他に説明のしようがないし……）

うむむ、と悩んでいたら、それまで私の頭の上で大人しくしていたはずのピヒヨが突然羽を広げて飛び上がった。

「ぴぴぃ！」

「ピヒヨ!?　待って、どこ行くの！」

一直線にどこかを目指して飛んでいく小さな小鳥の姿は油断しているとすぐに森の景色に溶け込んでしまう。

私は慌ててその後を追った。

そうしてどれほど進んだ頃だろうか。ピヒヨが降り立ったのは真っ白な花びらを揺らす小さな花のもとだった。

「ピッピ！　ピッピィ――――！」

こっちこっちとでも言うように、楽しそうにくるくると飛び回る。

……そう。真っ白な花を咲かせる、カモミールの、花の上、で。

「ピッフー」

その光景に私思わずお口があんぐり。

そんな飼い主の心情も知らず一仕事終えた感満載の小鳥はどんなもんだいとばかりにふんぞり返る。

「…………………ふっ」

アヴィリア・ヴィコット十一歳。

前世の記憶を取り戻して早一年が経《た》ちますが。時折垣間見えるこのファンタジーさには慣れたつもりでいたようでも、まだまだ詰めが甘かったようであります。

私ったらあまりのことに思考回路がクラッシュ寸前☆　ああ、ファンタジー。本当になんて恐ろしいんでしょう。現代人の常識感をあっさりと超えてくれやがるわ。

ふふ。だけど私は知ってるの。こんな時とっても役に立つ素敵な魔法の言葉があることを。こういう時はね、その魔法の言葉を心の中でそっと唱えればいいのよ……。

（ここは異世界、ここは異世界、ここは異世界、ここは異世界………っ‼）

とっても便利なこの言葉は唱えるだけであら不思議。理解不能な出来事も不可思議な現象も「まあ、ありかな？」と思わせてしまう素敵な追加効果を持っている。だってファンタジーだからね。

理屈で考えてはいけない。

それがこの異世界で心穏やかに過ごす一番の秘訣《ひけつ》なんだって、一年の間に私はしっかり学んだのよ。

だってファンタジーだからねッ‼（二回目）

＊＊＊

「ピィ、ピチュ？」

「ん？　これはね、薔薇の花びらよ。これから水分を飛ばしてカラカラに乾燥させるの」

「ピィッ！」

たくさんの薔薇の花びらを並べたザルを風通しの良い日陰に並べていく。

これらは全てローズティーに使用するためのものだが、行き先がすでに決まっている。

高い美容効果を持つ薔薇の花を使ったジャムやローズティーは母ローダリアの最近のお気に入りとなっているが、その母の口コミにより私の知らぬ間に貴族のご夫人仲間にも着々と広がってしまっていたのだ。そのため、自分にも売ってほしいという注文が後を絶たない。

それは嬉《うれ》しいのだが、実はひとつ大きな問題がある。

ハーブティーに使用することができそうな薔薇が現状ルーじぃが育てている薔薇しかないということだ。そのため、毎回彼にお願いして薔薇の花を分けてもらうはめになり、我が家の庭からは薔薇の花が着々と減っていくという結果になってしまった。

それはダメだろう。庭は貴族の屋敷の玄関口。みすぼらしいのは厳禁だ。

(何か対策を考えないと……、やっぱり自分用にこの温室でも薔薇を育てるべきかしら？　今年は無理でも、来年からはそれで使えるようになるかな……)

「ぴぴぴー？」

うんうん唸《うな》っている私の肩で、動きを真似《まね》たピヒヨが同じように首を傾《かし》げた。

(……和む)

ピヒヨの可愛《かわい》さにほっこりしていると、不意に温室の扉がノックされる。

「失礼いたしますお嬢様。セシル様をお連れしました」

顔を出したのはテラと彼女に連れられたセシル。

温室に足を踏み入れたセシルは困ったような顔を隠しもせず私の顔を見てため息をついた。

「もう、アヴィったら最近はずっと温室にいるわね。ちゃんとお日様に当たってるの？」

「その辺は大丈夫よ」

実は温室を与えられた最初のうちは、あれもやりたいこれもやりたいで食事の時間も忘れて温室に入り浸ってしまい、しっかりとお母様からのお叱りを受けたのだ。

中身が成人女性の身としては少々恥ずかしい失敗である。

それ以来しっかり節度をわきまえて作業をしているが、なんだかんだテラやルーじぃもその辺は目を光らせているのでそんなに心配はない。

「ピピ、ピッチュ！」

「ふふふ、こんにちはピヒヨちゃん。今日も元気ね」

「ピー！」

えっへん。と胸を張る姿はさも当然だと言っているようである。

「……そろそろ喋《しゃべ》り出しても驚かないわ……」

「さすがにないわよ⁉」

………多分。

何故《なぜ》だろう。はっきりと言い切れない。

そんな私たちの気持ちも知らず桃色の小鳥は呑気《のんき》に頭上をパタパタと飛び回っている。キミの話だぞこら。

「ところでアヴィ？　何かいい匂いがするんだけど……」

「ああ、薔薇《ばら》の花よ。ちょうど今作っているものがあって……」

くんくんと鼻を動かしていたセシルは乾燥中の大量の薔薇の花を見つけてあまりの多さにぎょっとした。その様子に思わず笑ってしまった私の耳に別の人物の声が届く。

「また何か作ってるのか……、随分と暇なご令嬢もいたものだ」

ここ最近よく聞くようになった彼の嫌味じみた声は、もうすっかり耳に馴染《なじ》んでしまった。

振り返ればそこには案の定、思った通りのプラチナブロンド。

「ごきげんよう。よくいらっしゃいましたウェルジオ様」

「ふっ。伯爵令嬢ともあろう者が日がな一日小屋にこもって草いじりとはね……。少しは妹を見なら……」

「びびぃぃぃ――――っ‼」

「な、いたっ！　なんだこの鳥っ！　いだ、いたぃっいだだだだだぁ――――っ」

「チュびびびびびっ！」

ピヒヨ▽突っつく攻撃！

「こらっ、ピヒヨっ⁉」

温室の扉に寄りかかり偉そうにふんぞり返りながら、まるでどこぞのアイドルのように髪をかき上げる姿は、たとえその口から紡がれる言葉が嘲《あざけ》るように嫌味じみたものであったとしても、女ならば思わず見惚《みと》れてしまうくらいに美しいものだったが、残念ながらそんなものは一瞬で消え失《き》《う》せた。

現在その絵になるくらいの美少年は手のひらサイズの小鳥の鋭いくちばしの襲撃を一身に受けて悲鳴を上げている。

「ピヒヨっ、ダメよ‼」

「そこよピヒヨ！　もっと思いっきりやっちゃって‼」

「ちょっとセシルさんっ⁉」

何故だかこの小鳥。紹介した時からセシルにはとっても懐いているのにお兄さんのほうにはとても辛辣《しんらつ》な態度をとる。

「ピフー……」

「……もう、そんなにむくれないの。まったく、普段はとってもいい子なのにウェルジオ様が見えるといつもこれなんだから……」

「仕方ないわよ。ピヒヨちゃんは私と同じでアヴィが大好きだもの。ねぇ～？」

「ピぃ～？」

首をこてんと傾げながら紡がれるセシルの言葉は語尾にハートマークでも付いているかのようでたいへん可愛らしい。そしてその姿を真似て同じように首を傾げるピヒヨの姿も文句なしに可愛らしいが、見た目に騙《だま》されてはいけない。

その小鳥の後ろには鋭いくちばしで突っつかれ傷だらけになっている残念な美少年の姿があるのだ。たかが小鳥のくちばしと侮ってはいけない。あれは立派な凶器である。

「……セ、セシル。少しは兄を心配してくれないか？」

「お兄様は自業自得でしょ」

崩れ落ちる兄。本日のとどめは妹でした。

だからといって、ここで私が口を挟もうものなら余計ややこしいことになるだけなので何も言えない。ごめんよ少年。

「それにしてもすごい量……。これ全部お茶にするの？」

「ほとんど注文なのよ……。お母様の口コミで貴族のご夫人方に広まってしまって……」

わが母の素早い所行には思わずふうとため息が漏れてしまう。

すると、突然温室の扉がコンコンッ！　といささか強めにノックされ、返事をする間もなく勢いよく開け放たれた。

「失礼するわよアヴィリア！」

「お、ぉおお母様っ⁉」

考えていたところにまさかのご本人登場。思わずビクッと体が跳ねてしまった。

そんな娘を気にすることもなく、らしくもない大声を上げて意気揚々とこちらに近づいてくる母はいつもの豪華なドレス姿ではなく、きっちりとしたパンツスタイル。

服装もさることながら、その行動も普段のそれとは全く異なっているが、実はここ最近では少々見慣れたものであった。

「セシル様がいらしたと聞いて！」

「はいっ、お邪魔しておりますローダリア様！　本日もご指導よろしくお願いいたしますっ‼」

「ふふふ。その意気や良しですわセシル様。ですが、修業中は遠慮はいたしませんことよ！」

「大丈夫ですっ！　どこまでもついていきますお師匠様‼」

「ではいざ！」

「いざっ‼」

しゅばばばばっと拳《こぶし》を打ち出すセシル。わあ動きが見えないぃぃー……。

共にファイティングポーズを構えながらやる気満々といった気合いを隠しもせず二人は実に実に楽しそうに屋敷のほうへと戻っていった。

………………。

「セシルを見習って……、なんですって……？」

「――――……なんでもない」

心なしか疲れきった様子の少年に声をかけるも、返された言葉にはいつもの覇気はなかった。

夏の誕生日以降、一体何がどうしてそうなったのか全くもって分からないが、セシルは突然、己を鍛えることに目覚めたらしい。

武術の本を片っ端から読《よ》み漁《あさ》り、自室では筋トレを始め、気づけば兵士たちと一緒に走り込みを始め、そしてしまいには我が母ローダリア・ヴィコットに師事まで乞《こ》うた。

何故ここで母の名が出てくるのか。

もっともな疑問だが答えはいたって単純。実はお母様、今でこそ伯爵夫人として知られているが、なんと若い頃はその名を馳《は》せるレディース…………ではなく、王家に仕える立派な女騎士の一人でいらっしゃったのです。

アースガルド王国は初代国王が女王だったので、女王の身を守るために結成された騎士団も言わずもがな女性騎士団だった。

建国以来の輝かしい歴史を誇るその存在は今もなお健在で、男の兵士たちに引けを取らぬほどの実力を持っている。

それらのこともあってかアースガルド王国は何かと女性が強い国としても有名だ。

夫の陰で静かに佇《たたず》んでいる貞淑な妻というのはこの国の女性には当てはまらない。

そのせいか、妻の尻《しり》に敷かれる……と頭を抱える貴族の夫たちが後を絶たないというのがこの国の抱えるひとつの問題でもあるのだが……、まあ平和な悩みなので今のところさしたる問題はない。

聞いたところによると現国王も王妃には若い頃から頭が上がらないとかなんとか…………いやこ

の話はよそうゲフンゲフン。

突然訪ねてきて土下座する勢いで師事を乞うセシルに、最初は渋っていた母も熱意に押されて最終的には受け入れた。

しかし一緒に訓練を重ねているうちに、昔の血が騒いだのか何なのか本人にも熱が入ってきて、今ではセシルとの訓練を心待ちにしている節さえある。それを見た父が「まるであの頃の君に戻ったようだよ、昔の君は本当に手のつけられないじゃじゃ馬だった……」などとぶつぶつ言いながらそっと懐に胃薬をしまっていたのを私は目撃した。

（昔はヤンチャだったって……、こういうことですかお母様……）

ちなみに言うまでもないが、先ほど言った妻の尻に敷かれる夫というのにはもちろん我が父の名も入っている。

……うん。今度のお父様への差し入れはカモミールティーにしようかな。ちなみにカモミールの主な効能はリラックス効果です。

「おい、今日の分、ここに置くぞ」

ウェルジオはそう言うとハーブの苗をたくさん詰めた籠《かご》をそっと地面に置いた。

「いつもありがとうございます。ウェルジオ様が届けてくれるハーブはいつも立派で助かります」

「………まったく、なんで僕が草運びなんて……」

「あら、それがお詫《わ》びの条件だからでございましょう?」

「……」

こんなふうに毎度ぶちぶちと文句を言いながらも、彼は決して途中で投げ出したりせずにこうして何度も足を運び、きちんとハーブを届けてくれる。

苗を雑に扱うこともないし、今だって土が崩れてしまわないように丁寧に運んでくれている。

生意気で嫌味がましいところが少々目につくが、彼はとても真面目な人だ。

「ですが、もう十分ですわ。今日の分でお終いにいたしましょう」

「……もういいのか？」

「ええ、ウェルジオ様のおかげで大分集まりましたから。何度も足を運んでくださってありがとうございました」

「………別に。礼を言われるようなことはしていない」

（あらあら）

照れたようにぷいっと顔を逸《そ》らす彼の行動は、大人ぶった態度や言葉遣いとは対照的に年相応のそれだった。

（考えてみれば、彼はまだ十三歳なのよね……）

大人ぶりたい。見栄を張りたい。そんな年頃の少年だ。

「……本当にこんなものでいいのか？　父上も遠慮するなと言ってくれているんだ。たとえばもっと……服とか宝石とか……」

「いりません。服もアクセサリーももう十分です」

腐っても伯爵令嬢。普段着からよそゆきのドレス、それに合わせた装飾品の数々まですでに数えきれないほど持っている。

それこそどんなものがあるのか自分でも把握しきれないほどだ。

小さなジュエリーボックスに少々のアクセサリーを詰め込んでいた前世からしてみればもう十分すぎるくらい。

しかもそれらの品ひとつひとつがお高い高級品だというのだからなおさらだ。

「…………」

だが、どうやら彼はそんな私の返答にいまいち納得しきれないらしい。むす、とした顔で黙り込んでいる。遠慮でもなんでもなく本心なのだから本当に気にすることないのに。

生意気な態度をとるわりに根が真面目な少年の顔を見上げれば、男のわりにはきめ細かい綺麗《きれい》な肌からポタリと汗がひとつ滴り落ちた。

温室の中にいた私とは違って、彼は夏の炎天下の中ここまでハーブを運んできてくれたのだった。

「ウェルジオ様、とりあえずこちらにおかけください。今、何かお飲み物をお出ししますわ」

父から贈られたこの温室には、色々な作業がしやすいようにと様々なものが備え付けられている。小さなキッチンに面したカウンターテーブルもそのひとつ。

促されるままに彼が腰掛けたのを確認して、私はグラスをひとつ取り出した。

（まずは水分補給ね……。別に水でも大丈夫だけど………）

私は少し迷った後、最近はずっと作り置きしてあったミントティーをグラスに注ぎ、そっと彼の前に差し出した。

「こちらをどうぞ。よろしければご賞味くださいませ」

「なんだこれは？」

「飲んでみてくださいな、すっきりしますよ」

「…………君が作ったのか」

やっぱり飲んではくれないか…………。

見るからに訝《いぶか》しげな彼の様子にやはり失敗だったと悟る。

「すみません、すぐ別のものを、」

急いで代わりのものを準備しようとグラスに手を伸ばしかけて…………、触れることなく空を切った。

引き下げようとしたミントティーの入ったグラスはすでに彼の手の中で、彼はほんのり色付いた液体をジロジロと眺めた後、……恐る恐るそれを口に含んだ。

「…………うまい」

ぽそりとつぶやかれた言葉に、心底驚いた。

「……ミントティーと呼ばれるお茶なんです。ウェルジオ様に頂いたペパーミントで作ったんですよ」

「あれか…………。なんか、スーッとするような感じがするんだが……」

「ミントにはメントールという、清涼感を感じることのできる成分があるのでそのように感じるんです。ウェルジオ様、もしよろしければこちらもお使いください」

そう言って私が差し出したのは、ペパーミントの浸出液で絞り、冷やしておいたタオル。

ハーブティーをそのまま飲まずに数十分放置すると浸出液と呼ばれる製剤になる。苦味やえぐみが強くなって飲むには困難になるが、ハーブの持つ有効成分がしっかり抽出されるのだ。

これに浸したタオルで顔や体を拭《ふ》くとペパーミントの爽《さわ》やかな香りと清涼感を感じるお手軽な冷

湿布となり、夏場にはとても気持ちがいい。

「おお……っ」

「いかがです？　暑さに火照《ほて》った体には最適でしょう」

今度は迷うことなく受け取りタオルに顔を埋《うず》める姿に、どうやらお気に召したようだと安心する。

誕生パーティーでの様子を思えば、こうして手をつけてくれるだけでも大進歩だ。彼とはハーブを運んでもらう過程で自然と顔を合わせる機会も増え、言葉を交わすことも増えたけれど。

（少しは、受け入れてもらえたと思ってもいいのかしらね……？）

だとしたら嬉《うれ》しいのだけど。

「どちらも今我が家でとても活躍中なんですよ？　本当にありがとうございます」

「……どうして君が礼を言うんだ」

「バードルディ家からミントをもらえたおかげで作れているんですもの」

「……」

あら、また黙ってしまった。

何か気に障るようなことでも言ってしまったかしら。

少しは歩み寄れたかと思っていた手前、この反応は少しばかり不安になる。私は何か失敗したのだろうか。

十三歳の少年を相手におろおろする姿は、とてもじゃないが大人の威厳なんてものは微塵《みじん》もなかった。

（どうしよう、気まずい……）

少しばかり重い空気が流れる。

その微妙な気まずさに何て声をかければいいのか分からずにいると、幸いなことに彼のほうから口を開いた。

「おい」

「……っは、はい？」

「やる。受け取れ」

そんなぶっきらぼうな言葉とともに放り投げられた『何か』。

「わわっ」

勢いよく眼前に飛び込んできたそれを慌ててキャッチした。

ほぼ条件反射で受け止めることはできたが、顔にぶつかりでもしたらどうしてくれるのか。

あまりの扱いに少々文句を言いたくなった。

けど、そのせいで空気がさらに悪化しても自分が気まずい思いをするだけだと分かっているので、ぐっと堪《こら》えて視線を手の中に移した。

文字通り投げ渡されたそれは、両手に収まるほどの繊細な装飾が上品に施された黒い小箱。

「あの、これは……？」

「我が家が昔から贔屓《ひいき》にしている装飾屋でたまたま見つけたものだ」

ぱかりと蓋《ふた》を開けば、そこには桜の花を模した綺麗な髪飾りがひとつ、上品に納まっていた。

「そのハーブ、とやらはそもそも父上からの詫びの品だからな。父上に任せて僕が何もせずにいるというわけにはいかないだろう。……聞けば、それは君の好きな花だそうじゃないか。ならちょうどいいと思っただけだ」

「…………」

「もっとも、君はそんなもの、すでにいくらでも持ってるみたいだけどねっ」

いらなければ返せと矢継ぎ早に言葉を紡ぐ、そっぽ向いた彼の表情は私からは見えない。

けれど、プラチナブロンドの隙間からかすかに見える彼の耳元は、先ほどとは比べものにならないほどに紅《あか》く染まっていた……。

(――――――――……うそだ)

だって、ありえない。

バードルディ公爵家行きつけということは、それこそ王家の人間が使っていてもおかしくない由緒正しいお店のはず。

王都で流行《はや》りの最先端を行くだろうそんな店が、こんな時期外れの季節の花を模した物を置いておくなんて……。そんなこと、あるはずない。

だから。

だから、これはきっと…………。

私は両手に収まる小さなそれをきゅ、と握りしめる。

「……ありがとうございます。大切にしますね」

「……別に。公爵家の人間として義理を果たしただけだ。深い意味はない！」

決してこちらを見ようとはせず、けれどその耳元はいまだ紅く染めたまま、ぶっきらぼうに放たれる言葉に思わず口元が緩んだ。

小箱の中からそっと髪飾りを持ち上げる。

窓から差し込む陽《ひ》の光に反射してキラキラとプリズムを放ちながら煌《きら》めく桜の花。

（綺麗……）

淡い白色に輝く石を削って作られただろうそれは、よく見れば薄く桃色がかっていて本当に桜のような色をしていた。その下から流れる二本の金鎖の先には雫《しずく》型の飾りがついていて、動くたびにシャラシャラと音を立てるのがとても可愛《かわい》らしい。

花の中心と本体の周りにさりげなくあしらわれているものは、パールだろうか。

それらが土台となる繊細な刺繍《ししゅう》を施された黒いリボンの上に載せられている。

（可愛い……）

元日本人の私からすれば、桜の花はどうしても和風のイメージが抜け切らないが、この髪飾りにはそんな雰囲気は全くなく、ドレスにもきっと合うだろうと思われた。

なにより、この髪飾りのコントラストは自分の紅い髪にはきっとよく映えるだろう。

一生懸命、選んでくれたんだろうか……。

（そういえば、男の人に装飾品を贈られるのなんて……初めてだわ）

前世でも色恋沙汰《ざた》に無縁だった私。当然そんなものを贈ってくれる彼氏だっていたことはなかった。

「ウェルジオ様」

私の呼びかけに彼がこちらを振り向く。

そのまま、私は贈られた桜で髪を飾った。

「どうでしょう？　似合いますか？」

男性からの初めての贈り物に、何とも言えないこそばゆさを隠すように、誤魔化すように。

私は目の前の少年に微笑《ほほえ》んだ。


――――――――ゴツッ‼


ものすごい派手な音がした。

「ウェ、ウェルジオ様⁉　大丈夫ですか⁉」

私の見間違いでなければ自らテーブルに思いっきり額を打ちつけたように見えたけれど⁉

突然の奇行⁉　なんなの？　見るに耐えないくらい酷《ひど》いってことなの⁉　さすがに失礼じゃない⁉

「し、しっかりしてくださいっ、顔があか……」

テーブルに張り付いたままプルプル震えていた彼は、ガバッと勢いよく顔を上げると今日一番の大声で吐き捨てた。

「そ、そんな下人みたいな服を着て似合うも何もあるかっっ‼」

「あ」

そういえば私。汚してもいいようにジャージ姿だったわ。しかも適度に汚れている。

……うん。確かにこれは見るに耐えないわね。

額どころか顔全体を真っ赤にしてそっぽを向く彼を尻目《しりめ》に、これは失敗だったわと思って、私は小さく笑った。

＊＊＊

「アヴィリア、今日のお茶会一緒にいてもらうわよ」

夏の暑さも盛りが過ぎ、けれどまだまだ残暑の暑さに汗を流しながらハーブの世話をしていたある日、私は母にそう告げられた。

（……またか）

それが正直な感想だった。


「ふう……。本当に美味《おい》しいわねこのジャム。薔薇《ばら》でこんな美味しいジャムが作れるなんて知らなかったわ。ローダリア様がおすすめするのも分かるわね」

「でしょう？　最近の私のお気に入りなのよ」

そうしてふふふと優雅に微笑む。本日、母と一緒にティータイムを楽しむこの夫人が絶賛しているのはローズティーに薔薇のジャムを入れたロシアンティーと、同じく薔薇のジャムを使って作られたたくさんの茶菓子。

本人が言ったようにこの組み合わせは最近の母のお気に入りだ。

「薔薇の花にこんな楽しみ方があったなんて……。素敵な発見をしてくれたアヴィリア様には本当に感謝しなくっちゃ」

「あらあら、貴方《あなた》は本当に薔薇が好きね」

「薔薇だけじゃないわ。種類や色、季節によって色々な姿を見せて楽しませてくれる。私はそんな花がとても大好きなの」

この母の友人は、貴族の間で〝華の夫人〟と呼ばれているくらい有名な花好きさんだ。

幼い頃から花が好きで、今彼女が住んでいる屋敷にも愛する妻のためにと彼女の夫があらゆる場所から集めてきた色とりどりの花に溢《あふ》れている。

このアースガルドに彼女の住む屋敷ほどたくさんの花々に溢れた庭はないと思う。以前遠目に見たことがあったけどそれくらいすごかった。

まさしく『花屋敷』という言葉がぴったり合う。

そんな花好きで有名な夫人だが、一番好きな花が薔薇らしい。

だけどその理由が、夫がプロポーズの時にくれたのが両手いっぱいの薔薇の花束だったから、というのだからはいはいごちそうさまである。

さらに聞くところによれば、それ以来毎年結婚記念日になると夫人のために様々な色や品種の薔薇を庭に植えてプレゼントしてくれるとかなんとか……、あれおかしいな口の中がものすっごく甘い。ジャム入れすぎたかしら……？

ともかく、そんな薔薇好きの夫人がローズティーや薔薇のジャムの話を聞いて黙っているわけもなく。早速売ってくれとコンタクトを取ってきた。

何度か買い求めてくれたみたいだけど、今日はお茶会と称して母が招待したので、夫人自らが我が家に足を運んでくれたので作り手として私も是非にと呼ばれたというわけだ。

……ちなみに夏のパーティー以降、同様の理由で呼ばれることはしょっちゅうである。

見せ物パンダにでもなった気分だわ……。

「このお茶は本当に素晴らしいわ。これのおかげで最近肌の調子がとてもいいのよ。ねぇ、アヴィリア様？　このお茶はこれからもお作りになるのかしら？」

「は、はい。そのつもりなのですが……、その、材料の薔薇の花に限りがありますので大量に作ることができず……」

「まあ、そうなの……。残念ね……」

「新しく薔薇を育てようと思っていますので、この先も作ることは可能なのですが……。大量に生産することは今の段階では少々難しいというのが現状です」

「是非何とかしていただきたいわ。……恥ずかしい話なのだけれど、毎年冬になると肌が荒れてとても人前に出られるような状態ではなくなってしまうの……。だけど、薔薇のジャムやローズティーを飲むようになってからはそれがだいぶ良くなったのよ！　これからも是非愛用させていただきたいわ！」

（なるほど、夫人は乾燥肌なのね）

ほほう。確かにそれは冬場は大変。何を隠そう前世の私もそうだったから分かる分かる。

冬場は夏以上に保湿系のスキンケア用品を使いまくったものだわ。けどさすがにこの異世界には日本ほどのスキンケア用品は揃《そろ》っていない。

一般的な化粧水、あとせいぜいクリーム。それも普通肌とか乾燥肌とか、肌質に合わせて作られているわけではない。

きっとこの夫人には、そのスキンケア用品では合わないのだろう。

なら、化粧品以外の方法で保湿するというのはどうかしら。

「でしたら夫人。薔薇のお風呂《ふろ》を試してみてはいかがでしょうか？」

「薔薇の、お風呂？」

「単純に、薔薇の花びらを浴槽に浮かべるというものですが。それでも十分に薔薇の成分を取り入れることができます」

入浴は血行もよくなるし、薔薇を使うことによって美肌成分はもちろん肌の老化を遅らせるという効果も得られる。

さらにこの薔薇風呂はクレオパトラも入っていたと言われているもの。まさしく美を作るのに相応《ふさわ》しい。

「けどアヴィリア？　農薬の類《たぐい》を使っていては良くないという話ではなかったかしら……？」

セシルの誕生パーティーで大勢の貴族の前で私自身が言ったこと。

だからこそ自分の屋敷に薔薇の花があるにも拘らず、我が家まで買い求めに来る人が多いのだ。

「その通りですわお母様。ですが、それはあくまで〝食用〟として使用する場合のみです。使う前に花びらをよく洗って薬や余分な汚れなどを落として浴槽に浮かべれば問題はありません。夫人、よろしければ一度試してみてはいかがでしょう？　薔薇に含まれている美肌成分でお肌がプルプルになりますよ？」

「まあ‼」

それを聞いた夫人の行動は早かった。

まるで水を得た魚のごとく瞳《ひとみ》を輝かせて颯爽《さっそう》と自宅の屋敷に帰っていった。きっと今夜にでも早速試してくれるだろう。良かった良かった。

ところで。

実は私の話に瞳を輝かせていたのは夫人だけではなく…………。

「アヴィリア！　その話、もっと詳しく‼」

「うぃっす！」

強い力で肩をぐわしッと掴《つか》まれ（がし、ではない。そんな生易しいもんじゃなかった）獲物を見つけたハンターのごとく鋭い眼差しで射抜かれれば、か弱いウサギに逃げる術《すべ》などなく。

いつの間にか後ろに控えていたメイドたちからも同じような目で見つめられ、まるで尋問を受ける捕虜のごとく、私は素直にゲロるしかなかった。

＊＊＊

後日。華の夫人からお手紙と一緒に荷台いっぱいの薔薇の苗木が私宛《あて》に届いた。

夫人からの手紙には、素敵な発見をありがとう、早速試してみたところ肌がとても潤って大変満足したと。愛する夫からも一段と美しくなったようだとのお言葉をもらってとても嬉《うれ》しかった。貴方のおかげですと。そんなたくさんの感謝の言葉が並べられていて。

『――――これからも多くの女性の幸せのために役立ててくれることを願って、心ばかりのお礼です。――――』

そんな言葉で締めくくられていた。

「ほうほう、いやーさすが華の夫人。いい苗木じゃ。これは綺麗《きれい》な花が咲くぞ、しっかり育てねばのぅ！」

贈られた苗木はルーじぃも絶賛するくらいのしっかり根付いた立派な大苗で、ずっしりと重量感があった。

時期的にはこれから植えるのにぴったりなもので、今後を見越して私自身も検討していたものだからもちろんとても嬉しいのだけど。

ここまで立派な苗木、しかもこれほどの量を手配するのはそう簡単ではないし時間だってかかるはず……。

（これ、本当は夫人の屋敷の庭に植える予定のものだったんじゃ…………？）

「いいのかしら……、こんなにたくさん頂いてしまって。私そんなたいしたことしてないのに…………」

「華の夫人にとっては十分たいしたことじゃったということじゃろうな」

「…………」

「そう思うのなら、この薔薇を立派に育てることじゃ。立派な花を咲かせて、ご夫人の願い通り人のために役立ててみせる。それが一番じゃぞ」

「……うん。そうね」

きっと私が薔薇を新しく育てようとしていると聞いて、それでこれを贈ってくれたのだろう。

（ありがとうございます、夫人）

必ずや役立ててみせます！

「ルーじぃ、手伝って！　早速温室に持っていきましょう！」

「ほいきた！」

こうして私の温室の一角に薔薇のエリアが出来上がった。

きっと綺麗な花を咲かせてくれることだろう。そう思うと今から楽しみだった。


なんてほっこりしたのもつかの間。

お母様に加え、華の夫人の口コミまでもが加わり、私提案の『薔薇のお風呂』は貴族のご夫人方の間に瞬く間に広まっていった。

鮮やかな薔薇の花を浴槽に浮かべる、というのも女性心に深く刺さったようで各屋敷で夫人たちの入浴時間が極端に伸びたとか。

その一方で王都の花屋からは薔薇の花が瞬く間に消えていくという事態にも発展したとかなんとか……。

「お嬢様、ハーネスト公爵家からお手紙が届いております！」

「こちらはユリウス伯爵家からです！」

そして薔薇のジャムとローズティーの注文も増えた。

だから、限りが！　あるんだって！

第7話　シャリーとハーブティー

木々の緑が緩やかに色づき始め、空気がだんだんと乾燥し始めてきた頃。

王都中が迫りくる冬に備えて準備を始める中でも私は変わらず温室にこもってハーブの香りに包まれていた。

「カモミールは、主に安眠、リラックス効果。仕事で疲れた時とか寝る前に飲むお茶としてもおすすめね。レモンバームはメリッサとも呼ばれることがあるわ。高血圧、頭痛、ストレスなんかに効果があって気分を落ち着かせたい時にはおすすめ。ローズマリーは脳を活性化させる作用があるから、朝の目覚めの一杯には最適だけど夜は逆に避けたほうがいいわね。ミントはリラックス効果と美白効果があって、肌にもいいし体内に溜《た》まった毒素を排出するデトックス効果なんかもあるわ」

「はぁ～、そんな効果があるんですね……。まるでお薬のようです」

「あながち間違ってないわね。大昔には熱病なんかの病気対策として治療にも実際使われてたし、あるお医者様は医学の一環として数百種類のハーブを調べて処方した、なんて話もあるのよ」

「そうなんですか⁉　すごい……、なんでそんなものが今まで浸透せずにいたんでしょうか……」

私の説明を聞いていたテラが驚きの声を上げた。

その気持ちすごいよく分かる。ケーキもソース類もあれこれあるのにハーブはないってほんと何事よ。

「お嬢様が厨房《ちゅうぼう》にっておすそ分けしてくれたミントティーなんて、使用人の間で大人気でしたよ？　飲みやすいし涼しさも感じるしで、暑い日なんてみんな我先にと手を伸ばしてましたのに……」

　確かに夏場はほぼほぼ毎日の割合で作ってたな。人数が多いからすぐになくなる。

「でもこれからはだんだん寒くなっていくからアイスよりもホットがいいわね。はちみつで甘みを付けても美味《おい》しいわよ」

「わぁ、聞いただけで美味しそうです！」

「ふふっ……と、そろそろいい感じね」

　そう言うと私は手元で材料を混ぜ合わせていたボールから手を離した。

「お嬢様、こちらも混ぜ終わりました」

「手伝ってくれてありがとうテラ。助かったわ」

　テラの手元にも同様のボール。中身は細かく粉砕したドライハーブと真っ白な塩。それらがムラなく均一に混ぜ合わされている。

「風味のあるお塩なんておしゃれですね。これも何か料理にお使いになるんですか？」

　どこかワクワクした子供のような表情のテラは未知なる食に対して興味津々のようだ。しかし残念。

「もちろん料理にも使えるけど、これは入浴剤……お風呂に入れて使うものよ」

　本日私が作っていたもの。ハーブを使ったバスソルトである。

　単にドライハーブと塩を混ぜ合わせただけのものなんだけど、これがなかなかに需要がある。

　華の夫人の件をきっかけに、現在貴族女性の間では薔薇《ばら》風呂が密《ひそ》かに流行中だ。華やかでおしゃれというのも魅力的だが一番の理由はそれによって得られる美容効果。

薔薇の持つ成分で肌がすべすべになりしっとりと保湿される。ご夫人方はそこに注目しているわけだ。香油で香り付けされた浴槽に浸かっていただけの今までのバススタイルとは雲泥の差だものね。

そこで思いついたのが『入浴剤』。保湿効果と香りの両方を楽しめる優れもの。

この世界にそういったものがないということは分かっていたし、需要があるなら絶対当たると思ったのよね。

「これを浴槽に溶かして使うのよ。塩に含まれてるミネラル成分は体を温めて血行を良くしてくれるから疲れやコリが取れるし、保湿効果もあるから美肌効果も期待できる」

「お塩ってそんなすごいアイテムだったんですか⁉」

「それにハーブを合わせて香りによるリラックス効果をさらにプラスよ」

あとは一回分ずつガーゼにしっかり包んでしまえば完成だ。これもまた前世で散々お世話になったアイテムだが早速今夜の入浴タイムが楽しみである。

「……でもこうして聞くと、ハーブって心を落ち着けたり、リラックスさせてくれるものが多いですね……」

「そうね。もちろんハーブによってそれぞれ効能は違うけど、今手元にあるものはだいたいそんな感じね」

幅を広げるなら別の効能を持つハーブも手に入れたいところだけど……。これぱっかりはね。

「じゃあ……、お嬢様のハーブをずっと使い続けたら、気持ちが穏やかでいられるということでしょうか……？」

そんなことを考えているとやけに神妙な面持ちをしたテラが言葉を重ねる。

「あくまでそういう効果が見込めるという程度だけど……、使用しないのとしているのとでは結果が違うのは確かね」

それは科学的に立証されてる。前世の話だけどね。

「でしたらっ！　今後も私共にお分けしていただくことは可能でしょうか……！」

「……？　もちろん、みんなの意見や感想をもらえるのはこちらとしても助かるから是非頼みたいところだけど……、どうかしたの？」

勢いよく詰め寄ってきたテラに驚きながらも、何か理由がありそうだと思い私はそう問いかけた。

「え、と……。実は……」

＊＊＊

不調だ。

最近ずっと何をやっても上手《うま》くいかない。

「ふう……」

深く息を吐いて、ヴィコット家メイド、シャリーは手に持った雑巾《ぞうきん》をバケツに突っ込むと額に浮かんだ汗を拭《ぬぐ》った。

視線を上げて拭《ふ》き掃除《そうじ》が終わったばかりの窓を入念にチェックする。すると端っこのほうに拭き残した汚れを見つけて思わず舌を打った。

再び雑巾を手に腕を伸ばせば、向かい側の廊下で同じように清掃中だったメイドが手を休めて楽しそうに話し込んでいるのが見えて思わず声を上げた。

「貴方《あなた》たち、今は仕事中よ！　喋《しゃべ》っている暇があったら手を動かしなさい！」

「は、はいっ」

「すみませんシャリーさん、すぐに……」

慌てたように手にしたモップを抱えて駆け出すメイドたち。その背中に、はぁ、と再度大きく息をついて自分も止めていた腕を動かした。

その耳にかすかな囁《ささや》き声が届く。

「……こわーい。最近やたら苛《いら》ついてるわね、彼女」

「ほんと。何があったのか知らないけど、八つ当たりはやめてほしいわね」

「私先輩に聞いたんだけど、旦那《だんな》さんとも上手くいってないんですって」

「えー」

――――バッシャンッ！

「……っ」

シャリーは持っていた雑巾をバケツの中に力いっぱい投げ入れた。飛び跳ねた水が飛び散って結局余計な仕事を増やしてしまう。

まだ他にも仕事があるのにと、眉間《みけん》に刻まれたシワがさらに深くなるのを自覚しながらシャリーは苛立つままに髪をかき上げた。

「はぁ……っ」

綺麗《きれい》にまとめた髪が無惨に乱れる様が己の磨き上げた窓ガラスに映る。酷《ひど》い表情だ。

（……ダメだわ、落ち着かないと）

シャリーには自分が苛ついている自覚があった。

ここ最近ずっとこんな調子が続いている。普段なら気にもしないような些細《ささい》なことに酷く感情を逆立てられて苛つくことが増えた。夜も眠りが浅いせいか体があまり休まらなくて酷く重い、仕事にも集中できない。そんな日々が続いている。

これがよくない状況だということもちゃんと分かっていた。

だから前回の休みの日は自宅に戻って家族との時間を取り、気分をしっかり休めようと思っていたのだ。

けれどそんな思いとは裏腹に、心身の不調は自宅においても収まらず、つい苛立つままにその矛先を家族にも向けてしまった。

結果、夫との大喧嘩《おおげんか》にまで発展。そのまま謝ることもできていないので、現在二人の関係は少しギクシャクしている。夫婦喧嘩に巻き込む形になった息子には本当に申し訳ないことをした。

そして最近では仕事仲間であるメイドたちにもそれが飛び火しつつあり、その結果が先ほどのあれだ。

（このままじゃダメだわ……。いつかとんでもないミスをやらかしそう……）

ヴィコット家にメイドとして住み込みの仕事を始めて十年以上。自分はもうベテランと言ってもいい立場だ。後輩だってたくさんいる。先輩としてしっかりした姿を見せなければいけないのに、これでは示しがつかない。

すでに周りの空気を悪くしている、落ち着かないと……。

「……リー……」

落ち着いて、落ち着いて。

「……ャリー？」

落ち着くのよ。

「……シャリーってば」

「っ何よ！　さっきからうるさいわねっ‼」

必死に自分に言い聞かせようとする思考の邪魔をするように横からかけられた声に苛立ち、シャリーは振り向きながら思わず強く言い返した。

――その先に揺れる鮮やかな薔薇色を認識して、シャリーは石のように固まる。

大きなオレンジ色の瞳《ひとみ》を見開いて驚きに身を固める少女。この伯爵家のただ一人の御息女、アヴィリア・ヴィコットがそこに立っていた。

ガシャン、と何かが割れる音。

無意識に視線を動かせば、アヴィリアの後方に控えていたのだろうテラの姿。彼女の足元には無残に砕け散ったティーセットがあり、まるで死人のように蒼白《そうはく》な顔でガタガタと震えている。

シャリーの全身から血の気が引いた。

＊＊＊

「申し訳ありませんっ、申し訳ありませんっ！」

「シャ、シャリー落ち着いて。そんなに何度も謝らなくても……。ほら立って？　服が汚れちゃうわ」

「む、息子がいるんです……っ。まだ幼くて、だから……っ、だからお願いします！　どうか、どうか命だけは‼」

「なんで命乞《いのちご》い⁉」

場所は変わってここはアヴィリアの私室。

死刑判決を言い渡された囚人のような顔の二人を伴ってこの部屋に来たのは少しばかり前。

部屋に入るなり、シャリーは突然床にうずくまり額を打ち付けるが如くの勢いで素晴らしいまでのジャパニーズ土下座を披露し何度も何度も謝罪の言葉を繰り返した。

そのたびにこちらも声をかけているのだが全く耳に入っていない。駄目だ混乱状態がちっとも収まらないわ。なんでそんな物騒な考えに飛んだ。私を何だと思っていやがる。

（元性悪令嬢でしたねすみませんっ！）

またこの展開か。ちくしょうめ。

「……シャリー、とりあえず落ち着いて、こっちに座って」

「で、ですが……っ」

「その状態じゃ落ち着いて話もできないでしょ。ほら、座って」

テーブルを挟んで向かい合わせのソファーを示せば、いまだ体を震わせながらも勧められるままに静かに腰を下ろした。

表情は暗く俯《うつむ》いたまま、涙に濡《ぬ》れる顔は絶望に染まりきっている。

そんなに怯《おび》えなくてもと思うが、実際問題、使用人が仕えている屋敷の住人に非礼を働くなどとんでもないことなのだ。それこそ不敬だと罪に問われ、命を奪われても文句は言えない。

以前のアヴィリアだったら間違いなくやってただろうな。シャリーが怯えるのも無理はない……。

旧アヴィリアが残した心の傷は深い。

私はできるだけ自然に、シャリーがこれ以上怯えないように気をつけながら言葉を発した。

「テラから話を聞いたのだけど、シャリー？　貴方最近酷く情緒不安定でいるようね？」

「な……っ、テラ！　貴方お嬢様に何てこと！」

「すみませんシャリーさんっ！　でも、でも私……、シャリーさんが心配でっ」

シャリーが非難するような視線をテラに向けると、びくりと肩を震わせながらもテラは涙を溜《た》めながら訴える。

「最近のシャリーさんは明らかに変です！　いつものシャリーさんらしくありません！」

「テラ……」

「それに、最近は他のみんなもシャリーさんのことを疎ましいように言うようになって……。私これ以上シャリーさんが悪く思われるのは嫌なんです‼」

テラの瞳からはとうとうポロリと涙がこぼれた。その涙からも声音からもただただ相手を心配しているという思いだけが感じられて、シャリーは言葉に詰まる。

「シャリー、テラは本当に貴方を心配してたのよ？　貴方の不調が少しでも良くなるようにって、リラックス効果のあるお茶を貴方に持ってきたところだったの」

「……そう、だったんですか……。ごめんねテラ、心配かけちゃって」

「うぅ、シャリーさぁん……」

半泣きのテラを優しく慰めるシャリーは姉のようで、まるで仲の良い姉妹を見ているようだった。あながち間違いではない。実はテラがこの屋敷に勤めることになった時、その指導役として仕事を教えたのがこのシャリーだったのだ。

優しく、時に厳しく、シャリーはテラにメイドの仕事の全てを叩《たた》き込《こ》んだ。

今の自分があるのはこの人のおかげだとテラは言っていた。まるで本当の姉のような人なんですと。

だからこそ最近のらしくない不調をとても心配していたのだ。

「シャリー、よければ話してみて？」

「そんな……お嬢様にお聞かせするような話では……」

「人に話すだけでもすっきりすることもあるでしょう。使用人の話を聞くのも屋敷の人間の役目よ。せっかくテラが新しくお茶を淹《い》れなおしてくれたんだから、のんびりお茶を飲みながら少しお話ししましょうよ。ね？」

そう言ってにっこり笑えば、シャリーもようやくホッとしたのか強張《こわば》っていた全身の力を抜いた。

そして少しの間を置いた後、意を決したようにポツリポツリと語り出す。

「――……最近不調というか、調子が出ないんです」

いつ頃からなのか、ハッキリとはしないが何となく思い当たることはあるという。

「環境の変化のせいもあると思うんです。睡眠不足が続いていて、体の疲れもちっとも取れなくて、食欲も落ちてきていて……。そのせいか情緒不安定になりがちで……」

「その環境の変化っていうのは？」

「夏の初め頃にメイド内での配置転換がありました。持ち場が変わったので生活リズムも少し変わって……。ちょうどその頃、夫の仕事も変わって家庭内でもちょっとバタバタしまして……。息子は年頃のせいか、この頃反抗も酷くて……」

それストレスじゃないかな。

いろんなものが一度に重なった結果ではないだろうか。環境が与える心身の影響って本当大きいからね。元社会人、すごくよく分かる。

心配気にテラが声をかけるがシャリーは笑って首を振った。

「シャリーさん、少しお休みをいただいたらどうですか？　疲れが溜《た》まってるんですよ、きっと」

「ありがとうテラ。でも大丈夫よ、多分夏バテもあったんだと思うの。最近は体ものぼせ気味だし……」

「のぼせ？」

私はシャリーのその言葉に思わず聞き返した。

「ええ、上半身だけがまるで風邪を引いた時のように熱くなることがあって……。でもしばらく休めば治るので、体質なのかな、と」

「それって……」

――――『ホットフラッシュ』？

確かそんな症状があったはず……、待てよ待てよ。

（心身の不調、苛立ち、睡眠不足、食欲不振……）

頭の中で先ほどシャリーから聞いた症状がパチリパチリと音を立ててはまっていく。そうしてたどり着くひとつの答え。

もしかして、シャリーのこれは……。

「それ……、ホルモンバランスの乱れじゃないかしら？」

「ほるもん、ばらんす？」

「そう。女性ホルモンっていう女性の体内でできる物質があるんだけど、それが乱れると心身に影響が出てくることがあるの。例えば頭痛、不眠、体ののぼせ。無意味にイライラしちゃったりとか」

「それ……」

「まんま今のシャリーさんの症状じゃないですか！」

「過度なストレスや不摂生な生活が続くと乱れやすくなるのよ。多分それが原因ね」

環境から受けるストレス。それによる心身への影響。ホルモンバランスは乱れ、さらに心身への影響が強くなっていく。見事に負のループだ。

「シャリーさん！　やっぱり一度思いっきり休むべきです！　このままじゃ病気になっちゃいますよ!?」

「そんな、大げさよテラ」

いや、あながち大げさじゃない。乱れるままに放っておくと病気になる可能性も確かにある。

「じゃあお嬢様のお茶を飲みましょう！　お嬢様のお茶を飲めばきっと大丈夫です！」

「確かにお嬢様のお作りになるお茶は美味《おい》しいけれど……、お嬢様のお茶はお薬か何かなの？」

「気持ちが落ち着いていい気分になるお茶です！」

「え」

言い方！　やばい薬みたいに言わないで。シャリー、そんな顔を引きつらせてこっちを見ないで。私は無実よ。

「あのねシャリー。私が今温室で育てているハーブは一種の薬草みたいなもので、それぞれいろんな効能があるのよ。例えば今飲んでいるこのお茶。これはカモミールと言うのだけど、心を落ち着かせてくれるリラックス効果があるの」

あらぬ疑いをかけられる前にきっちり軌道修正した。

「そうなんですか？　確かに、なんだかほっと落ち着く香り……」

「でしょう？　これをいっぱい飲めばきっと良くなりますよ！」

「あ、ちょっと待って」

カップに伸びようとしていた手に制止をかければ、テラが不思議そうにこちらを見やる。シャリーもどうしたのかときょとん顔。

「確かにリラックス効果のあるカモミールも悪くないけど、今のシャリーにはそれよりもっとぴったりのハーブがあるわ」

さらさらと音もなく砂時計が落ちる。宝石を砕いて作られたそれが窓から差し込む日の光に反射してキラキラと輝いた。

無事時間が経過したのを確認し、私は前もって温めておいたカップにポットの中身を静かに注いだ。ふわりとした香りが部屋中に広がる。

「どうぞ。飲んでみて」

「い、いただきます」

「いただきます」

差し出されたカップを恐る恐るといった感じで受け取る二人。

ほ、と息をつくように小さくつぶやかれた言葉は思わず出てしまったという感じだった。それを聞いて私は満足げに笑う。

「美味しい……」

「レモンバームとカモミール、ペパーミントを使ったブレンドハーブティーよ」

比較的飲みやすいレモンバームをベースにカモミールとペパーミントをブレンドした茶葉を使い、はちみつを少々加えて甘みをプラスした。

ハーブティーを飲み慣れない人でもこれで多少飲みやすくなる。甘みをつけるなら別に砂糖でもいいんだけど、個人的には断然はちみつをおすすめする。まろやかで優しい甘みがハーブティーとぴったり合うのだ。

「確かに美味しいですけど、これにもカモミールが入ってるんですよね？　さっきのじゃダメだったんですか？」

同じように飲んでいたテラが疑問を口にした。確かにその疑問はごもっともだろう。

「ダメってわけじゃないんだけど、今回のはベースに使ったレモンバームが大切なの。レモンバームは鎮静効果が高いハーブなんだけど、他にホルモンバランスを整えて改善するという効果があるのよ」

レモンバームの持つ成分は女性ホルモンのそれとよく似ている。そのため、女性のためのハーブとも呼ばれることがあるのだ。

ホルモンのバランスを整え、さらにリラックス効果のあるカモミールとペパーミントを加えることで鎮静効果と合わせて効果をアップした。

「今のシャリーにはただのカモミールティーよりもこっちのほうがぴったりなのよ」

「なるほど……」

「料理長に、しばらくまかないメニューにもレモンバームを使ってもらうように言っておくから、積極的に取り入れてみて。きっと症状も改善するから」

「あ、ありがとうございます……っ」

感極まったようにシャリーはハーブティーの入ったカップを胸に抱きながら、とうとう泣き出してしまった。

「私……、私、このお屋敷にお勤めできてじあわぜでずぅ〜」

ポロポロポロポロ涙をこぼしながらしゃくり上げ、それでもハーブティーをけっしてこぼすまいと必死な姿に大げさな……と思いながらも、そう思ってもらえるのは単純に嬉《うれ》しくてちょっとくすぐったかった。

「でも私初めて知りました、女性ホルモンなんて。そんなものが体の中にあるんですね……」

「ほんと……、なんか怖いですね……」

ハーブティーを飲みながら恐々と漏らしたシャリーにテラも同意する。

「あら、それは誤解よ。確かにホルモンのバランスが乱れると害になることもあるけど、女性的にはむしろとっても大切なものなのよ？」

「そうなんですか？」

「そもそもホルモンっていうのは体を調整する重要な物質なのよ。だから悪くなることもあれば逆にとってもいいことにもなるの。バランスがしっかりしていると記憶力や集中力も上がるし、体全体が健康になって女性らしい体作りができるの。肌にハリは出るし髪のツヤも良くなる」

「そうなんですか⁉」

「あと……」

「あと？」

「胸が大きくなる」

「「…………」」

二人は無言でカップの中におかわりを注いだ。


――一ヶ月後。

あの日以来、シャリーは毎日レモンバームのハーブティーを飲み、レモンバームを使用した食事を積極的に取り入れた。

もちろんすぐに効果が出たわけではないけれど、テラもシャリーの様子については目を光らせていたので定期的に休息を取らせるようにしていたようだ。

その甲斐《かい》あってか二週間が経《た》つ頃にはシャリーの体調もだいぶ落ち着いてきて、最近ではすっかり元の調子を取り戻していた。

「シャリーはもうすっかりいい感じみたいね」

「はい！　今度新しい子が入ってくるんですけど、その子の指導役もシャリーさんが任されることになったんですよ！」

私の妹分ですね、と笑うテラもすっかり安心したようだ。一番心配してたもんね。

働く上で職場の人間関係って何気に重要なのよね。仕事に不満を感じる人の多くは仕事内容よりも周囲の人間関係に悩んでたりするって、前世になんかの記事でそんなことを読んだ気がする……。世知辛い世の中だ。

「シャリーさん、今頃ゆっくり休めてるでしょうか……」

「旦那《だんな》さんがシャリーのために家族旅行を計画してくれたんでしょう？　きっと大丈夫よ」

そんなシャリーは数日前から休みを取っていて今この屋敷にはいない。

彼女は現在、家族水入らずの旅行中だ。

あの後、シャリーは私と話したことを旦那さんにも話したらしい。

それを聞いた旦那さんは酷《ひど》く慌てて、一度じっくり羽を休めるべきだとシャリーの休みの日に合わせて自分の仕事を調節し、家族揃《そろ》っての旅行を計画したのだとか。

前回話を聞いた時は喧嘩《けんか》したまま仲直りできていないと言っていたので、これもちょっと心配だったのだが、どうやらいらぬ心配だったようだ。妻を気遣って旅行を計画するなんて素敵な旦那さんじゃないの。

なんか久々にほのぼの報告を聞いた気がして心がほっこりした。

「お嬢様、こちら全て並べ終わりました」

「ありがとうテラ。助かったわ、もう量が多くて多くて……」

温室のカウンターの上にずらりと並べられたザルの上で乾燥中のレモンバームを見て、私は重々しく息をついた。

「確かに、すごい量ですね……」

「例によって例のごとく全て注文の品よ」

レモンバームの持つ効能は当然のごとくお母様の耳にも入った。どうやらシャリーの不調にはお母様も薄々気づいていたようだが、自分が動く前に私が動いたということらしい。おなじみの獲物を狩るハンターの目でずずいと詰め寄られ、ハーブティーの話は瞬く間に口コミで広げられた。

その母から聞いたところによると、意外にシャリーと同じような悩みを持っている貴族夫人は多いらしい。

正直納得した。

一見華やかに見える貴族社会だけど、実際はそんなキラキラしたものばかりじゃない。

笑顔の下で足の引っ張り合いなど日常茶飯事だし、粗探しやゴシップなどに目のない人たちは、その手の噂話ほど瞬く間に広めていく。

そんな世界では一瞬の隙だって命取りになりかねないから、自分の行動にも相手の行動にも気を配っていなきゃいけない。

そらストレスも溜《た》まるわ。貴族社会の闇。

そんなご夫人方にとって、今回のハーブティーはまさにストライクど真ん中だったらしい。

安定剤のような効果を得られながらも薬とは違い、お茶として楽しみながら美味しくいただくことができる。

お母様が話を広めた直後から問い合わせの手紙が来るわ来るわ。

最近ではお母様が開くお茶会でも高級な紅茶ではなく、私の作ったハーブティーが振る舞われるようになった。

……貴族夫人の集まる茶会で出すのが自家製ハーブを使った実費0円のハーブティーって本当に大丈夫なのか？

今んとこ特に批判の声は聞かないし、むしろ「おかげで体調が良くて」的な感謝の言葉をいただいたりするけど、娘は茶会が開かれるたびに心臓バクバクですよ？

最近のお母様は私の作るハーブ製品をダシに茶会を開いている感すらある。そしてそのたびにちゃっかり売り込んでいる。

（まあハーブの良さが広まるのは私としても嬉しいかぎりだけど）

需要が高まればそのうち専門店とかもできるかもしれないしね。希望はむくむく。

そんな下心で作業に勤《いそ》しむ私も意外にお母様と同類なのかもしれない。

その数日後、旅行から帰ってきたシャリーはとても晴れやかな顔をしていた。

久々の家族旅行で心身ともにリフレッシュすることができたらしい彼女は、「今ならバリバリ働ける気がします！」とやけにやる気に満ち満ちていた。

そんな彼女をぶり返しちゃうから無理はダメよと見送って本日も温室へと足を踏み入れる。

「あら……？」

レモンバームの乾燥具合はどうだろうかと並べられたザルの中を覗《のぞ》き込んだ私は、まさかの光景に目を見開いた。

「乾いてる……」

レモンバームはすでに水分が抜けきってカラカラに乾いていた。

「変ね。まだ干してからそんなに経ってないはずなのに……」

本来ハーブの乾燥には最低でも四日から一週間ほどの時間を要する。ほんのちょっとでも水分が残っているとそこからカビが発生してせっかくのハーブがダメになってしまうのだ。

（寒くなってきたし、空気も乾燥し始めたから、そのせいかしら？）

不自然な光景に首を傾《かし》げていると温室の扉を開けて、ルーじぃが顔を出した。

「お嬢様、ちょいとよろしいかの？」

「ええ、どうかしたの？」

「お嬢様に会いたいとかいう不審者を捕まえたんじゃが……」

は……？

そう言って猫を摘《つま》むように首根っこ掴《つか》まれてずいっと差し出されたのは、私と同い年ぐらいの幼い少年だった。

何故《なぜ》か顔面蒼白《そうはく》で白目剥《む》きながら可哀想になるくらいガタガタ震えて今にも気を失いそうな酷い有り様の。

「庭に新しい柵《さく》を作ろうと木を切ってたら屋敷の前をうろついてるこやつを見つけての、声をかけたんじゃが……」

そんなルーじぃは、少年を抱えたほうの腕とは反対の手に作業に使っていたのだろうノコギリを持っている。

それはつまり、屋敷の中を覗いてたらヤクザよりヤクザらしい筋肉マッチョの強面《こわもて》じいさんにやたら手入れの行き届いたギランと輝く刃物を持って突然声をかけられた、ということでは？

なるほど察した。そりゃ誰だってこんな状態にもなる。

「お嬢様に用があったらしいぞぃ」

「そうなの？」

少年と視線を合わせれば真っ青な顔ながらもこくこくと頷《うなず》いてくれた。大丈夫？　話できる？

「……ぁ、あの、あんた……、いや、貴方《あなた》がここの、おじょーさん？」

「ええ。アヴィリア・ヴィコットは私よ」

私の肯定に少年は震えながらも口を開いた。震える声で、それでもはっきりと勇気を振り絞るような真剣な面差しで告げる。

「どうしても礼が言いたくて……、母ちゃんのこと」

「お母さん？」

「シャリーって言うんだけど」

シャリーの息子さん！　話には何度か聞いてたけどこの子がそうなのね。

よくよく少年の顔を見れば確かにシャリーの面影があった。

「ちょっと前まで母ちゃん、いつもすげーイライラしてて態度も悪くて……。おかげで家ん中も雰囲気悪くてさ……、でも最近、元の優しい母ちゃんに戻ってきたんだ。母ちゃんに聞いたら〝お嬢様のおかげだ〟って教えてくれて……それで……」

「それでわざわざお礼を言うためにここに？」

コクリと頷いた彼はちょっと肩身が狭そうで、いたずらが見つかった子供のような雰囲気だった。

母を想《おも》って屋敷に来たはいいものの、貴族の屋敷に忍び込むのが良くないことだというのは分かっているのだろう。

それでもどうしてもお礼が言いたくてここまで来た、と。

（……かっわ！）

心臓にとすりと萌《も》えと書かれた矢が突き刺さった気がした。

なんか久々に子供らしい子供を見た。

身近にいる同年代の友人なんてセシルしかいないし、それ以外に会ったといえば最近ではウェルジオ少年くらいだ。必死で大人ぶろうとする彼は見ていて微笑《ほほえ》ましくはあるが、子供特有の可愛《かわい》さとはまた別だ。

「それはわざわざありがとう。でも特にお礼を言われるようなことはしてないのよ？　不調を治すために頑張ったのはシャリーなんだから」

「でも……」

「うーん、じゃあひとつお願いがあるわ。貴方のお母さん、ちょっと無理してストレスを溜め込みやすいみたいだから、そうならないようにこれからも見てあげてて？」

今の私は完全にお姉さん目線だった。実際の年齢は変わらないだろうに、完全に幼い男の子を相手にしている気分だった。

首を傾げて声音を柔らかくして、覗き込むように少年の視線よりも少し下の位置から顔を見上げる。

「……っ」

瞬間、少年の顔がタコのように真っ赤に染まった。はくはくと口を開けたり閉じたりと忙《せわ》しない。

急にどうした？　温室が暑いのかな？

「あ、あのさ！」

「うん？」

「俺、将来騎士になりたいんだ。将軍の部下になることが夢で……」

「まぁ、そうなの！」

将軍とは父のことだ。国王の側近を務める父は王国騎士団の将軍として多くの騎士や兵士の頂点に立っている。

騎士を夢見る年頃の少年にとっては憧《あこが》れの存在だ。彼と同じような目標を持つ少年がこの国に多くいることを私は知っている。

「だからさ、その……、騎士になったらさ……」

「うん？」

「あんたを守ってやるよ！　母ちゃん助けてくれたお礼に！」

「へ」

思いもよらぬ返答にポカンとしてる間に、彼はじゃあな！　と叫びながら真っ赤な顔で温室から走り去っていった。

（……将軍の娘に決意表明ってこと……？）

なんだそれ、ちょっとかっこいいぞ。言うだけ言って恥ずかしくなっちゃったのかな、可愛いなぁ。

そんなことを考えながら彼が走り去っていった扉をニヨニヨと眺めていたら、不意に今まで黙って様子を眺めていたルーじぃがしみじみとつぶやいた。

「お嬢様、魔性じゃのぅ……」

「え？」

「若いのぅ」

「？？？？」

ほっほっほっと楽しげに笑うルーじぃは後に、この日の出来事をこう語ったらしい。

「人が恋に落ちる瞬間を見た」と。

幕間　とある少女は驚愕《きょうがく》する

「なんてことがあったのよ。お父様の娘としてはもう嬉《うれ》しくって」

「へ、へぇ……」

「やっぱり年頃の男の子って騎士に憧れるものなのかしら？　確かにヒーローって感じがしてかっこいいものね」

「そ、そうねぇ……。ねぇ、アヴィ……」

「なぁに？」

「その男の子の名前、何て言うのか知ってる？」

「ジャンよ」

あの後シャリーに聞いたの、と楽しげに笑うアヴィを見て、私は頭を思いっきりテーブルに打ち付けたくなった。

（ここでまさかの原作改変とか……っ！）


――――『ジャン・ロックベル』。

言うまでもないが、彼は小説の登場人物だ。

我が兄にして、王子の側近を務める近衛騎士でもあるウェルジオ・バードルディが指揮を執る騎士団グループの副官。それが彼。

彼もまた小説の中ではかなりの序盤から登場していたキャラだった。

〝アヴィリア・ヴィコットを心の底から憎む者〟という設定付きで。

何故彼がそこまでアヴィリアを憎むのか、その理由は彼の亡くなった母親にある。

ジャンの母、〝シャリー・ロックベル〟はかつてヴィコット伯爵家に仕えていたメイドの一人であったが、些細《ささい》なことでアヴィリアの不興を買ってしまった彼女はそのまま屋敷を追い出され職を失ってしまう。

新しい働き口を探そうにも「貴族の令嬢に非礼を働いて屋敷を追い出されたメイド」という悪い噂が流れてしまい、雇ってくれるところなどどこにもなかった。

……で、実はこの噂の出所がアヴィリアだったりする。

おしゃべりな彼女は社交の場で〝無礼なメイドのシャリー〟の話をベラベラと面白おかしく言いふらしまくったのだ。噂好きの貴族にその話は瞬く間に広がり、果ては使用人を通じて平民にまで。

父親はとうとう家を出て行き、母と子の二人で細々と生きてきたけど、貧困の中でシャリーは病に倒れ、そのまま亡くなってしまう。

……正直、ここで終わってればそこまで強く憎むことはなかったかもしれない。

憎しみを抱かせる最後の一手となったのは、シャリーの死を知らせるためにヴィコット家を訪ねたジャンに対し、たまたま居合わせたアヴィリアが言った言葉だった。

「シャリー？　だぁれそれ。平民の名前なんていちいち覚えてるわけないじゃない。そもそもクビにされて追い出されるなんてろくでもないメイドだった証拠でしょ。そんなの誰も覚えてないわよ」

クビにしたのは自分のくせに、アヴィリアはシャリーのことなんて、すでにこれっぽっちも覚えていなかったのだ。

ジャンはこの言葉に怒り心頭。

そもそもアヴィリアがあんな噂を流したりしなければ、こんなことにはならなかったかもしれないのに、と。

ジャンはアヴィリアを心の底から憎んだ。

絶対許さない。そんな思いを胸にジャンは王国騎士団の門を叩《たた》く。

彼の目的はアヴィリアの父であるヴィコット将軍に近づくこと。

彼の信頼を勝ち取ってアヴィリアに近づき、復讐《ふくしゅう》の機会を狙う。そのために。

――けれど、ジャンのそんな思惑はアヴィリアが後宮に入ったことで、もろくも崩れ去ってしまう。

後宮に入れば、たとえ家族であったとしても男はそうそう会うこともできない。

もう諦《あきら》めるしか……。

と、ジャンが思ったのもつかの間。当のアヴィリアは後宮をしょっちゅう抜け出しては我が物顔で城の中を歩き周り、第一王子秋尋《あきひろ》にすり寄ったのだ。これにはさすがのジャンも呆《あき》れた。

そこからはもうラノベの悪役令嬢にありがちな展開だ。

王妃になろうと目論んだアヴィリアは秋尋の一番身近にいるセシルを目の敵にして散々嫌がらせを繰り返し、その傍らで秋尋に媚《こび》を売り続け、何をやっても効果が出ないとしびれを切らして実力行使。例の〝自作自演の救出劇〟が始まり、あっさり失敗してそのまま牢屋《ろうや》にドナドナ。

長い長い話し合いの末、終身刑で勘弁してやるよと決まったのに、どうやってか牢屋を抜け出し、

「私を選ばないなんておかしいんじゃないの⁉　この私に死ねと言うならあんたも死ぬべきよ‼」

という全く意味の分からない頭の痛いことを叫びながら秋尋に襲い掛かり、ウェルジオの手で見事返り討ち御臨終である。読者が心の底から「ざまぁ！」と思った瞬間。

でも実はこの時、アヴィリアを殺すために剣を抜いたのはウェルジオだけではなかった。むしろジャンはいち早く剣を抜いていた。

だが、そんな彼より後に剣を抜いたにもかかわらず、彼よりも早く剣を振り下ろしたのがウェルジオだったのだ。

素早い動きに呆気《あっけ》に取られるジャンに対し、ウェルジオは言った。

「大事な副官の手を無意味に汚させるわけにはいかないからな」

この言葉にジャンは思わず息を呑《の》む。

ウェルジオはジャンの代わりにその手を汚したのだ。ジャンが動こうとしたのを知って、それを止めるために自ら汚れ役を引き受けた。

母を苦しめ、セシルを傷つけ、秋尋を害そうとしたアヴィリア。

憎たらしい。許せない。許せない。許せない！

だけど。

今自分が下手《へた》なことを言えば、行動を起こせば、自分のために動いてくれたウェルジオの気遣いを無駄にしてしまうから。

ジャンは怒りを抑え、口から出そうになる万の言葉を呑み込み、ただ一度だけアヴィリアの体を

踏み付け――――……

「ぬああぁぁぁぁあぁあ～～～～っ!!!」

「ど、どうしたのセシル⁉」

「はっ！　い、いや、なんでもないわっ！」

ええ……？　と訝《いぶか》しげな苦笑を浮かべるアヴィをなんとか誤魔化し、私は乱れる呼吸を落ち着けた。

（やば……。思わず最後に読んだ話の内容を思い出して心が荒れたわ……）

いけない私ったら。あまりのことについつい思考がトリップしてしまったわ。アヴィがせっかく淹《い》れてくれたハーブティーが冷めちゃったじゃないの。

しかしそうなってしまうのも無理はないと思ってしまうほど、もたらされた情報は衝撃的だった。なんせジャン・ロックベルと言ったら原作の中でも一、二を争うくらいに殺意の高いアヴィリア絶対殺すマンだ。

読者からのコメント欄でも、「アヴィリアの断罪は是非ともジャンにやってほしい！」って声がやたら多かった。

サブヒーロー的なウェルジオの副官という微妙な立ち位置は原作でもさほどスポットは当たらなかったけど、彼がメインに書かれた番外編なんていうのもあって、連載一年記念にネットで密かに行われたキャラ人気投票では脇役で彼が一番人気があったのよね。「その心の傷を私が癒やしてあげた～い」とかいうコメントもやたら多かったわ。ちなみに私も秋尋の次に推しだった。え、お兄様《おにいさま》ウェルジオ？　かっこいいとは思うけど堅物な真面目くんは好みじゃないわ。

こほん、それはさておき。

彼のことは私としても無視できないと思ってはいた。

アヴィリアに対する殺意が抜群に高い彼は、私にとって兄に次ぐ不安要素でもあったから。

とはいえ、そもそもの原因となるシャリーはヴィコット家のメイド。よその人間があれこれ言うことなんてできないし、そもそも関わりがない。

アヴィリアの記憶が戻ってからは使用人との仲もおおむね良好のようだし、原作のようなことにはならないだろう……と思いはするものの、確証はない。

補正力的な何らかのヤバい力が働かないとも限らないし……。

一応たまに内情を探りつつ現状を確認させてもらって、万が一シャリーが伯爵家を追い出された時のためにとバードルディ家に籍を置けるよう下準備はしておいた。

とりあえず無職になることさえなければ大丈夫だろう、今のアヴィは人の噂をペラペラ言いふらすような性格じゃないし、と思って。

だからおしゃべりの最中、アヴィの口からシャリーの名前が出てきた時はドキッとした。まさか本当に補正力が働いたのかと。

結局ただのメイドとのほのぼのエピソードだったものだから、なんだ杞憂《きゆう》かとほっと胸を撫《な》で下《お》ろすだけで終わったんだけど。

……まさかその後でこんなとんでもない爆弾を落としてくれるとは思わなかったわよ。

なんでアヴィリア絶対殺すマンがアヴィリア絶対守るマンになってやがる。

（知らないうちに原作改変してるだけじゃなく、立つかもしれない死亡フラグを自分でへし折ってるとか……！）

しかも無意識、相手からのクソでかい好感度付き。立ったのは死亡フラグじゃなくて恋愛フラグ。なんでやねん。

未来に起こるかもしれない危険が減ったことは大変喜ばしいはずなのに、何故《なぜ》こうも寿命がごりごりと削られてるような心地になるのか。心臓に悪い……。

（ポジションが悪役だっただけあって、アヴィを憎んでる設定のキャラ何人かいるのよね……。母親が犠牲になったジャンに、妹を見殺しにされたお兄ちゃんに……）

それらもアヴィリアが悪役令嬢ではなくなった時点で大筋が崩れてはいるが、彼らが今度何らかの形で彼女と関わりを持つことになる可能性は決してゼロではない。

彼らの中でアヴィリアの印象が悪くなることだけはなんとしてでも避けたい。揃《そろ》いも揃って憎たらしい相手に対する殺意が高いったらないいんだもん。

（今後も一応気をつけとこ……）

目指すは殺すマン爆誕阻止である。

「セシル、これ頼まれてたもの……」

「え？　あ、うん。ありがとう！」

アヴィに声をかけられ、私は慌てて手渡されたものを受け取った。

「ローズマリーのバスソルトよ。フローラル系の香りだからセシルも気に入ると思うわ」

「助かるわ！　にゅうよゲフンッ。こういうの探してたのー！」

口をついて出そうになった言葉を慌てて誤魔化す。特に気にした様子もなさそうだったので良かった。アヴィも意外に鈍いわよね……。

「今後の参考のために、よかったら使い心地教えてね？」

「まっかせて！」

温室ができてから、ハーブと関わり始めてから、アヴィは本当に楽しそうだ。毎日とっても生き生きしている。

彼女の楽しそうな顔を見るのが私はとても好きだ。人間やっぱり好きなことをしてる時が一番キラキラ輝くものよね。

（ハーブのお店がこの世界にないのが残念だわ。絶対アヴィ喜ぶのに！）

それを見られないのが残念だと心の中で密かに思う私は、この数ヶ月後思い知ることになる。


この考えこそがフラグだったのだと。

第8話　取りまくものたち

――深夜。

皆が眠りにつき、夢の世界へと旅立つ頃。

風を入れるために開けられていた窓から小さな影がひとつ、温室の中にふわりと舞い降りた。

「ピィ」

小さな声で短く鳴いた小鳥は、ぽてぽてと音を立てながら逆《さか》さ吊《づ》りに干された乾燥中のハーブへと近づいていく。

珍しい桃色の体毛が月明かりに照らされてだろうか、ぼんやりと発光しているように見える。

小鳥はハーブの前で足を止めると、何かを確かめるように緑色の葉っぱをくちばしでツンツンと数回つついた後、ふわふわの体毛に覆われた小さな羽を広げ、その場で再びふわりと舞い上がった。

「ピィィ――……」

甲高い鳴き声がシンとした夜闇に響き渡る。

直後、仄《ほの》白《じろ》い月明かりだけが光源となっていたはずの空間に、朱い光が炎のように揺らめいた
――……。

パタパタ……。

小さな羽音を立てながら、入ってきた時と同じように温室の窓から小さな小鳥が飛び出していく。

小鳥の向かう先はこの屋敷の一室、ただ一人の娘が眠る部屋だ。

その姿が完全に屋敷の中に消えていくのを確認して、温室の陰でひっそりと息を殺しながら全てを見ていた人物が姿を現した。

「――……やはりな」

ヴィコット家当主、ロイス・ヴィコット伯爵は小さくつぶやくと、己もまた踵《きびす》を返し、屋敷の中へと姿を消した。

＊＊＊

「はぁ～、寒……」

温室に植えられたハーブや薔薇《ばら》が順調に育っていく中で、季節は私がこの世界で迎える二度目の冬を迎えていた。

外の気温が一気に低くなったので温度管理にもいつも以上に気をつけなければならない。ハーブがしみたりしないように中の温度を確かめて茎の様子も確かめる。

（最初の冬だからちょっと不安もあったけど、大丈夫そうね……。室温に気をつけて、あげる水の量も少し加減して…………）

ぶつぶつ考えながら、植えられている植物を見た後は風通しのいい場所で干していた乾燥待ちのハーブの様子も見に行く。

「……あ」

そこで目にした光景に私は目を見開いた。

水分がすっかり抜け切ってカラカラになったハーブ。このハーブを干してからまだ二日と経《た》っていないはずなのに。

「また、だわ………」

しばらく前から続くこの現象……。普通ならドライハーブになるにはもっと時間がかかるはずなのだ。現に最初にハーブを植えた時はそうだった。

さすがにおかしいと思って色々試して調べてみたけど、これといっておかしなところは見つからなかった。

匂いも変わらないし、ハーブティーにして直接飲んでみてもいつもと変わらない味がしただけ。お父様やルーじぃに見せてみても結果は変わらず特に問題はなし。

しばらく様子を見ても問題は何も見つからなかったのでいつものように使用しているのだが、原因不明の摩訶不思議《まかふしぎ》現象であることには変わらない。

(ここでもかファンタジー………!)

「ぴぃー?」

変なところで仕事してくれるわ。

忘れた頃にやってくるファンタジー攻撃はダメージがいつも地味に大きい。

脱力して地面に手をつく私の肩の上で、ピヒヨが心配そうにふわふわの羽で慰めるように頬を撫でてくれた。

＊＊＊

「お嬢様、バターが練り終わりましたよ」

「ありがとう。じゃあ次は、細かく切ったローズマリーを入れてよく混ぜてくれる？」

「かしこまりました！」

温室のおかげで冬でもある程度ハーブを収穫することができる。

お母様の口コミで広まったあれやこれやのために使用するものばかり作っていたけど、ハーブはもちろん料理にだってたくさん使えるのだ。

以前、料理長に大まかな使用例を話した時から彼はハーブに興味津々だし、シャリーの体調改善のためにという名目でしばらく使ってもらってたレモンバーム入りメニューは他のみんなにも好評だった。

ハーブを使用した料理はほぼほぼ風味づけが主な目的だけど、それにより料理の出来がいつもより一味も二味も違うと大人気だ。

本日はそんなハーブを使った別の調理方法を試すべく厨房《ちゅうぼう》にお邪魔している。

まず思いついたのは簡単なハーブバター。ハーブを使った調理の中では最もポピュラーなもの。

料理に使うものとするならやはり調味料は欠かせないわよね。バターは色々な料理によく使うし、手始めに手をつけるものとしてはちょうどいい材料だろう。

「お嬢様、出来上がりました！」

「うん、いい感じだわ。じゃあこれを使って早速何か作ってみましょうか」

「はいっ！」

「何がいいかしらね？」

「ここはやっぱりお菓子でしょうか」

「いやいや、魚や肉を焼いてみるというのも捨てがたい……」

料理人たちが束になってわいわいと案を出し合っている姿を見て私はへにょりと頬が緩んだ。

（こんなにハーブに興味を持ってもらえるようになるなんて、嬉《うれ》しいなぁ……）

ハーブ好きとしてはたまらない光景だ。ずっと見てたい、むふふ。

＊＊＊

「おや？　なんだかいい匂いがしますね」

正午が過ぎ、冬にはちょうどいい暖かな日差しがヴィコット邸の執務室にも差し込んでいた。

机に向かい大量の書類を処理していたロイスは、不意に鼻腔《びこう》を掠《かす》めた甘い香りに視線を上げる。

「お嬢様が厨房にいるんじゃよ。はてさて今度は何が出来上がるやら」

彼の目の前には、高級なふわふわソファーに腰掛けてティーカップを傾けるタンクトップに作業ズボン、そして肩にはタオルといったがたいのいい庭師の姿。

「………………また貴方《あなた》はそんな格好を」

「別にいいじゃろ、わしは気に入っとるよ」

はあ、と呆《あき》れたようにため息をつくロイスに構わず、テーブルの上のティーポットからちゃっかりおかわりを注いでいる。

「いいかげんその口調はなんとかならんか。この屋敷の主《あるじ》はお主だぞ」

「……勘弁してください、今更。それでなくても貴方には私が幼い頃から知られているのに……」

「やれやれ。伯爵ともあろう者が庭師のジジイごときに情けないのぅ」

黙秘。しかし視線が貴方の態度もただの庭師というにはどうなんでしょうね、と語っている。

それに気づきながら気にすることなくさらっと流しているのだから、なかなか喰《く》えない人である。

「本当に、お嬢様はお変わりになられた」

「………」

「内面はもとより在り方そのものがのぅ。あの子はまだ十一歳の子供のはずなのじゃが、たまにもっと年上の子と話しているような気にさえなるわ……」

「…………先日、イフォルダー伯爵夫人から手紙を頂きました」

「ほぅ……、〝華の夫人〟から」

「あの子がまた新たな知識を披露したようで。……他にも色々な家からあの子の作るものについての質問や注文が相次いでいます」

「だろうのぅ。ローダリア様が喜々として周囲に売り込んどるようじゃしな」

「…………」

最近の妻はとても楽しそうだ。アヴィリアが植物に対する才を芽吹かせたあたりから、それを決して枯らすことのないようにとあれこれ根回しをしている。

あの子の生み出す品々が美容方面に特化しているというのが原因なんだろうが。

さらにはセシル様を弟子に迎えてからというもの、結婚し娘が生まれたことでだいぶ穏やかになっていたはずの昔の活発さが戻りつつすらあって……おかげで私は胃が痛い。

最近胃薬が無二の相棒になりつつある。そんな父の姿を見かねた娘には手製のお茶まで貰《もら》ってしまった。カモミールティーと言うらしいそれはリラックス効果を持つお茶だそうで、娘の気遣いにパパ涙がホロリ。とても美味《おい》しいよ、はちみつを入れて飲むのが好きだ、第二の相棒になりつつある。

「まだまだこの手の手紙が増えそうですね……」

「ほっほっほっ、良かったではないか。…………お主の目論見通りじゃな」

ピタリ。書類の上を滑っていた手の動きが止まる。

ああ、やはりこの御人には己の考えなど端《はな》からバレバレだったようだ。

「…………」

「あの子はいまだに自分の能力をさほど強く意識してはいないが……、新しいものを世に生み出すということは、それだけで注目を浴びるものだ」

特に暇を持て余した、流行《はや》りに敏感な貴族たちからはなおさら。

だが、それで引き寄せるものが必ずしも良いものとは限らない。

「じきにあの子も十二になる。貴族の娘として社交界デビューも控えている今、後ろ盾となる味方が増えることに越したことはない」

「その通りです」

ルーじぃの前に移動してきたロイスが一枚の書類を差し出した。

「王都の一角に店を構えようと思っています」

「ほう……」

「あの子の商品を本格的に売り出そうと思う」

「ふむ、そうか……」

この行動が果たして吉と出るか、凶と出るか。それは自分たちにも分からないが。

「楽しみじゃのぅ、どんなものになるか」

ほっほっほ、と笑うその姿はまるで孫の成長を喜ぶ祖父そのもの。

「まずはアヴィリアを頷《うなず》かせなければなりません。…………なので」

「む？」

「あの子が事前に気づくことのないよう、しばらくは内密にお願いしますよ」

「またか」

とても良い笑顔で笑うロイスに今度はルーじぃが呆れた目を向ける番だった。

＊＊＊

――ぞわりっ。

「……はっ⁉」

「お嬢様？　どうかなさいましたか？」

「い、いや……なんでも」

厨房で菓子が焼き上がるのを待っている間、不意に背筋を駆け抜けた悪寒に私は身を震わせた。

(何かしら、今とても良くないものが全身をゾゾと駆け抜けていったような……)

風邪かな？　最近寒い日が続いたから体が冷えたのかも……。

「お嬢様、スコーンが焼き上がりましたよ！」

「！」

料理長に声をかけられて我に返る。

熱い竈《かまど》の奥からこんがりきつね色に色づいたスコーンが姿を現した瞬間、脳内から先ほどの悪寒のことなど綺麗《きれい》さっぱり吹っ飛び、目の前の美味しそうなお菓子に全神経が集中した。

「わあ、美味しそう！　やっぱりバターをシンプルに味わうなら、まずはつけて食べるべきよね！」

「いただきまーすっ」

「まあ、いい香り……」

同じようにスコーンの焼き上がりを待っていたみんなも次々に手を伸ばす。

「ん～～っ」

「美味しい！　ハーブの風味が加わるだけでこんなにも違って感じるんですね」

「確かに、こりゃいろんな料理に使えそうだな」

「早速今夜から使ってみましょうか」

「だな。ちょうどいい野菜と肉があるからそれで……」

単純に味を楽しむ者もいれば、使用方法に思考を巡らせる者もいる。

（食材としての評価は問題なし……と。よし、この調子で次に行くわよ！）

かくいう私も早速、次のことで頭がいっぱいだ。

（何がいいかしら。ハーブドレッシング、ハーブオイル……、調味料はこんなところで十分よね。あとはハーブティー以外の飲み物も欲しいわよね。ビネガー、デトックスウォーター、大人の人にはお酒のほうがいいかしら……）

「これも春のパーティーでお使いになれそうですか？」

「ええ、今メニューを色々考えてるところよ。料理長、悪いんだけど後でまた相談に乗ってくれる？」

「もちろん、よろこんで！」

「おや、例の件ですか？　着々と進んでいるようですね」

「私も楽しみです、お嬢様プロデュースのハーブメニュー！」

「馬鹿ね。お嬢様の誕生パーティーに出すものなのよ！」

あと数ヶ月もすれば季節は再び春を迎えることになる。

実はお父様の提案で、私の誕生日パーティーではハーブを使った料理を出してみないかという話が出ているのだ。

「まだ出せるかどうか決まってないわ。たくさんの招待客が召し上がることになるんだもの、パーティーメニューとして使えそうになかったらこの案は却下だし……」

多くの人にハーブという存在を知らしめるいい機会にもなるだろう、という父の言葉にふたつ返事で頷いたはいいものの、私が思いつくメニューといったら前世の料理本で得た庶民メニューばかり。大勢の貴族が集まるパーティーでそれはあかんだろうと、現在料理長と一緒に色々案を出しているところだ。

「心配いりませんよお嬢様！」

「ええ、絶対上手《うま》くいくはずです！」

「不肖ながらお手伝いいたしますよ！」

握《にぎ》り拳《こぶし》で力説してくれる料理人たち。なんと頼もしい。

「ふふ、ありがとう」

幸い厨房のみんなも協力は惜しまないと言ってくれている。

この調子だと思った以上にいいものが出来上がりそうだ。

（おかげで誕生日よりもハーブ料理のほうが楽しみだったりするのよねっ）

おい主役とツッコまれそうなことを考えながら、こんな素敵な機会を与えてくれた父に心の中で大きく感謝を告げる私は、よもやそれこそが父の作戦のひとつであったなどとは夢にも思わずにいたのだった。

第9話　春の生誕

雪が溶けて春が来る。

そよぐ風にぬくもりが宿り、またあの薄桃色が花開く季節。

部屋の窓から外を眺めれば、遠く広がる青空をバックに咲き誇る満開の桜がある。

（今年も綺麗に咲いた……）

思えば、全てはこの桜から始まったのだ。桜の塩漬けを作り、それをきっかけに薔薇《ばら》のジャムを作り、そこから今度はハーブへと。

全ては桜が植えられたあの日、ちょうど一年前の今日に。

（せっかくのお花見日和《びより》だけど、今日はじっくり味わえそうにないわね……）

「お目覚めですか、お嬢様」

窓の外の桜をぼーっと見ていた私は、いつの間にか部屋に来ていたテラにも気づいていなかった。

「今年も良いお天気で、良かったですね」

「ええ」

かけられる声が優しい。今日という特別な日をより良く迎えられる。そのことを喜んでくれているのが分かって、なんだかこっちがくすぐったい。

「さあ！　お嬢様。今日は忙しくなりますよー！」

「そうね」

「まずは湯浴みで全身をつるっつるのピッカピカに！　そのあと肌を整えてー、着替えてー、髪を結い上げてー」

「そうねー」

「やっぱりハーフアップでしょうか？　それともシニヨン？　ああっ、お付けになる香水はどうしましょうか？　あまり匂いのきつすぎないもののほうが……」

「……ソーネー」

ウキウキと声を弾ませるテラに対して私はテンションがだだ下がりだ。

はぁ。今年もまた身支度という名の面倒な時間が始まる。

(今日の主役は私だから、仕方ないんだけど……)

アヴィリア・ヴィコット。

本日をもって十二歳になります。

＊＊＊

「アヴィリア様、お誕生日おめでとうございます」

「ありがとうございます」

「おめでとうございますアヴィリア様。まあ、なんて素敵なお召し物なんでしょう」

「ありがとうございます」

……っ、疲れるわぁ。パーティー開始からずーっと挨拶《あいさつ》ばっかり。

招待客一人一人に会釈して回って笑顔で会話って、大事だけど地味に大変なのよね。去年も思ったけど、今年は去年の非じゃないわ……。

「アヴィリア様、先日は美味しいハーブティーをありがとうございました」

「わたくしも。アヴィリア様のお作りになったバスソルトを買わせていただきましたの」

原因は主にこれだ。母の口コミにより社交界、取り分け美しくあることにこだわる貴族の女性陣の間で私の手掛けたハーブ製品が広まったせいだ。

「アヴィリア様のハーブティーを飲むようになってから体の調子が良くなったんですのよ。夫もあれを飲んだ日はぐっすり眠れると喜んでいて……、ふふ、また買わせていただきますわね？」

「まあ、ありがとうございます」

「わたくしも、薔薇のジャムとバスソルトを使い始めてから肌の調子がとても良くて、まるで若い頃に戻ったようですわ」

「あらあら、貴方《あなた》も？」

「実はわたくしもよ。薔薇の花を浮かべるお風呂《ふろ》ももちろん素敵でしたけど……」

「入浴しながらお肌のケアができるなんて、素敵な発想ですわね」

「ありがとうございます。お気に召していただけたようで嬉《うれ》しいですわ」

うん、やっぱり入浴剤に目をつけたのは正解だったわね。肌の乾燥に悩んでいた女性は意外に多かったようだ。

「アヴィリア様は植物にお詳しくていらっしゃるようですな」

「さすがはヴィコット家のご令嬢だ。伯爵がご自慢なさるのも分かりますな」

「ありがとうございます。よろしければ本日のメニューも味わってやってください。娘の考案したものばかりなので」

私の隣に立っていた父の発言にざわり、と周囲の空気が変わった。各々世間話に興じていた者たちも視線をこちらに向ける。

……さすがお父様、抜群のタイミング。

「ローズマリーとチキンの香草焼き、ミントのカプレーゼとマリネ、レモンバームとベリーのジェラート、ハーブのスープ。ご好評いただいたハーブティー各種……。他にも色々ご用意させていただきました。どうぞお召し上がりください」

にっこりと笑ってプレゼン。ご婦人方が歓声を上げた。ぞろぞろと料理の並んだテーブルに近づき手を伸ばす。

「まあ、これもアヴィリア様が？」

「おお、これはなかなか……」

「この風味がなんとも」

「ええ、食べ慣れたメニューのはずなのに、いつもと全然違うわ」

よっし、掴《つか》みはばっちり。数ヶ月料理長と一緒にあれこれ考えた甲斐《かい》があったわ。

「アヴィリア様、もしかしてこの飲み物もそうですの？」

一人のご夫人が手に取ったのは、ミントの葉と輪切りにされたオレンジやレモンが沈むグラス。

「はい、ミントとフルーツを使ったデトックスウォーターと、それにりんごのお酢を加えたビネガーウォーターと呼ばれるものです」

「まぁ」

「スッキリしていて飲みやすいわ」

「お肉を頂いた後にちょうどいいわね」

「ちなみにダイエット効果があります」

女性陣の瞳《ひとみ》がギランと輝いた。たくさんの手がグラスに伸びる。

しかし中にはもちろんこんな声も。

「……確かに美味《うま》いが」

「ええ……」

ちょっと物足りなさそうな顔をしている方々。特に男性陣。

ふふん。そんな方々には……。

「よろしければこちらをどうぞ。ミントとライム、ラム酒を使ったモヒートと呼ばれるお酒です」

ちゃんとお酒も用意していた。招待客のほとんどは大人だからね。これは外せない。

「おおっ、こりゃ美味い！」

「こんな美味い酒初めて飲みましたよ！」

実はモヒートは前世で私が一番好きだったお酒なのよね。子供の体だから飲めないのが残念だわ。

「このキャンドルもおしゃれですわね、うっすら緑色」

不意にレモンバームのサラダを摘まんでいた一人の夫人がテーブルの上でゆらゆらと炎を揺らす小さなキャンドルに目をつける。

「それもハーブを使っているのですよ。夫人、よろしければ近づいて香りを嗅《か》いでみてくださいな」

「……あら、そういえばなんだかお花のようないい香りが……」

「ローズマリーを使ったハーブキャンドルです。ふわりと漂う香りを楽しむことができますわ」

「まあ！」

途端、きゃいきゃいとはしゃぎ出す女性陣。料理もいいけど女心にはやはりこういうもののほうが刺さるようだ。本当はアロマオイルもあればもっと強く香りを強調することができるんだけど……。

（う～ん、これは今後の課題かしら……）

オイルを作るなら専用の器具がいるし、ハーブもさらに大量に必要になる。もうちょっと軌道に乗ってからのほうがいいかな……。

そんなことを悶々《もんもん》と考えているとまた新たな客人が挨拶にと目の前に立った。

「お誕生日おめでとうございます、アヴィリア様。今日の良き日を心よりお祝い申し上げます」

「ご丁寧にありがとうございます」

「しかし料理まで手掛けるとは……、アヴィリア様は博識ですなぁ」

「そのような大層なものではございませんわ。私が齧《かじ》っているのはハーブと呼ばれる一種の香草のみですもの」

「いや、実はうちの息子も植物が好きでしてね。さあ、お前もご挨拶なさい」

「初めまして美しいレディ、お会いできて光栄です」

「まあ、お上手《じょうず》ですこと」

さりげなく手を取られ口づけを落とされる。幻覚だろうか、奥歯がキラリと光ったように見えたような。

（やっぱり来たかこのタイプ……）

私は笑顔を貼り付けつつ内心で思いっきり息を吐いた。

今年で十二になったこともあり、この年頃特有の話題もどんどん増えていく。貴族の子息や子女がこの年で将来の相手を作るということは珍しい話ではない。人によってはもっと幼い頃から婚約を結んでいる場合だってある。

去年一年で『アヴィリア・ヴィコット』の名は貴族の間に広く知れ渡った。

だから今年は、今までのような家同士のお付き合いという名目ではなく、私個人を目的に訪れる客もそれなりにいるはずだからくれぐれも気をつけるようにと、パーティーが始まる前にお母様から散々口を酸っぱくして言われ続けたのだ。

「是非話がしてみたいですね、特に今度ヴィコット家が立ち上げる予定のお店の話など詳しく。きっとレディにご満足いただける時間を約束しますよ」

自信ありげに胸を張る目の前の少年。

毎度のことながらそれなりに見目麗しい外見だけども、これは自分のツラの良さをよく分かっている顔だ。自分の誘いを断るわけないだろうって思いが顔におもいっきり滲《にじ》み出《で》てる。

（うっわ、面倒なタイプが来ちゃったなー……）

この手のタイプはとにかくしつこいので困る。私が口で言ったところで聞くかどうか……。なので。

「申し訳ありません、娘はまだ客人への挨拶が残っておりますので、これで……」

こういう時こそお父様の出番。さすがに伯爵から直々に断られたら聞かないわけにいかないもんね。

「……おや、それは失礼いたしました。では、よろしければまた後ほどに……」

「ええ、時間ができましたなら、是非」

訳：時間なんてないからお前なんぞと話すことはねぇよ。

……ってことですね‼

さすがお父様。さりげなくも遠回しな見事なお断りです！

そのままさっさとその場を離れると、背後で小さく舌打ちの音が聞こえた。

(お子ちゃまめ、こんな人が大勢集まっている場所で)

私の耳に届いているのだ、きっと隣にいる父の耳にも入っているだろう。

「ふう……」

「疲れたかい、アヴィリア」

「いえ、大丈夫です！　お父様のおっしゃる通りまだ挨拶も残ってますし……」

「いいから少し休みなさい、パーティーはまだ続くのだし……。このパーティーでお前が注目されるのは分かっていたことだからね……」

「主にお父様が私に隠して進めていたお店の話で、ですよね？」

「ごほん」

じろっと睨《にら》みつければそっぽ向かれて誤魔化された。

そう、温室に引き続き父はまたしてもやらかしてくれたのだ。私に一切感づかせることなく、コソコソと秘密裏にコトを進めていやがった。

私の耳に話が届く頃にはすでに生産工場は動き出し、店が建つ予定の土地も取得済み。さらにはお母様の口コミによりすっかり噂があちらこちらに出回った後だったのだ。

またもこの手できたか……っ‼

ええ、ええ、毎度のことながら効果は抜群ですよ。ここまで話が進んじゃってたら止《や》めるに止められないじゃないですかっ‼

(やけにハーブ料理を出すことにこだわってたと思ったら、目的は売り込みと宣伝だったってわけね……)

ぶっちゃけ騙《だま》された気分だ。

そりゃ私だってハーブのお店がこの世界にもあったらいいなとは思ったし、ゆくゆくはお店とか出せたらいいなぁ、なんて漠然と思いはしたけど。

夢はあくまでも夢。希望の詰まった妄想でしかない。

「…………本当に、大丈夫なんですか？」

「うん？」

「お店、……もし、上手《うま》くいかなかったら……」

ヴィコット家は大きな痛手を負うことになる。

元社会人だったからこそ分かるのだ、起業の失敗というものがどれほどの損失を伴うか。

つまるところ、私がイマイチ乗り気になれないのはそこだ。

「アヴィリア、私だって何も考えずに行動したわけではないよ」

不安そうに俯《うつむ》いた私の頭をお父様が優しく撫《な》でる。

「去年一年で君が作り上げたものはとても素晴らしかった。たくさんの人が喜び、受け入れてくれた。君が思っている以上に君の作ったものは周囲に求められているんだよ。〝大丈夫〟だという確信があったからこそ、私も出店に踏み切ったんだ」

「………………」

そうは言われても、私自身どうにもピンとこない。

私はただ、自分がハーブティーが飲みたいと思ったから始めたに過ぎない。自分の欲求を満たすために動いたに過ぎないのだ。

なのにそれが予想以上に周りに受け入れられた。しまいには私考案のメニューでお店を出す話にまで膨らんだ。

時間にしてこの間わずか一年足らず。

早い話があまりにもトントン拍子に進みすぎてしまったせいで、心が現状に全くついていけていないのである。

不安が不安を呼び、どんよりとした雲が心にかかる。

（………………少々ことを急ぎすぎたかな）

そんな私の姿を見て、お父様が己の性急すぎた行動をひっそりと悔いていたりしたのだが、それに気づく余裕すらなかった。

「やあロイス、いい夜だな」

「お招きありがとうございます。ヴィコット伯爵」

しばらくの間額に感じる手の感触に甘んじていると、また新たにかけられる声。今度は馴染《なじ》みのある声だった。

顔を上げれば、招待客であるバードルディ公爵とその隣に立つセシルの姿。その後ろにはなんと驚くことにウェルジオの姿まであった。

「アヴィリア様、本日はお誕生日おめでとうございます」

「ありがとうございます、セシル様」

「「…………ふふっ」」

社交の場での正式な挨拶《あいさつ》は何度経験しても交わすたびにおかしくなって目を合わせて笑ってしまう。

「しばらくだね、元気そうでなによりだ。活躍は耳にしているよ」

「ご無沙汰《ぶさた》しておりますバードルディ公爵。改めましてハーブの件、お礼を申し上げます」

そう言って深く頭を下げた。そもそも最初にハーブティーを作ることができたのはこの人の手助けがあったからこそ。感謝してもし足りない。

「息子が役に立ったようで何よりだ」

「とんでもございません、大変助けていただいておりますわ」

「いやいや、君には以前から娘も世話になっていたからね。最近では君だけでなく奥方のほうにまで世話をかけてしまって……」

ん？　なんかだんだん空気が重く……。

「ちょっと前までは綺麗《きれい》な服やらぬいぐるみやらを強請《ねだ》られたのに、最近は武器やら防具やらを強請るようになって………」

公爵の目からハイライトが消えた。後ろに立っているウェルジオも気づけば同じ顔になっている。

周りの空気がどんよりと曇った。

「屋敷の書庫で〝筋肉の付け方〟という本を熱心に読んでる姿を見かけた時は本気でどうしようかと思ったよハハハハハ………」

（うわ、それきっつい‼）

多少お転婆なところがあったといえど、ほんの少し前までは絵に描いたような深窓の令嬢風だったのに、今となっては口より先に拳《こぶし》で語る肉体派令嬢だ。とんだビフォーアフターもあったもんだ。

蝶《ちょう》よ花よと育ててきた愛娘《まなむすめ》の変貌《へんぼう》ぶりを見た父親の心境とはいかほどのものか。……心中お察しいたします。

虚ろな目で空を見つめている公爵の肩をお父様が慰めるようにポンと叩《たた》き、連れ立ってこの場をそろそろと離れていく。向かった先はパーティー用に用意したたくさんのお酒が並ぶテーブル……ああ、飲まなきゃやってらんないってことですね。納得。

「アヴィ、今日のドレスとっても綺麗ね！」

「……ありがとう、白いドレスなんてパーティーで着るのは初めてだから、ちょっと心配だったんだけど……」

「大丈夫よ！　とっても似合ってるわ！」

しゃらりと軽やかな音を立てる、白のAラインドレス。

蝶のようにふわりと翻る何重にも重なったロングフィッシュテールスカートの裏地やレース、ウエストをキュッと締める大きめのリボンには暗くなりすぎないダークブルーを使用して、縁取りには光を反射する金の糸でさりげない刺繍《ししゅう》が施されている。

薔薇色《ばらいろ》なんていう少々派手な髪色をしているので、お母様がいつも見立ててくれるドレスはクリーム色や若葉色など落ち着いた色合いのものが多い。

今日のドレスもお母様は当初青い色のものを考えていたようだが、私ができれば白いドレスでとお願いしたのだ。

今日のドレスにどうしても合わせたいものがあったから。

鏡の前でこのドレスに袖《そで》を通した時はあまりの素晴らしさに、この後の面倒なパーティーも悪くないかなとさえ思って、柄にもなく少しばかり浮かれてしまった。

（そんな気分もパーティーが始まってしまえばすっかり薄れてしまったけどね……）

先ほどまでの面倒な挨拶祭りを思い出して気分はすっかり急降下。ああ、せっかくのドレスが霞《かす》む……。

「アヴィ、大丈夫？　なんかすごく疲れた顔してる……」

「ちょっと挨拶疲れよ、お祝いの言葉以外にも色々と声をかけられて……」

「もしかして例のお店の話⁉　すごいわよね、私も初めて聞いた時はびっくりしちゃった！」

「……でも、やっぱりいきなりすぎないかしら……。上手くいくかどうかもわからないのに

「…………」

「何言ってるの、大丈夫に決まってるじゃない！」

迷いなく言い切ったセシルのエメラルドグリーンの瞳《ひとみ》が強く煌《きら》めいた。

「アヴィの作ったもの、私とても好きよ。薔薇のジャムも美味《おい》しかったし、いつも出してくれるハーブティーもとっても美味しいし。バスソルトなんてもう手放せないわ！　これからたくさんの人にそれを知ってもらえると思うと私すっごく嬉《うれ》しいの！」

まるで新しいおもちゃを前にした時の子供のように、キラキラとした笑顔で語るセシル。

『楽しみにしています』

『頑張ってください』

噂が回り始めてから、パーティーが始まってから、代わる代わるかけられたたくさんの言葉。

嬉しいと思う半面、肩に重くのしかかるように感じたのは、それが見ず知らずの相手からの言葉であり、少なからず社交辞令的な意味合いも含まれている言葉であると自分自身が感じていたからだ。

でもセシルからかけられる言葉は違う。

ただ純粋に、一点の曇りもなく。心から楽しみに思ってくれているのだと感じることができる。

「忘れないでよアヴィ。私、アヴィブランドの一番最初のファンなんだからね！」

「……うん。ありがとう」

ぎゅっと握られた手が温かくも心強い。

百人に言われるたくさんの『楽しみ』よりも、大切な親友からのたったひとつの『楽しみ』のほ

うが、ずっとずっと心に響いた。

「あー、でもひとつだけちょっと複雑かも……」

「え？」

「だって、お店ができたらあのジャムも商品になるんでしょう？　薔薇のジャムはアヴィが私の誕生日にって作ってくれたものだったのに……、これからはみんなのものになるのかと思うとすっごく複雑！」

「あらあら」

「うふふ」

目を合わせて二人で笑えば、いつの間にかあんなにも重苦しく感じていた不安という重石《おもし》も、羽を生やしてどこかに飛んでいってしまったかのように軽くなっていた。

「ま、せいぜい伯爵の役に立てるように頑張ることだな」

セシルの後ろでずっと黙って控えていたウェルジオが初めて声を出す。

「ウェルジオ様、本日はようこそいらしてくださいました」

「父上はどうしてもヴィコット伯爵と飲みたかったようでね……。パーティー会場でセシルを一人にするわけにはいかないから、仕方なくだ」

言外に君のために来たわけじゃないと含まれるが、それでも私は嬉しかった。

私の誕生日を祝うパーティーに出席するなんて、一年前は考えられなかった。彼はずっと私と関わる場を避け続けていたから。

公爵からハーブの運搬係を命じられた彼とは、そのたびに顔を合わせることになり、言葉を交わす機会も同じように増えていった。その中で少なからず距離が縮まっていったと思ってもいいのだろうか。

「店を構えるということは楽じゃない。周りの人間が見向きもしなくなったらそこで終わりだ。常に人を惹《ひ》きつけるような商品を考え続けなければならない」

「分かっておりますわ」

「ならそんな沈んだ顔をするんじゃない、不愉快だ」

思いがけずかけられた辛辣《しんらつ》な言葉に、肩が小さく震えた。

「そんな不安そうな顔で作られるものが良いものなはずないだろう。僕に正面から食ってかかってきた勢いはどうした。伯爵令嬢ともあろう者がいつまでもウジウジと。まったく情けない」

「ウェルジオ様……」

見下すような口調は、けれども決して嫌とは思えず。その内側に確かな気遣いを含んでいた。

「……ええ、本当にそうですね」

言葉は乱暴だけど、つまりこれって激励してくれている、んだよね？　まさか兄妹《きょうだい》に揃《そろ》って励まされるなんて……。

「ご忠告、痛み入ります。貴族の名に恥じぬよう精進いたしますわ」

「ふんっ、当然だ」

「ふふふ」

腕を組んでそっぽを向く。彼のいつもの仕草。

これが親しみ深く感じるくらいには、私たちの関係は良いほうに変わったのだろう。

「はいそこまでー」

「ぐっ……⁉」

「まったくお兄様ってば、なんでそんな言い方しかで、き、な、い、の、よっ！」

ぎりぎりぎり。

「セ、セセセシル、いいから！　私気にしてないから！　絞まってる絞まってる！」

「ダメよアヴィ甘やかしちゃ！　バカな男はつけあがるわ‼」

妹も辛辣‼

「セシル声を抑えてっ、貴方《あなた》が変な目で見られちゃうわよ……」

本日の主役と公爵家のご令嬢というツーショットに先ほどからチラチラと視線を感じてはいたのだけど、細腕で実の兄貴を容赦なくぎりぎりと締め上げるセシルの姿に、視線を送っていた人たちがやや及び腰になっている。

「だいじょーぶよ。アヴィに変な虫が寄ってこなくて助かるわ！」

虫て。

「アヴィをモノにしたいのなら、まずは私を納得させられるような男じゃなきゃ！」

父親か。

「ずーーっと見てたけど、まったくどいつもこいつも馬の骨野郎の分際で馴《な》れ馴れしい……」

もしもし？

「アヴィのことなんてなんっにも知らないくせに、図々しい……、忌々しい、憎たらしい、許せない許せないゆる……」

怖っ‼

人一人石化させてしまいそうなほどに鋭い視線でぶつぶつつぶやく姿は見目麗しい外見も相まってひどくホラーじみていた。

セシル、美少女が浮かべていいタイプの顔じゃないそれ……っ‼

妹のそんな顔を間近で見る羽目になった兄にいたってはすでに泣きそうだ。風もないのにうねうねと蠢《うごめ》く髪がより恐ろしさを演出している。

「セシル、そんなの気にすることないのよ。結婚とか婚約とか、私まだ考えられないし……」

「ほんと⁉」

「うーん……。ピンとこない、かな？」

「そうよねそうよね！　まだ十二歳だもんね、そんなのまだ早いわよね！　お兄様だっていないんだし」

「僕の話はいいだろうっ！」

兄貴、思いもよらぬとばっちり。

というか私。こっちの世界で恋愛とかできるのかしら……？

「ふふ、ウェルジオ様でしたら引く手数多《あまた》でしょうに」

「見た目に騙《だま》されちゃダメよアヴィ。コレはただのヘタレ」

「おいっ」

そんな話で盛り上がる私たちは、親同士の世間話とはいえ、かつてアヴィリアとウェルジオの間に婚約の話があったことなど知らない。

「…………」

「何か？」

「……別に」

知っているのは、気まずげに顔を逸《そ》らした彼だけ……。


「……ふう、疲れたぁ――……」

笑顔にも挨拶《あいさつ》にも疲れてきた私は、客人への挨拶を全て終えた後、こっそりホールを抜け出し桜の樹の下まで逃げてきた。

ここにはルーじぃが用意してくれたガーデンテーブルと椅子がある。一息つくにはちょうどいい。

（しばらくここにいよう……）

外はすっかり日が暮れ、屋敷の灯もここまでは届かないけれど、ありがたくも今夜は満月。辺りはほのかに明るく、優しい月の光が夜の桜をほんのりと照らす。

周りに誰もいない、貸切の夜桜見物は疲れた心を静かに癒やしてくれる。

「結婚、か」

静かな空気の中、思わず口から漏れるのは先ほど親友と交わした会話の内容と同じ。

今までは特に話題にも出なかったけど、確かにそろそろ考えてもいい年なのよね。まして私は一人娘、家を継ぐために結婚は必要不可欠だろう。いつそういう話が出ても不思議ではない、が。

（正直、考えられないのよねぇ……）

仮に相手を決めるにしても、間違いなく十二歳の自分と同年代になる。

けれど精神年齢のこともあって、アヴィリアにとっての〝同年代の男性〟は、私の中でどうしても〝年下の男の子〟にしか感じられないのだ。

（そもそも恋愛対象にすらできてないんじゃどうしようもないような……）

むしろこの状態じゃ、三十代くらいの男性にときめきそうな予感さえするんだけど？

そんな男連れてきたらさすがに父が泣く。ていうか倒れる。絵面が完全にパパ活だ。あれ、私詰んでない？

「……ふふっ」

思わず口から笑い声が漏れた。

そういえば『前』にもこんな話、したことあったな……。

あれはそう、こんな風に桜が咲いてて、珍しく私もお父さんも仕事が休みで。家族揃《そろ》ってお花見に出かけた時。

〝――咲良《さくら》、あんたいい加減いい人いないの？〟

〝――ええー、そんな人いないよ〟

〝――何だ何だ、咲良はどんな男が好みなんだ？〟

耳をかすめる、今はもう懐かしい声。

〝——できたらちゃんと紹介してね、母さん孫は女の子がいいわ！〟
〝——父さんは男の子がいいぞ！〟
〝——だからそんな相手いないってば‼〟

あたりに響く笑い声。

お母さんと二人で作ったお弁当の味。

お父さんと乾杯したビール。

三人で食べた花見団子……。

「…………」

——ずっと。

ずっと、考えないようにしてた。だって考えたって仕方ないから。

だって、考えてしまったら。

——……逢《あ》いたくなる、と。分かっていたから。

「……っ」

心の中でずっと燻《くすぶ》っていた想《おも》いがある。

私が死んだ後、二人はどうなったのだろう。

一人娘の自分をとても可愛《かわい》がってくれていたことを知っている。

でも私はまだまだ未熟で、大切に育ててくれた二人に同じだけの何かを返すことはできなかった。

親より先に死ぬことは最大の親不孝だと聞いたことがある。親の死に目を見ることは、子供の大切な役目なんだと。

なら私は？　そのどちらもできずにいる、私は。

「……とんだ親不孝者もいたものね……」

じわりと目の端に浮かんだ涙を誤魔化すように、私は自分の体を掻《か》き抱《いだ》いた。

そうしていないと、叫び出してしまいそうで……。


――――……さく、さく。

静かな空気の中、草を踏む足音が聞こえ眼前に影が差した。

視界に入った男物の靴に私はゆっくりと視線を上げる。

「ごきげんようレディ、このような素敵な場にそのような涙は似合いませんよ」

そう言ってキラリと奥歯を煌めかせる少年。

（げっ！）

さっきのお子ちゃま！

なんでここに。

「夜の桜を眺めながらとは風流ですね、隣に座ってもよろしいですか」

とか言ってる間に何をちゃっかり腰を下ろしてくれてんのよ、言葉は疑問形なのに「？」がついてないぞコラ。

こういう時に限って備え付けられたガーデンチェアは横に長い長方形タイプ。なんてこった。

（いや距離が近いっ、なんでそんな近くに座るの⁉　幅があるんだからもっとそっちにいきなさい

よっ⁉）

あまりの衝撃に涙なんて引っ込んだ。ちょっと前までセンチな気分だったってのに……何この状況、最悪。

今度ルーじぃに頼んで一人掛けのチェアを作ってもらおうかな……。

「桜の樹を庭に植えられているなんて珍しいですね。ふっ、この淡い花は貴方の鮮やかな真紅の髪にとてもよく似合いますよ。桜の下で月明かりに照らされる貴方を見つけた時は、月の女神が舞い降りたのかと思って……、思わず見惚《みと》れてしまいました」

「はあ」

「この立派な桜には及ばないけど、我が家の庭にも多種多様の花が咲いていてね、植物が好きな君も気に入ってくれるんじゃないかな」

「はあ」

「変わった飲み物が好きだと聞いたんだけど、実は我が家にも父が仕事関係で手に入れた異国のお茶があってね。よければご馳走《ちそう》するよ」

「はあ」

お気づきだろうか、さっきから私「はあ」しか言ってない。

なのに目の前のお坊ちゃんは気づいてないのかなんなのか、聞いてもいないことを喋《しゃべ》る喋る。

いや、月の女神って何？　鳥肌立ったんだけど。

変わった飲み物が好きって何？　私が好きなのはハーブティーよ。分からないなら言うな。

「植物を自分で育てていると聞いたけど、そんなこと無理にしなくてもいいんじゃないかな？　貴方のこの桜のように白く美しい手が土で汚れたら大変だ」

いや、キモいわ。

さりげなく手を取られて手の甲を撫《な》でられた。そういえばさっき同じ場所にくちづけも落とされたっけ。決めた、後で念入りに消毒しよ。

「家の庭も広くてね、花を育てたいのなら貸してあげようか。使用人も自由に使ってくれていい。土いじりなんて彼らに任せればいいさ」

なんでそんな話になった？　別に貴方に借りる謂《いわ》れはありませんけど？

「母も君の作ったお茶が好きでね、ぜひ会いたいと言っていたんだ。……そうだ！　我が家に招待してあげるよ！」

そのいかにもいいコト思いつきましたみたいな顔ヤメテ。あげるよってなんだずいぶん上からだなおい。

いい加減うざったくなってきた。その無駄に整った笑顔がやたらイラつく。…………殴っちゃダメかしら。

「我が家のお茶会に招待するよ。父も母も喜ぶ、今度立ち上げる予定の企業にも力を貸してくれるさ。どうだい？　悪くないだろう？」

「その手の話は私にされても困ります」

さすがに問いかけられたら言葉を返さないわけにはいかない。

無視できるもんならしたいけど。正直無視したいけど！

「お店に関しては、私が出すわけではありません。あくまで出すのは父ですので、その手のお話でしたら父にどうぞ？」

お店を建てるのも経営するのも、私ではなくお父様だ。そして商品を作るのは生産工場の人たち。私のやることは、アイデアを出しそのレシピを作ること。経営に対して子供の私が口を出せることなんて何もない。

「なら、君から伯爵に言えばいいよ。子供たちが手を取り合って企業を大きくしていくなら伯爵だって嬉《うれ》しいはずさ」

何故《なぜ》お前と手を取り合わにゃならん。

「それに上手《うま》くいくかどうか不安なんだろう？　心配ないさ、僕が付いてる。侯爵家の僕が付いていれば何も不安なことなんてない、そうだろう？」

ちっ、今度は家柄を出してきたか。伯爵家だからといってずいぶんなめてくれるわね。

「君を不安にさせるものなんて僕が追い払ってあげるよ。君はプライベートでも肩身の狭い思いをさせられているんだ。僕なら君にそんなことはしない。君も対等の立場で話せる本当の友人が欲しいんだろ？」

「は？」

「バードルディ家の令嬢といて、いつも息苦しい思いをしてるんだろう？　心が許し合える本当の友人が欲しいと思う君の気持ち、僕には分かるよ」

「……何、それ……」

漏れた声は自分でも驚くくらいに暗く、引きつっていた。

この男は、いったい何を言っているの……？

「アースガルド筆頭貴族の令嬢に逆らえなかったんだろう？　己より身分の下の者を侍らせていい気になるなんて、ろくな人間じゃないよ。君も相当嫌な思いをしてきたんだね……、貴族の令嬢が土いじりなんていう現実逃避をするまで追い詰められるなんて……、可哀想に……」

男が私の目の前に立つ。

そっと肩に触れられる手が心底気持ち悪く思うのに、私は動けなかった。

「それに酷《ひど》く乱暴なようだ、さっきもパーティー会場で兄君に対して暴力を振るっていたし、目の前でそんな光景を見せられて、さぞ怖かっただろうに……、だからこうして外に逃げてきたんだよね？」

時間が経《た》つにつれ、男の声を聞くにつれ、全身からふつふつと湧き上がる言い表し難い感情がある。

これは怒りだ。

強く握りしめた手のひらに爪が食い込んで皮膚を傷つけても、気にもならないくらいの。

「逆らったら自分が暴力を振るわれるかもしれないから、だから何も言えずに、ずっと我慢して耐えてきたんだよね……？　でももう大丈夫だよ、これからは僕が守って……っ」

——その瞬間。夜の空気に乾いた音が高く響いた。

抱きしめようとして思いっきり振り払われた男の手が、虚しく宙に浮いた。

あまりの衝撃に呆然《ぼうぜん》と立ち尽くす男の顔を思いっきり睨《にら》みつける。

「お黙んなさいっ‼」

悲鳴のような叫び声が夜の闇に響く。

「な……っ、はしたないなレディ……。そのような乱暴なセリフは美しい君には似合わな……」

「大事な親友を貶《けな》されて黙ってられるわけないでしょうっ‼」

感情的になっていることは分かっていた。

こんな姿、お母様に見つかったらきっと叱られる。「貴族令嬢たるもの、そのように声を荒らげるものではありません」って。

相手はアヴィリアと同年代のただの子供よ？

そんな子を相手に本気になって怒りをぶつけるなんて、大人気ないったらありゃしない。

分かってるわよ、面倒な挨拶《あいさつ》を交わした時と同じように笑顔を貼り付けてやり過ごせばいいんだって。それが一番穏便に終わらせられる方法なんだって。

だけど不思議ね、全然止めようと思わないのよ。

腹の底から湧き上がってくる怒りが、これっぽっちも抑えられないの。

初めてだった。

こんなにも、我慢できないほどの怒りを感じることも、それを誰かに対してぶつけることも。

こんなにも、声を荒らげて誰かを怒鳴り散らすことも。

（なんで、どうして……っ）

どうして、あの子が。そんなふうに言われなきゃいけないのよ。

「侍らせてるですって⁉　バカなこと言わないでっ、一緒にいられて嬉しいのは私《わたし》のほうよ！」

アヴィリアには友人がいない。セシル以外に誰も近寄ってこない。

アヴィリア・ヴィコットの傲慢《ごうまん》でわがままなどうしようもない性格はそれほどに周りに知れ渡っ

ていた。

貴族令嬢たちの大事な交流の場であるお茶会にだって、アヴィリアは一度だって呼ばれたことがない。

誰も呼ぼうとしない、誰も友好を深めようと思わない。

だからアヴィリアの周りには友達がいない。セシル以外に。

「あの子と一緒にいられて、私がどれだけ嬉しくて、助けられているか、知りもしないで…………っ」

むしろ侍らせていたのはアヴィリアのほう。

セシルがそばにいることで、筆頭公爵家がバックにいるんだと言わんばかりに振る舞った。

自分の前では公爵家の令嬢さえ小さな存在なのだと、そう信じて疑わなかった。

自分は伯爵家令嬢という立場に収まりきらないほど、強く美しく高貴な人間なのだと。

「あの子の優しさにつけあがって、どれだけのことをしたか……」

馬鹿なアヴィリア。そんなことあるわけないのに。

アヴィリアのセシルに対する態度は決して許されるものじゃなかった。なのに大きな問題にならずにいたのは何故だ？

そんなの決まってる。〝セシル〟が、止めてくれたからだ。

不遜《ふそん》な態度を咎《とが》められることもなく、罰せられることもなくいられたのは、他でもないセシルがそれを望まなかったからだ。けしてアヴィリアの力なんかじゃない。

そんなことにも気づかず、周りにどれだけ守られていたのかも知らずにいた、愚かで無知なアヴイリア。

それでも変わらずに、そばにいてくれたあの子。

「あの子が友人でいてくれることに、私がどれだけ救われているか」

『私』が変わってしまっても、あの子は変わらなかった。

あの子がいなかったら、私はずっと一人ぼっちだった。

親友《セシル》と過ごす日々に、どれだけ満たされているか。

どれだけ。どれだけ………。

「何も知らないくせに、勝手なことばっか言ってんじゃないわよっ」

――――――――これ以上、

「セシルを馬鹿にするなっ‼」

叫んだ。声の限りに。

恥も外聞もない、貴族令嬢の顔もいらない。

心の底からの想いが、一気に溢《あふ》れ出た。

「…………ちっ、人が下手《したて》に出てればっ！」

「っい！」

今まで浮かべていた人好きのする笑顔を消し去った男は、忌々しそうに顔を歪《ゆが》めて力任せに腕を掴《つか》んできた。

「ちょ、放しなさいっ‼」

「レディは博識ではあっても、頭は悪いようだ。分かってないようだから教えてあげるよ。……パーティーの最中、こんな場所で招待客と揉《も》め事《ごと》を起こすような令嬢なんて、どんな噂になると思ってるんだい？」

「なっ」

掴まれた腕を振り払おうとしても、ビクともしない。余計に力を入れられてキリキリと痛んだ。

子供とはいえ相手は男。十二の小娘の力では振り払うこともできない。

今更ながら自覚する。今の自分がまだ幼い、少女の姿であるということを。

（油断した……っ）

「ふんっ、ここ一年は人が変わったように大人しく振る舞っていたみたいだけど、化けの皮は剥《は》がれてしまえばお終《しま》いだ」

今この屋敷にはたくさんの貴族たちが集まっている。

おしゃべり好きな彼らの手によって噂は瞬く間に広がるだろう。

ヴィコット家は今、少なからず貴族の間で注目を集めつつある。その注目の大半を担っているのがアヴィリア《わたし》だ。

その当人が、パーティーの最中に抜け出して招待客の男性と問題を起こしたなんて、噂されたら……！

ぎり、と唇を噛《か》んだ。びくともしない腕が腹立たしい。

「社交デビュー前にそんな噂が流れたら……。さて、どうなるかな？」

愉悦に歪む笑顔が近づいてくる。その顔は自分の優位を信じて疑っていない。

どこまでも女をバカにしてくれる…………、だが。

(甘いわ、お子ちゃまが！)

お前の目の前にいる女をそこらの令嬢と一緒にしてもらっては困る。

こちとら中身はアラサー手前の社会人だぞ。子供の脅しに震えて萎縮《いしゅく》すると思ったら大間違いだ。

ネット社会で生きてきた現代社会人女をなめるな。人の目が多いという場所ならばこそ、この手の女が取れる有効な手段がひとつある！

(悪女ヒロイン宜《よろ》しく悲鳴を上げて、こっちから人を呼び寄せてやるわ！)

唸《うな》れ私の演技力‼

私は声を張り上げるために思いっきり深く息を吸った――――。

「…………へえ。どうなるって言うんだ？」

けれど、私が声を上げるより早く、辺りに響く別の声があった。

最近ではすっかり耳に馴染《なじ》んでしまったその声。

導かれるように視線を向ければ。

「……ウェルジオ様」

月明かりの下でも分かる、氷のように冷たいアイスブルーの瞳《ひとみ》を鋭く光らせて、ウェルジオ・バードルディがそこに立っていた。

「ヴィコット邸の庭には珍しく桜が植えられていると聞いてね……。せっかくだから拝見させてもらおうと思ったんだが……」

「……不躾《ぶしつけ》ですね、こういう時は気を利かせるものではありませんか？」

暗に逢瀬《おうせ》を邪魔するなと語るその言葉にさらなる怒りがこみ上げる。

(今からでも悲鳴上げたろか、こんガキャァ……ッ)

思わずガラが悪くなる。が、心の中なので大目に見てほしい。

「君にとっての睦《むつ》まじい仲というのが、相手の手を無理やり掴み上げることを言うのなら、そうするが？」

しかしそんな言葉もウェルジオは嘲《あざけ》るように、はっと鼻で笑って返す。

凍てつくような冷たい瞳が、いまだ私の手を強く握りしめる腕を睨みつける。

自分では気づかなかったが、月明かりの下でも分かるくらいに赤くなっていた。

「なっ、い、いや……これは……っ」

「────黙れ」

しどろもどろになる男の声を、鋭い言葉が冷たく切り捨てる。

ビリ、と空気が震えたのを感じた。

身がすくむような氷の眼差しと低い声に思わず息を呑《の》む。

初めて、彼を怖いと感じた。

「大人しく会場に戻るんだね。………招待された屋敷のご令嬢に無理やり不貞を働いた……などと噂になる前に、ね」

脅しだ。

「………ちっ！」

「ぃたっ……」

掴んでいた手を乱暴に振り払い、男はまるで逃げるように足早に去っていった。

（くぁ〜〜〜〜っ、最後までヤな奴ぅ……っ！）

去ってゆく背中に心の中で思いっきり舌を出す。

レディに対してこんな扱いしかできないんじゃ、他のご令嬢が相手でも到底仲良くなんてできないだろうなあの男。

それはそれでちょっといい気味だわ、と赤くなった手をさする。

「……ウェルジオ様」

いまだ消えていった背中を睨《にら》みつけたままの彼と向き合う。冷え冷えとした視線はそのまま彼の不機嫌さを表していて、失礼ながら少しばかり身が震えた。

それでも、結果的に助けてもらった形の彼にはお礼を言わなければなるまい。

「危ないところを、ありが……」

「バカか君はっ‼」

紡ぎかけた感謝の言葉は、彼の怒鳴り声によって一気にかき消された。

「このパーティーで自分がどれだけ周りから注目されているのか分かっていないのか！　本当に呆《あき》れた女だな！」

「な」

「それをメイドもつけずにたった一人でっ、こんな暗い中、こんな人気《ひとけ》のない場所にのこのこ出歩くなんて！　いったい何を考えているんだ‼」

こちらが反論もできないほどに次々にまくしたてられる。

だけど、こんなにも険しい声で怒鳴られているというのに、私はといえば場違いにもポカンとなるばかりだった。

「僕が間に合ったから良かったものの‼　何かあってからじゃ遅いんだぞ⁉」

だって、この言い方はまるで。

「…………あの、ウェルジオ様」

もしかして……。

「心配して来てくださったんです、か……？」

思わず問いかけてしまった。

だって、そうとしか考えられなくて。でも、まさか。

ありえないと思いながらも彼の顔を覗《のぞ》き込めば、夜でも分かるくらいに一気に染まった。

「だだ誰が心配なんかするかっ！　主催者側の立場でありながら、会場を抜け出してどこかへ行くなんて主役の自覚が足りないと貴族として注意してやろうと思っただけだ！　勘違いするなっ‼」

わーお見事なツンデレ。なんてテンプレな返し方なんでしょう。

そうですか図星ですか、なんて分かりやすいんだ……。

「そうでしたか。ありがとうございます、おかげで助かりました」

しかしそこをツッコんでしまうと余計ムキにさせてしまうので、ここは素直に受け止めておくに限る。

彼と過ごす時間が増える中で学んだツンデレの対処法。

「……～～っ、はぁ……」

ほら、こうすると彼もこれ以上は何も言えないのよ。

けど私のこの反応は彼的には不完全燃焼でもあるようで、重いため息をついてさっきまであの男が座っていたガーデンチェアにどかっと音を立てて疲れたように腰を下ろした。

「戻らなくて良いのですか？」

「いい。僕も少し疲れた」

こういうパーティーが苦手なのは彼も同じらしい。この場に彼を一人残して立ち去るわけにもいかず、私も彼の隣にちょこんと座った。

「…………」

「…………」

会話がない。

思えばいつも彼と会う時はセシルも一緒だった。おしゃべり好きな彼女が間に入ると、特に会話に困るようなことはなかった。

いや、以前一度だけあったかな。彼がハーブを届けてくれて、セシルも去った温室で二人きりになったことが。そしてその時に……。

「……それ、付けてるんだな」

「え、ええ……。気に入ってるんです。季節的にもぴったりですし、今日のパーティーはどうしてもこれを付けたくて、ドレスもこれに合わせたんです」

薔薇色《ばらいろ》の髪を飾る、小さな桜の髪飾り。

あの夏の温室で彼から贈られたもの。

誕生パーティーではこれを付けたいとずいぶん前から決めていて、今日の白いドレスもこの髪飾りに合わせて作ってもらった。

ちなみにドレスのデザインを決めている間中、母がずっとニヨニヨ笑っていたことも思い出す。誤魔化すのが大変だったわ……。

「本当にありがとうございます」

「礼なら前に聞いた」

「ふふふ」

ふい、と逸《そ》らされる視線は一見素っ気ないようにも見えるけれど、かすかに色づいた耳元がそれをただの照れ隠しだと教えてくれる。

ざざっ……と風が吹いて夜風が桜を揺らした。

月明かりに照らされる桜はとても綺麗《きれい》で、沈んでいた気分をどこかに拭《ぬぐ》い去《さ》ってくれるよう。

さっきまで感じていた気まずさも、少しだけ和らいだように感じる。

「今夜は夜桜見物日和《びより》ですね」

「月が綺麗だからな」

「ぶふっ」

「なんだっ!」

彼から返される意外な言葉のチョイスに思わず吹き出してしまった。

「す、すみません……っ」

苛《いら》ついたような声で睨みつけてくる彼に「ただの思い出し笑いです」と素直に謝れば怪訝《けげん》そうな顔を返される。

「ここからずっと遠い、遠い異国の……、昔のある作家がその言葉で別の意味を表したことがあるんだそうです」

酷《ひど》くロマンチストなその作家はありふれた『愛してる』という言葉をそのまま使うことはしなかった。

ストレートな言葉ではなくてもロマンチックに思いを告げる。それでも気持ちは十分伝わるはずだと、彼は考えたのだとか。

「〝あなたを愛しています〟という言葉を、〝月が綺麗ですね〟という言葉で表したのです。だからその言葉は、愛の告白としても使われることがあるんですよ」

特にドラマや漫画の中ではよく使用される。確かにロマンチックだもんね。

まさかここで聞くとは思わなかったから、懐かしさにふふっと口元が緩んだ。

「……あっ⁉　ば、馬鹿言うなっ！　僕は別にそんなつもりで……っ」

「そんなに慌てずとも分かってますよ。ウェルジオ様が知らないことくらい」

異世界の人間が日本人の古い言い回しなんて知るわけないもの。だから思わず笑ってしまったんじゃない。

「…………」

「何か？」

「……別に」

心配しなくても勘違いしたりなんかしませんと伝えたはずなのに、何でそんな微妙に複雑そうな顔をするんですかね。

赤くなったと思えば急に顔をしかめたり、忙しい人だな。

「その後に、また別の作家が〝私はあなたのもの〟という言葉を、〝死んでもいいわ〟という言葉で表したんだそうです。……それ以来この言葉はひとくくりで使われるようになって、〝月が綺麗ですね〟という愛の言葉には〝死んでもいいわ〟の言葉で了承を表すという流れが生まれたんだそうです」

今となっては愛してると言うよりもずっと恥ずかしいんじゃないだろうか。そう考えると日本人ってのは割とロマンチストだな。

「はっ、馬鹿らしい、そんな言葉の何が嬉《うれ》しいんだ」

「あら、ウェルジオ様はお気に召しませんか？」

「思いを告げる言葉に、死んでもいいなんて返されて喜ぶなんて、どうかしてる」

日本が誇る伝統をなんて言い様。これが文化の違いというやつだろうか……。

「そんな物騒な言葉を返されるよりも、〝共に生きていきたい〟と言われるほうが嬉しいに決まってるじゃないか」

「ぶふふっ」

「なんださっきからっ！」

再度吹き出せば、同じように苛ついた声でギロリと睨まれた。

だって、まさかそんな言葉が返ってくるとは思わなかったんだもの。

「ふふ、そうですね……。ウェルジオ様のおっしゃる通りです」

きっと、誰だってそう。

「私も……、大好きな人とはずっと一緒に生きていきたいと思います」

月明かりに浮かぶ桜の花を見上げれば、あの日、両親と見た桜を思い出す。

大好きな人たちと一緒に生きていられる。

それはきっと、当たり前すぎて気づかないだけで、奇跡のように幸せなことだった。

親孝行らしい親孝行もできなかった娘だけど、二人の娘として生まれたことを嫌だと思ったことは一度もなかった。

そこらにありがちな平凡人生だと思っていたけれど。

(幸せだったんだ……咲良《わたし》は)

本当に大切なものは失くした後になってから気づくとは、よく言ったものだと改めて思う。

私はもう二人と一緒に生きることはできない。何かをしてあげられることは二度とない。

でも。それならせめて、せめてひと言だけでいいから、届いてほしい。

『私は元気でいるよ』

『この世界でもちゃんと幸せに暮らしているよ』

どうか、二人のところまで。

たとえ見上げる空が違っても。

二人もこんなふうに、今でも桜の花を見上げてくれていると思うから――――……。

――――……~~♬

ふと、ホールから漏れ聞こえていた音楽の曲調が変わった。

静かに流れるワルツは、ダンスタイムが始まったことを知らせてくれる。

「………そろそろ戻らないといけませんね」

仮にも本日の主役、ダンスタイムをサボるのはまずい。できればもう少し桜を見ていたかったけど。

「はぁ……」

正直、戻りたくない。

挨拶《あいさつ》をしている時でさえあんなに絡まれたのに、ダンスタイムなんて声をかける絶好の場を相手に与えるようなものだ。

しかし残念なことに貴族のパーティーにおいてダンスは必須《ひっす》、やらないわけにはいかない。ボディガードよろしく隣にいてくれた父も、さすがにダンスタイムまで張り付いてることはできない。

パーティーが始まる前、決して隙を見せるな、相手に主導権を渡してはいけないと、母からあれこれレクチャーを受けた。

もしも力ずくで来られた場合は何処其処《どこそこ》をひねりあげればいいとか、何処其処を思いっきり踏んでやれとか、だんだん内容が不穏になっていったので結局父にストップをかけられてたけど。

でも教えられた手前、もしもの時はやらかしてもいいぞということよね。きっと上手《うま》く誤魔化してくれる……はず。

（……はぁ、せっかくの誕生日なのに、なんだか疲れることばっかりだわ……）

その時の私はよほどうんざりした顔をしていたのだろう。

少なくとも、隣に座る彼に心情を見破られるくらいには。

「…………仕方ないな」

　突然立ち上がった彼は、そのまま私の手を掴《つか》んで歩き出した。

「はい？」

「来い」

「ちょ、ウェルジオ様⁉」

　いきなりの行動に慌てて声をかけるも、彼から返される返事はなく、ただ私の手を引っ張ってずんずんと歩き続ける。

　その足の向かう先にあるのは、音楽の流れるパーティーホール。

　それなりに強い力で引っ張られている腕は地味に痛い。

（いきなり何なの⁉　乱暴じゃない⁉　……いやそれよりも手、手を放してほしいんだけどっ！）

　それに気づいてないのか何なのか、彼はお構いなしにそのままホールへと足を踏み入れた。

　会場に現れた本日の主役の姿に、集まった人たちからの視線が一気に集中する。

「あの、ウェルジオ様……、腕を……」

　会場中の視線が痛い。彼はいったい何を考えているの。こんなに注目を集めるようなことをして。

　そんな私の心情など知らんとでも言わんばかりに、周りの視線を集めるだけ集めた彼はダンスホールの中心でようやく掴んでいた腕を放してくれた。

　思わずほっと息を吐く。

　その瞬間。

　彼はそのままくるりと私に向き合うと、緩やかに腰を折り、放したはずの手をもう一度、今度は恭しく差し出した。

「私と一曲、踊っていただけますか？　────────レディ？」

一瞬、本気で時が止まったのかと思った。

今まで聞いたこともないくらいに優しい、穏やかな声。

こちらをまっすぐに射抜くアイスブルーの瞳《ひとみ》にはいつもの嫌味じみたものは欠片《かけら》も浮かばず、どこまでも安心させるような、温かい光だけが宿っていた。

「────……はい、よろこんで」

その光に引き寄せられるように、差し出される彼の手に自らのそれをそっと重ねる。

ホールを満たす静かなワルツ。

音楽に乗って緩やかに、二人同時に廻《まわ》り始める。

「足を踏むなよ」

「失礼な、そこまで下手《へた》じゃありませんわ」

まるで羽が生えたように軽やかに。彼の腕の中でくるくると廻る。

しゃらりしゃらり……。ドレスが奏でる衣擦れの音。廻るたびに美しく広がる白は蝶《ちょう》のように優美に翻り、シャンデリアの灯《あか》りを受けて煌《きら》めく薔薇色の髪をよりいっそう美しく魅せた。

その姿がウェルジオの纏《まと》うダークグレーのスーツととてもマッチしていて、一枚の絵画のような完成度を作り上げている。

さすがと言うべきか、ウェルジオのリードはどこまでも完璧《かんぺき》で優雅だった。ダンスのレッスンで踊った時よりもずっと自然に、上手く踊れているのが自分でも分かる。

それがなんだか楽しくて、いつの間にか自然に浮かんでいた笑顔が少しだけくすぐったかった。

会場中から注がれる視線も、もう気にならない。

声をかけようと目論んでいた者たちは不満気だが、こうなってしまっては下手に声などかけられないだろう。筆頭公爵家の嫡男のパートナーに横からダンスを申し込むなど、不敬にもほどがある。

だから、彼は――――…………。

「なんだ？」

「いえ、ただ……」

突然笑い出した私に、彼が訝《いぶか》しげに問いかける。

彼は。

いつだって嫌味ばかりで、女性の腕を強く引っ張るくらいに乱暴で、いつもいつも上から目線で。


『あの態度はなかったと思っているっ‼』

『何かあってからじゃ遅いんだぞ⁉』


けれど、彼の言葉はいつだってまっすぐだ。

今、私をリードして踊ってくれる彼の腕は、こんなにも頼りがいがあって、どこまでも力強い。

「…………私、レッスン以外で踊るのは、今日が初めてなんです」

彼は本当に、優しい人だ。

「ウェルジオ様が初めてです」

ため息ばかりだった誕生日が綺麗《きれい》に色を塗り変えていく。

今、この夜を心から楽しいと思えているのは、間違いなくこの人のおかげで。

だからこそ思える。初めてのダンスの相手が貴方《あなた》で良かったと。

けれど、それを言葉にして伝えるのは、やっぱりちょっと恥ずかしいから。

心の底から浮かべるとびきりの笑顔で。
私は彼に微笑《ほほえ》んだ――――

ぎゅむり。

ヒールの踵《かかと》がおもいっきり食い込む。

「――――――〜〜いぃいいっっ⁉」

「ウェルジオ様⁉　だだ、大丈夫ですか⁉」

「これが大丈夫に見えるかっ！」

「な、突然止まったのは貴方のほうじゃないですか！」

「……っ、誰のせいだと……‼」

「ええ……？」

足を押さえてうずくまる彼は赤い顔でこちらを睨《にら》みつけてくるが、物申したいのはこちらのほうだ。いきなり動きを止められて危うくけつまずくところだったわ。

「アヴィ――――っ！」

「うぐっ」

そこに悪くなった場の空気を一瞬にして払拭《ふっしょく》してしまうほどの明るい声でセシルが飛び込んでくる。

……文字通り体全体で。

そんな彼女をその身で受け止める羽目になった彼の口からはカエルのような呻《うめ》き声が漏れ、同時に人体から聞こえていい類いのものではない音が聞こえたような気もしたが……、果たして気のせいだろうか。

「お兄様とばっかりずるいわ！　ね、私たちも踊りましょっ！」

「えぇ⁉　でも女同士だし……」

「大丈夫！　私男性パートも踊れるから！」

「セ、セシル待て、さすがにそれは……」

「いいじゃない少しくらい！　お兄様は休んでいらしたら？　お疲れのようですし？」

前のめりに腰を押さえている兄を気遣うような言葉だが、そうなった原因は貴方では……？

「……いいのかしら？」

「いいわけないだろ！」

「大丈夫よ！　伯爵様には許可をもらったもの！」

「え」

セシルの言葉に公爵様と一緒にお酒を飲みに行ったはずの父を見れば。

（ぐっ）

とても良い笑顔でサムズアップを返された。

もしかして、いやもしかしなくても。セシルをけしかけたのは貴方ですねパパン。

「いいじゃない、今日は特別！　アヴィの誕生日だもん。ね！」

「………そう、ね」

今日くらい。ちょっとだけハメを外してみても、いいわよね。

だって今日は、私の誕生日なんだから。

「セシル、ちょっと待て……」

「いいじゃありませんか、ウェルジオ様。……うちの父が許してしまったようですし……」

「しかし……」

「お兄様ったら頭が固いんだから！　そんなに気になるならご一緒にいらっしゃれば？　ただしっ、踊るのは私の後ですからね！」

「僕はたった今その誰かさんに思いっきり足を踏まれたばかりなんだがな？」

いつもの調子で嘲《あざけ》るように目を細めて笑う彼に、ムッとして言い返す。

「あら。私は誰かさんのせいで危うく転ぶところでしたわ」

けれど場の空気が悪くなることは、もうなかった。

セシルと手を繋《つな》いで、ウェルジオと三人。揃《そろ》ってホールの中心に立つ。

彼と手を重ねて踊っていた時のような、どこか甘さを含む穏やかな空気はそこにはないけれど、それを嫌だとは思わない。

むしろパーティー会場にはおおよそ似つかわしくないであろうこの雰囲気が、私にはとても心地よかった。

さっきとは逆に、私が彼の手を引いてみても。

彼がその手を拒絶することはなかったから――。


そんな私たちの姿が、周りの人たちの目にはどう映っているのか、なんて。ちっとも気づかなかった。

ダンスタイムが始まった途端、親しげに手を繋いで颯爽《さっそう》と現れ、ホールの中心で踊り始めた幼い少年少女。

どこか照れくさそうな、初々しい雰囲気を持つ二人はぎこちなさを残すカップルのようで、周りで見ている者たちの心をどこまでも和ませた。

周囲からの温かい眼差しはその後も収まることはなく。

まるで、幼い少年少女の行く末を見守るかのように、いつまでも注がれていた――

……。

Epilogue　その名は『ライセット！』

めでたく十二歳を迎えた私、アヴィリアですが。現在非常に大変な現象に悩まされております。

「お嬢様、お手紙です！」

「お嬢様、侯爵家から……」

「こちらは男爵家から……」

「こちらは香油を製造している工房からです」

(ひぃ～っ。なんなのよもうっ！)

私の自室のテーブルの上に積み上げられる手紙の山、山、山。下がすでに見えなくてティーカップすら置けない。……あ、乗りきらなかった手紙が床に落ちた。

「……あの、お嬢様、問い合わせの手紙の数が百に到達いたしました……」

……………………ぷちっ。

「あぁあぁあぁあぁ～～～～～～っ!!!」

「お嬢様――!?」

そして私はついにキレた。

なんだその数。ひゃくって何だひゃくって。どう考えても国内の貴族の数と合わないんですけど？

おい誰だ重複して出してる奴《やつ》!?

＊＊＊

「……つ、つかれたぁ……」

ようやく全部の手紙に目を通した。もうしばらく文字を目に入れたくない……。

ぐったりと温室のカウンターテーブルの上に突っ伏す。

「お疲れじゃのう、お嬢様」

「……ええ、パーティーが終わってから毎日手紙手紙手紙の嵐で……」

書かれている内容は言わずもがな、どれも同じ。

『先日のパーティーで振る舞われた品の詳細を是非とも！』だ。

プレゼンが上手《うま》くいったのは大変大変喜ばしいことだが、おかげでパーティーの翌日から早速休む間もなく届けられる手紙の束に悩まされることになった。部屋の一角が手紙で埋まった。

開けても開けても減らない手紙って何だ、ホラーか。

「料理のレシピが知りたいとか、使われたハーブを売ってくれとか……、あとモヒートを商品として売ってくれって言葉が多かったわね」

主に各屋敷のご当主様から。

全ての手紙に目を通し家柄別に分け、優先順位の高い順から返信中だ。変に位の高い家は後回しにすると後々厄介なので。

と言っても今回ばかりは注文いただいたものを作っているわけではない。

『それら全ては開業予定となっているお店の商品を先駆けて皆様に味わっていただいたものです』という言葉を添え、さりげなくお断りを入れた後に〝お店がオープンしたら買えるよ〟という旨を記載して返事をしている。

そのおかげで今度は父のところに「開店はいつだ」「今から予約は可能か」「どんな商品を置くのか」という問い合わせが殺到している。

その中から良さげなところを見繕って、ちゃっかりスポンサー契約を結んでいるところには呆《あき》れを通り越していっそ感心した。

そうか。この流れまでが手の内か。

「お父様はハーブで作った製品を店頭に置きつつ、ハーブを使ったお茶や軽食を味わえるカフェ的なものを考えてるみたい」

「ほう、洒落《しやれ》とるのぅ」

てか、まんま前世で見たハーブのお店そのものだわ。

「しばらくはお店で扱えそうな商品作りに専念してくれって言われてるの。今のとこハーブティーと薔薇《ばら》ジャム、バスソルトは決まってるけど、商品にするならもうちょっとバリエーションを増やしたほうがいいし……」

「あの虫除けスプレーは外で働く者や厨房《ちゆうぼう》で働く者は重宝すると思うぞぃ」

「そうね。これからの時期的にも必要だし、それもいるわね。季節に合わせて色々商品を考えたいところではあるけど……、手持ちのハーブの数もさほど多くないし……、ああ～頭痛くなってきたぁ～……っ」

お父様、やっぱりちょっと無理があるんじゃないでしょうか。やるにしても色々早すぎたんじゃないかな。

あ、また不安になってきた。本当に大丈夫かな……。

「ほっほっほっ。しかし悩んではいるものの、嫌だとは決して思っておらん顔じゃな……？」

「……分かる？」

「年寄りの目は誤魔化せんぞい」

ふふんと意地悪気に笑うルーじぃは、全てを見透かしたような目で私を見る。

そう、こんなにも大変なのに不思議と嫌ではないのだ。

むしろ……。

（なんだか最近、毎日がすごく充実してる気がする……）

こんな気分、なんだかとても久しぶり。

大変なのに、それを楽しいと、やりがいがあると感じる。

不思議な感覚だ。

「ふむ。どうやらお嬢様の〝自分探し〟は、無事ゴールにたどり着いたようじゃな」

「……え？」

一瞬、ルーじぃが何を言っているのか分からずに思考が止まった。

（自分探し……）

そうだ。もう一年以上も前に、彼とそんな話をしたことがあった。

（…………そうだわ。最初はすごく暇を持て余してて……）

あの頃、前世の記憶を取り戻してすぐの頃は、大人だった時と一転してガラリと変わった生活リズムに体が全く馴染《なじ》まなかった。

ファンタジーな異世界転生。伯爵家令嬢という恵まれた環境。お人形のような容姿。

そんなスペックを持って新しい人生を手に入れたのに、ネットも携帯もないこの世界では、毎日時間が無駄に有り余るばかりで。

この世界での新しい趣味でも見つけられればと、お庭のお手伝いを始めたのがきっかけだった。

ハーブを育てていたこともあって土いじりに抵抗はなかったから。

そして桜の塩漬けを作って、薔薇のジャムを作って。

私はただ、前世でやっていたことを思い出して、前世でやっていたことを同じようにしていただけだった。

「人間誰しも、好きなことをしている時が一番生き生きするものじゃ」

そうね。もともとハーブは好きだったわ。なのにこの世界には全然浸透してなくて、すごくがっかりしたのよ。だから作れると分かった時は本当に嬉《うれ》しかった。

『次は何を作ろう』

自然に考えてた。そう、いつものように。

作れることが、楽しくて仕方なかった。

私の好きなものを、他の誰かにも好きだと思ってもらえるようになるのが嬉しかった。

「…………」

……でも、それだけじゃない。

『お嬢様！　今日は塩漬けを使った蒸しパンにしてみましたよ』

『アヴィのジャムすっごく美味《おい》しかったわ！　パイも絶品で！』

『お嬢様の虫除けスプレーのおかげで庭仕事が楽になったんじゃ』

『このミントティー、夏場はもう手放せませんよ！』

『毎日お風呂《ふろ》の時間が楽しみで楽しみで』

『お嬢様……、本当にありがとうございました。お嬢様のおかげです』

『アヴィリア様のおかげで長年の悩みが解消されましたのよ』


脳裏に浮かぶたくさんの言葉、たくさんの笑顔。

たくさんの、〝ありがとう〟。

それが嬉しくて嬉しくて。そして私はまた考える。

次は何を作ろう。何を作れば喜んでもらえるかな、って――――……。

（ああ、そっか……）

当たり前だと感じていた時には気づかなかった、目の前にある『特別』。

記憶を取り戻した時に感じたことがある。

今度は満足できる生き方をしたい。流れに乗ってなあなあに生きるんじゃなく、何か、何か自分のしたいことを見つけたいって。

広まるようなきっかけがなかった？

今、この瞬間こそが立派なきっかけなんじゃないの？

こんな立派な温室まで与えられて、ハーブを育てる環境が整って、たくさんの人が注目して応援してくれてる。

これは決して当たり前なんかじゃない。

とても、とてもすごいことだ。

この世界にないのなら、作ればいい。

私が最初の一人になって。

（私が、この世界に、ハーブを広める……？）

それはとてつもなくすごいことのように思えた。

考えるだけで胸が熱くなって、ドキドキと鼓動が高まっていく。期待感、高揚感………そして不安。

上手くいくだろうか。大丈夫だろうか……。私にそんなことが本当にできるんだろうか。

全身をぐるぐると渦巻く気持ちはとてつもなく重くて、油断すると押《お》し潰《つぶ》されてしまいそう。

「……ねえ、ルーじぃ」

「うん？」

だけど何故《なぜ》だろう、決して不快に感じないのは。こんなにも胸の奥で熱く燃えてしまうのは。

紅く燃え盛る炎のような、強い強いこの想《おも》い。

……ああ、いやだな、どうしてこんな時に思い出してしまうのかしら。

子供の頃に読んだ何かの本に載っていた、あの言葉。

〝いつだって、チャレンジしたいと思った時がスタート〟なんだって。

「私、やりたいこと見つけたわ」

目標は決まった。

私の『Ｍｙ人生《ライフ》リセット計画！』、略して『ライセット！』。

――ここがスタートラインだ。

あとがき

この度は『ライセット！　～転生令嬢による異世界ハーブアイテム革命～』をお手に取ってくださりありがとうございます。作者の蒼《あおい》さかなと申す者です。

このページは最後のあとがき。実は今そのことにめちゃくちゃ感動している私がいます。

今はこうして細々と文章を書いている私ですが、子供の頃の夢は漫画家になること。漫画家さんが本の最後に描くあとがきページというものにすごく憧《あこが》れたもんです。

働くようになって少しずつペンを持つこともなくなっていった私が、ネット広告がきっかけでラノベに興味を持ち、本屋さんで買った一冊の本。それがいわゆる悪役転生もの。ある意味これが運命の出会いでした。

「なにこれおもろっ！」となって、頭の中で自分なりのストーリーを考え始め、『ライセット！』が生まれ、しかし完全に趣味の延長程度で書いてたものだから、設定があやふやな所もあり、「このまま完結したら一からちゃんと書き直したいなぁ」なんてぼんやり考えていた頃に届いたひとつのお知らせ。

まさかの　書　籍　化　‼

「夢か？　夢だな」と思い理解するまで何度もお知らせを読み直した記憶が（笑）。

ある意味、書き直すという目標が叶《かな》う結果にはなりましたが、基本アナログ人間の私（小説は主に携帯で書いてる）には分からないことが本当にいっぱいで（汗）。

Wordなんて、存在は知ってますよくらいのレベルだったし……。

そんなもろ初心者の私をサポートしてくれた担当のS様とA様には本当に感謝してもしきれません。時には私以上にキャラを理解しているのでは⁉　と思うくらいの鋭い意見をいただくこともしばしば。

本にするという形で第一章に手を加えましたが、私が考えていたよりもずっといいものに仕上がりましたし、改稿の際にいただくご意見は私自身もいい勉強になりました。

そして挿絵を担当してくださったコユコム様。私が思い描いていたものの何倍もずっと可愛く格好良くアヴィリアたちを描いてくださいました！

沢山の人のサポートと手を借りて『ライセット！』はこんなにも素晴らしいカタチになることができました。

そしてこの本を手に取ってくださった貴方。本当に本当にありがとう！

コメディ色の強いアヴィリアたちの日常に少しでも笑っていただけたら幸いです。

それではまた二巻でお会い……でき、る……と、いいなぁ…………………（切望）。

カドカワBOOKS

ライセット！
～転生令嬢《てんせいれいじょう》による異世界《いせかい》ハーブアイテム革命《かくめい》～

2024年４月10日　初版発行

著者／蒼《あおい》さかな

発行者／山下直久

発行／株式会社KADOKAWA

〒102-8177
東京都千代田区富士見2-13-3
電話／0570-002-301（ナビダイヤル）

編集／カドカワBOOKS編集部

印刷所／暁印刷

製本所／本間製本

ISBN 978-4-04-075392-8 C0093